MARINA UMLAUF

# Das geheimnisvolle Dorf

GRUSELROMAN

novum ▲ pro

Dieses Buch ist auch als
e-book
erhältlich.

www.novumverlag.com

Bibliografische Information
der Deutschen Nationalbibliothek:

Die Deutsche Nationalbibliothek
verzeichnet diese Publikation in
der Deutschen Nationalbibliografie.
Detaillierte bibliografische Daten
sind im Internet über
http://www.d-nb.de abrufbar.

© 2022 novum Verlag

ISBN 978-3-99131-418-9
Lektorat: Volker Wieckhorst
Umschlagfotos:
Daniela Simona Temneanu,
Leo Lintang | Dreamstime.com
Umschlaggestaltung, Layout & Satz:
novum Verlag

**www.novumverlag.com**

Gedruckt in der Europäischen Union
auf umweltfreundlichem, chlor- und
säurefrei gebleichtem Papier.

**Climate neutral**
Print product
ClimatePartner.com/16547-2201-1002

# VORWORT

Matthias Steinbach erfüllte sich einen Traum. Nach seinen Vorstellungen errichtete er ein kleines, abgelegenes Dorf, in dem besondere Menschen, die er persönlich aussuchte, sicher und zufrieden leben sollten.

Auf dem Areal befand sich ein uralter Friedhof, von dem niemand etwas wusste. Die Knochen und Totenschädel wurden erst beim Bau einer gigantischen Tiefgarage gefunden. Steinbach kam es jedoch nicht in den Sinn, sein Projekt daran scheitern zu lassen. Er ignorierte den Fund und hatte keinerlei Schuldgefühle, da der Friedhof aus einer längst vergessenen Zeit stammte und ihn die Toten nicht interessierten.

Als sich merkwürdige Dinge in seinem Dorf ereigneten, glaubte er an Sabotage.

Er konnte nicht ahnen, dass nicht alle, die dort beerdigt worden waren, ihren Frieden gefunden hatten ...

# DANKSAGUNG

Recht herzlich danke ich
Moni, Gabi und Sabrina
für ihre liebe Unterstützung
bei der Entstehung
meines zweiten Buches.

# PERSONEN

**Matthias Steinbach**
(Geschäftsführer der Immobiliengesellschaft)

**Christine Herberg**
(Bewohnerin des „Hexenhäuschens")

**Rosemarie, Anneliese und Greta**
(Witwen-WG im Villenviertel)

**Monika und Joachim Naumann mit Eltern
und den Kindern Marcel und Claudia**

**Sofia, Pietro und Luca Moretti**
(Inhaber der Pizzeria und des Eissalons)

**Sabine und Martin Holler mit Dackel Tommy**

**Silvia Turan mit Tochter Fatma**
(Bewohnerin Appartement)

**Amir**
(Bewohner Appartement)

Pietro Moretti fuhr mit seinem kleinen Wagen aus der Stadt hinaus und erreichte eine Landstraße, die nach wenigen Kilometern zu einem Dorf führen sollte. Die Gegend war kahl und unbewohnt, und er war gespannt, wohin ihn die Straße bringen würde. Nach einer Weile fiel ihm eine hohe Hecke auf, an der er vorbeifuhr. Eigentlich musste jetzt das Dorf kommen. Aber er sah keine Häuser, Scheunen, Weiden oder irgendetwas in dieser Art. Nur die Hecke. Plötzlich entdeckte er ein kleines Häuschen und eine rot-weiße Schranke. Er war schon daran vorbeigefahren, als ihm dämmerte, dass es hier vielleicht weiter zu dem Dorf ging, in dem er einen Termin mit einem Makler hatte. Er wendete und fuhr an die Schranke heran. Neben ihm befand sich eine Sprechanlage. Er ließ das Seitenfenster des Wagens herunter und wurde freundlich von einer sonoren Stimme angesprochen: „Guten Tag! Sie wünschen, bitte?" Sehen konnte er niemanden.

„Ich habe einen Termin mit Herrn Schmidt."

„Ihr Name, bitte?"

„Pietro Moretti."

„Fahren Sie bitte auf den Parkplatz und warten Sie dort!"

Die Schranke öffnete sich. Moretti fuhr hindurch und befand sich auf einem kleinen Parkplatz. Weiter wäre er auch nicht gekommen, da der Parkplatz eingezäunt war. Ein großes Sicherheitstor verhinderte, dass jemand unbefugt auf das Grundstück fuhr. Er stellte also seinen Wagen ab und stieg aus. Sofort trat ein mittelgroßer Mann im Anzug auf ihn zu und reichte ihm die Hand.

„Wolfgang Schmidt, Immobilienmakler", stellte er sich vor.

„Herzlich willkommen! Ich freue mich, Ihre Bekanntschaft zu machen", sagte er ein wenig gestelzt und verneigte sich kurz.

Ohne den Italiener zu Wort kommen zu lassen, drehte er sich schwungvoll um und öffnete das große Tor. Dabei plapperte er unermüdlich weiter. „Sicher wundern Sie sich, weshalb hier alles ein wenig abgesichert ist", lachte er. „Das ist ein neues Konzept der Immobiliengesellschaft. Die Leute sollen sich hier sicher fühlen!"

Moretti dachte bei sich, dass man mit dieser Einkerkerung bei ihm das genaue Gegenteil erreichte.

„Verstehen Sie das nicht falsch", sagte der Makler, „jeder darf das Grundstück selbstverständlich verlassen, wann immer es ihm beliebt, aber es darf niemand das Gelände betreten, den wir nicht kennen und überprüft haben!"

„Haben Sie mich auch überprüft?" Moretti fühlte sich nicht recht wohl in seiner Haut.

„Aber natürlich! Sonst dürfte ich Sie gar nicht hier hereinführen", sagte Herr Schmidt fröhlich und schob den Italiener durch das Tor. Dahinter stand ein kleines, zweisitziges Elektromobil, mit dem sie kurz darauf langsam die schmale, einsame Straße entlangfuhren.

Der erste Eindruck war nicht gerade überwältigend. Eine normale Kleinstadt oder ein Dorf wie jedes andere. Allerdings war alles außerordentlich sauber und gepflegt. Es gab viele Einfamilienhäuser und ein paar größere Gebäude.

Erst bei genauerem Hinsehen fielen einige Dinge auf, die nicht normal waren. Es gab zwar eine Straße, die an den Häusern vorbeiführte, aber man sah keine Autos. Es parkten nicht einmal welche am Straßenrand oder auf den Grundstücken vor den Häusern. Auch Garagen schien es hier nicht zu geben. Nur ein paar Fahrräder standen in den Vorgärten.

„Wo sind die Autos?", fragte Moretti verblüfft.

„Hier dürfen keine fahren. Und wenn, dann nur mit Ausnahmegenehmigung", sagte der Makler ernsthaft. „Aber es gibt eine Tiefgarage unterhalb des Areals. Dort parken die Autos der Anwohner. Über verschieden Treppen und Aufzüge gelangt man von dort nach oben. Im Villenviertel besitzen die meisten einen Privatlift, der direkt ins Haus führt."

Weit und breit war keine Menschenseele zu sehen. Trotzdem wurden sie anscheinend beobachtet. Moretti glaubte, hinter den Fenstern der Häuser, an denen sie vorbeifuhren, Bewegungen zu erkennen. Neugierige schienen sich dort hinter den Gardinen zu verbergen. Vielleicht bildete er es sich auch nur ein. Nach einer Weile erreichten sie ein zweistöckiges Gebäude, vor dem es eine große, wunderschöne Terrasse gab.

„So, wir sind da!" Wolfgang Schmidt stieg aus dem kleinen Fahrzeug und marschierte auf das Haus zu. Moretti folgte ihm.

„Hier unten wäre also das Lokal mit dem Außenbereich", begann der Makler zu erklären. „Im ersten Stock befindet sich ein Eiscafé mit Balkon, und im zweiten Stock ist der Wohnbereich."

Staunend sah sich der Italiener um. Er hatte nach einer Pizzeria mit Wohnmöglichkeit für sich, seine Frau Sofia und ihren gemeinsamen kleinen Sohn Luca gesucht. Das hier war für ihn eigentlich viel zu groß. Die Miete dafür musste erst einmal erwirtschaftet werden! Außerdem drängte sich ihm sofort der Gedanke auf, woher die Gäste kommen sollten, wenn das Dorf abgeriegelt war. Mit den Einheimischen allein würde er niemals den Umsatz erreichen, den er brauchte, um die Unkosten zu decken und vernünftig leben zu können. Eigentlich war die Sache bereits für ihn erledigt. Trotzdem fragte er: „Was würde denn die Miete für das Haus kosten?"

„Gar nichts." Der Makler strahlte ihn an. „Die Idee ist, dass Sie nachmittags das Eiscafé betreiben und abends die Pizzeria. Sie bekommen dafür ein festes Gehalt und haben keinerlei Ausgaben!"

„So etwas gibt es nicht!" Ungläubig schüttelte Moretti den Kopf. „Was hätten Sie denn davon?"

„Sehen Sie, in diesem Dorf gibt es sonst nichts, und es wurde einstimmig beschlossen, hier ein italienisches Lokal zu eröffnen, damit die Leute ausgehen können, ohne dafür in die Stadt fahren zu müssen!" Wolfgang Schmidt rieb sich die Hände und wartete gespannt, wie der Italiener reagieren würde. Was er verschwieg, war, dass man sich nicht wirklich einstimmig für den Italiener entschieden hatte. Einige Bewohner hätten lieber ein deutsches Lokal gehabt, in dem es Schweinshaxen und Sauerkraut gab oder Jägerschnitzel mit Pommes frites und dergleichen. Beschwichtigend wurde erwähnt, man würde den Pächter des Lokals bitten, auch deutsche Gerichte mit auf die Speisekarte zu nehmen. Andere wiederum hätten lieber einen Griechen samt seiner Spezialitäten gehabt, und einige waren für ein chinesisches Lokal. So wie es immer ist, konnte man es leider nicht jedem recht machen, und es wurde schließlich abgestimmt. Somit stimmten die meisten für einen Italiener. Vielleicht deshalb, weil er außer der Pizzeria noch ein italienisches Eiscafé betreiben sollte. Die meisten Bewohner versprachen sich viel davon und freuten sich bereits darauf, an heißen Sommernachmittagen auf dem Balkon des Eissalons zu sitzen und herrliches, italienisches Eis zu genießen.

Sie betraten das Erdgeschoss, in dem das Lokal untergebracht war. Alles war fertig eingerichtet. Der Gastraum strahlte ein wunderschönes Ambiente aus. Moretti war beeindruckt. Nichts war vergleichbar mit dem Lokal, das er zurzeit betrieb. In einem Nebenraum stapelte sich das Mobiliar für den Außenbereich. Es war brandneu und wunderschön. Als sie die Küche in Augenschein nahmen, war er sprachlos. So etwas Modernes hatte er in seinem ganzen Leben noch nicht gesehen! Dagegen war seine derzeitige Küche eine Bruchbude! Anschließend begutachteten sie die Räumlichkeiten im ersten Stock, in denen das Eiscafé entstehen sollte. Auch hier war es nicht viel anders. Alles war fertig eingerichtet und musste nur noch in Betrieb genommen werden. Schließlich kamen sie in die Wohnung, die sich im zweiten Stock befand. Sie besaß eine geräumige Wohnküche, vier große Zimmer, zwei Bäder und einen großen Sonnenbalkon. Die Wohnung, die Moretti jetzt mit seiner kleinen Familie bewohnte, war dagegen winzig und sehr teuer. Der kleine Luca hatte nicht einmal ein eigenes Zimmer und schlief im Schlafzimmer der Eltern.

Pietro Moretti unterschrieb den Vertrag, obwohl ihm einiges sehr merkwürdig vorkam und er nicht wirklich wusste, ob er das Richtige tat. Wolfgang Schmidt verstand sein Handwerk und schaffte es, für den Moment alle Zweifel zu beseitigen.

Sofia fühlte sich wohl in der Stadt und wollte eigentlich nicht weg. Als ihr Mann ihr beichtete, dass er den Mietvertrag für das Haus im Dorf bereits unterschrieben hatte, war sie völlig fassungslos und schrie ihn an: „Sag' mal, hast du sie noch alle? Wie kommst du dazu, so etwas allein zu entscheiden? Du fährst sofort zurück und machst den Vertrag rückgängig!"

Betreten sah Pietro seine Frau an. Eigentlich hatte sie recht, aber es gab etwas, das er ihr verschwiegen hatte, um sie nicht in Gefahr zu bringen. Wortlos öffnete er die Schublade einer kleinen Kommode, die im Flur stand, und entnahm ihr einen unauffälligen Briefumschlag. Er zog ein Schreiben heraus und zwei Fotos. Auf einem Foto war Sofia mit dem kleinen Luca auf dem Spielplatz zu sehen. Das andere Bild zeigte ihn selbst hinter dem Tresen der Pizzeria, die sie seit einigen Monaten gemeinsam betrieben.

Der Brief war sehr höflich verfasst. Man schrieb, er hätte eine wunderschöne Frau und ein hübsches, liebes Kind, und man hoffe inständig, dass beide weiterhin bei guter Gesundheit blieben. Auch machte man ihm große Komplimente, dass das Lokal so gut besucht sei. Da bestimmt niemand wollte, dass sich das änderte, legte man ihm mit freundlichen Worten nahe, an jedem ersten Freitag im Monat einen Umschlag mit einer bestimmten Summe parat zu haben, den er einem lieben Freund übergeben sollte.

Sofia schlug die Hände vor das Gesicht. „Seit wann hast du das?"

„Der Brief kam ungefähr vor zwei Wochen."

„Hast du schon bezahlt?"

„Ja, einmal. Ich habe Angst um euch!"

„Wie hast du ihn erkannt?"

„Diese Kerle erkennt man auf den ersten Blick. Er war sehr höflich und schmierig, und er sagte, er hätte dich und Luca gesehen. Und ihr hättet beide sehr gesund ausgesehen." Pietro liefen die Tränen über das Gesicht.

„Oh, mein Gott! Wir müssen hier weg! Wann können wir in das Dorf?" Sofia bekam Panik.

„Der Makler sagte, ich solle ihn anrufen. Ich dachte, wir müssten die Kündigungsfrist für die Wohnung und den Geschäftsraum einhalten, aber es ist mir jetzt egal."

„Ruf ihn sofort an, auf der Stelle!" Sofia hielt ihm das Telefon hin.

Wolfgang Schmidt nahm sofort ab, als hätte er bereits auf den Anruf gewartet. Fünf Minuten später war alles geklärt.

„Sie schicken morgen früh eine Spedition, die unsere Sachen hinüberbringt", sagte Pietro, nachdem er das Telefongespräch beendet hatte.

„So schnell? Gut. Umso besser. Hauptsache, wir kommen von hier weg!"

Sie packten die ganze Nacht. Alles schafften sie nicht, aber das Wichtigste war zum Abtransport bereit. Pietro hatte noch am Abend Umzugskisten organisiert, in die sie das Nötigste verpackten. Es fiel den Italienern nicht auf, dass es normalerweise nicht Aufgabe eines Maklers war, ein Umzugsunternehmen zu beauftragen. Es ging aber alles so schnell, dass sie darüber nicht nachdachten. Sie waren einfach nur froh, Hilfe zu bekommen.

Da die Straße des Dorfes so selten befahren wurde, fiel der Transporter, der die Möbel und die Umzugskisten brachte, sofort jedem auf, als er langsam vor das zweistöckige Haus fuhr, in dem das italienische Lokal und das Eiscafé eröffnet werden sollten. Das Fahrzeug hielt direkt am Eingang. Einige Männer sprangen heraus und begannen mit dem Ausladen.

Obwohl sich von den Dorfbewohnern niemand draußen blicken ließ, wurde jeder Handgriff beobachtet. In Windeseile sprach sich die Neuigkeit herum.

Christine Herberg bewohnte ganz allein ein kleines, frei stehendes Haus mitten im Ort, das allgemein hinter vorgehaltener Hand als „Hexenhäuschen" bezeichnet wurde, obwohl es nicht viel anders aussah als alle anderen Einfamilienhäuser. Merkwürdig war nur, dass vorherige Bewohner immer sehr schnell wieder ausgezogen waren. Die meisten nach wenigen Wochen, einige sogar schon nach ein paar Tagen. Den Grund dafür kannte man nicht. Als man die letzten Bewohner befragte, als sie überstürzt ihre Sachen packten, behaupteten sie, es wäre zu unruhig im Haus. Mehr wollten sie nicht sagen. Anfangen konnte man mit dieser Information allerdings nicht viel, da es im Dorf überall sehr ruhig war und es ausgerechnet in diesem Haus nicht anders sein konnte.

Das Häuschen bot eigentlich Platz genug für vier Personen. Aber da man so schlechte Erfahrungen gemacht hatte, überließ man es nun Christine Herberg, die allein darin wohnen wollte.

Die Nachbarn waren gespannt. Sie hatten hin und wieder merkwürdige Dinge mitbekommen, worüber sie jedoch nicht sprachen. Aber die meisten von ihnen waren noch nicht lange hier, da der Wechsel der Bewohner, die in der Nähe des „Hexenhäuschens" wohnten, auffällig höher war als sonst im Dorf.

Sabine und Martin Holler hatten es sich zur Gewohnheit gemacht, nach dem Abendessen mit ihrem Dackel eine Runde durch den Ort zu drehen. Oft trafen sie dabei andere Dorfbewohner, mit denen sie einen Plausch hielten. An diesem Abend, es regnete leicht und dämmerte bereits, war die schmale Straße menschenleer und still. An einer Weggabelung blieb Sabine Holler stehen. „Nicht hier entlang", sagte sie zu ihrem Mann.

„Warum nicht?" Martin Holler zog sich seine Jacke enger um den Körper. Er fror.

„Da kommen wir am Hexenhäuschen vorbei! Ich will da nicht hin."

„Hast du etwa Angst?" Martin Holler lachte. „Komm' weiter, man muss nicht jeden Blödsinn glauben!"

Zögernd folgte sie ihm, als er einfach weiterging. Es wurde immer dunkler, und das Licht der Straßenlaternen schaltete sich gerade ein, als sie das „Hexenhäuschen" erreichten. Der Dackel, er hieß Tommy, stemmte plötzlich alle vier Pfoten in den Boden und weigerte sich weiterzugehen. Er sträubte das Nackenfell, fletschte die Zähne und knurrte vernehmlich.

„Was ist denn jetzt los?" Martin versuchte, den Hund an der Leine weiterzuziehen, als ein lautes Krachen ertönte. Sabine erstarrte und packte ihren Mann am Arm. „Hast du das gehört? Das kam aus dem Haus!"

„Ja. Ich bin ja nicht taub!" Martin schüttelte den Kopf über seine Frau. „Da wird halt etwas umgefallen sein."

„Vielleicht ist der Frau etwas passiert?"

„Wir können ja einmal nachschauen." Martin trat entschlossen auf das Haus zu und klingelte. Sabine schnappte sich den giftenden Dackel und flüchtete auf die andere Straßenseite. Ihr war die Sache nicht geheuer.

Es öffnete niemand. Es brannte auch kein Licht.

„Sie ist nicht zu Hause! Gehen wir weiter!" Martin fand das Verhalten seiner Frau albern. Nach wenigen Metern hatte sich der Hund wieder beruhigt. Sie kamen zu einer der Treppen, die zur Tiefgarage führte, als ihnen Christine Herberg, bepackt mit Einkaufstaschen, entgegenkam. Sie kannten sich flüchtig und grüßten sich höflich. Trotz der warnenden Blicke seiner Frau fragte Martin: „Ist jemand in Ihrem Haus? Wir haben Geräusche gehört." Das war zwar etwas untertrieben, denn es hatte tatsächlich richtig laut gekracht, aber vielleicht wusste die junge Frau ja etwas darüber.

„Nein, nein, da ist niemand", behauptete sie und lächelte.

„Vielleicht ein Einbrecher? Sollen wir Sie begleiten?" Martin sah, wie seine Frau vor Schreck ganz blass wurde. Sie würde ganz sicher nicht in die Nähe des Häuschens gehen!

„Das ist nett, vielen Dank, aber hier gibt es keine Einbrecher!", lachte Christine Herberg. Dazu musste man wissen, dass der gesamte Ort durch einen drei Meter hohen Zaun gesichert war, der von einer Hecke verdeckt wurde. Überwachungskameras gewährleisteten außerdem, dass sich niemand unbefugt Zutritt verschaffte.

„Ich danke Ihnen recht herzlich, aber Sie müssen sich wirklich keine Sorgen machen!", sagte die junge Frau leise und sah die beiden mit einem seltsam durchgeistigten Blick an. Der Dackel knurrte wieder. Sabine Holler lief es eiskalt über den Rücken. Schnell zog sie ihren Mann und den Hund weiter.

„So ganz sauber ist die nicht", meinte Martin, als sie außer Hörweite waren.

Als Christine Herberg ihr Haus betrat, vernahm sie ein Stöhnen und lautes Atmen. Es hörte sich so an, als würde ein Mensch große Schmerzen erleiden. Unbeeindruckt trug sie ihre Einkäufe in die Küche und begann, sie auszupacken. „Mach' bitte nicht einen solchen Krach, wenn ich nicht zu Hause bin. Die Nachbarn werden schon aufmerksam", sagte sie freundlich in die Leere. Sie erhielt keine Antwort. Stattdessen pochte es mehrmals hintereinander.

Am selben Abend wurde die Pizzeria eröffnet. Sofia und Pietro Moretti waren zwar eigentlich noch mit dem Umzug beschäftigt, aber sie wollten ihren guten Willen zeigen und das Lokal so schnell wie möglich öffnen. Da es vollständig eingerichtet war, konnte es sofort in Betrieb genommen werden. Man wollte es langsam angehen lassen und hatte keinerlei Werbung gemacht. Obwohl die Leute scheinbar wenig Kontakt zueinander hatten, wusste jeder Bescheid. Das halbe Dorf war auf den Beinen, um das Lokal zu begutachten. Die meisten hatten bereits zu Abend gegessen, aber sie freuten sich auf die Geselligkeit und wollten zumindest ein Glas Wein dort trinken. Der Abend wurde so gemütlich, dass es niemanden nach Hause zog. Immer wieder wurden Gerichte bestellt, und Pietro Moretti hatte ordentlich zu tun, alle Gäste zu bedienen. Pizza und Pasta waren vorzüglich, und die Bewohner des Dorfes waren begeistert. Dass sie etwas länger warten mussten, da der Andrang immer größer wurde, machte ihnen nichts aus. Sie hatten Zeit.

Es war ausgerechnet der erste Freitag im Monat. An der rot-weißen Schranke hielt ein großer, dunkler Wagen. Ein Mann ließ die Scheibe der Autotür hinab und drückte den Knopf, der ihn mit der Sprechanlage verband. Der Pförtner meldete sich. „Sie wünschen, bitte?"
„Ich möchte zur Pizzeria."
„Sind Sie angemeldet?"

„Nein, ich bin ein guter Freund von Herrn Moretti!"

„Ihr Name, bitte?"

„Der tut nichts zur Sache."

Die Sprechanlage schwieg ab diesem Moment. Der Herr stieg aus seinem Wagen und ließ ihn einfach stehen. Er bückte sich und kroch unter der Schranke hindurch. Er betrat den kleinen Parkplatz und betrachtete verblüfft das große Sicherheitstor. Im nächsten Moment tauchten vier Männer aus der Dunkelheit auf und umringten ihn. Der Pförtner hatte Alarm gegeben.

Der Italiener wusste, wann er verloren hatte. Er hob beide Hände und entschuldigte sich wortreich. „Es tut mir leid! Das ist sicher ein Missverständnis. Ich wollte nur meinen Freund besuchen!" Die Männer schwiegen. Er ließ sich von ihnen hinausbegleiten, stieg rasch in seinen Wagen und brauste davon. Seinem Auftraggeber meldete er später, an Moretti wäre zurzeit nicht heranzukommen.

Monika und Joachim Naumann bewohnten mit ihren beiden Kindern ein größeres Einfamilienhaus, das gegenüber dem Hexenhäuschen lag. Ihr Sohn, er hieß Marcel und war 15 Jahre alt, ging noch zur Schule, und ihre Tochter Claudia war 17 Jahre alt und hatte in der Stadt eine Ausbildung im kaufmännischen Bereich begonnen.

Das Besondere an dieser Familie war, dass die alten Eltern von Monika und Joachim Naumann mit im selben Haushalt wohnten. Dazu hatten sie sich extra die Genehmigung der Immobilienverwaltung eingeholt. Nach eingehender Prüfung wurde ihnen die Aufnahme ihrer Eltern gestattet. Zunächst war es nur um die Eltern von Joachim Naumann gegangen. Man hatte dem alten Ehepaar die Wohnung gekündigt, und die alten Herrschaften wussten nicht, wo sie hin sollten, da sie in ihrem Alter keine neue Wohnung mehr fanden. So bezogen sie ein großes Zimmer im ersten Stock im Hause ihres Sohnes. Das war zunächst eine gute Lösung, mit der alle zufrieden waren, aber es dauerte nicht lange, bis auch die Eltern von Monika zu ihnen ziehen wollten. Sie sagten, sie kämen allein nicht mehr zurecht, was auch stimmte. Nachdem auch dieser Zuzug genehmigt worden war, bekamen Monikas Eltern den zweiten Schlafraum im ersten Stock. Monika und ihr Mann richteten sich nun hauptsächlich im Erdgeschoss ein. Die Kinder hatten jeweils ein eigenes Zimmer im ersten Stock.

Es stellte sich jedoch bald heraus, dass es den alten Herrschaften in ihren Räumlichkeiten zu langweilig war. Sie waren dort einsam und bekamen nichts mit. So saßen sie alle vier die meiste Zeit unten im Wohnraum. Das Erdgeschoss bestand aus einem großen Wohnraum mit angrenzender, offener Küche und dem Badezimmer. Da Joachims Eltern nun den Schlafraum im ersten Stock bewohnten und Monikas Eltern das Zimmer nebenan, hatten sich Monika und Joachim im Wohnzimmer eingerichtet. Sie hatten aber nun überhaupt keine Möglichkeit mehr, für sich zu sein, da sich die alten Leute fast nur noch unten aufhielten. Sie waren oft sehr müde und schliefen viel, was in ihrem Alter völlig normal war. Es wurde ihnen mit der Zeit zu beschwerlich, jedes Mal die Treppe zum ersten Stock hinaufzusteigen, um in ihre Schlafzimmer zu gelangen. So traf man sie meist schlafend auf der Couchgarnitur im Wohnzimmer an, wo sie, halb sitzend, halb liegend, schliefen.

„Wir müssen etwas ändern! So geht es nicht weiter", sagte eines Tages Joachim Naumann zu seiner Frau.

„Was willst du denn machen? Wir können sie doch nicht nach oben in ihre Zimmer verbannen!" Monika wusste sich keinen Rat.

„Ganz einfach. Wir tauschen! Die Betten holen wir herunter ins Wohnzimmer, und wir richten uns unser Schlafzimmer wieder oben ein! Das wäre die beste Lösung!"

Und so geschah es. Die alten Leute wurden selbstverständlich gefragt. Sie waren sehr angetan und wollten auch keine Trennwand zwischen sich, wie Joachim es ihnen vorschlug.

Somit wurden die beiden Doppelbetten nun im Wohnbereich aufgestellt. Daneben gab es die Sitzgarnitur, die man in eine Ecke geschoben hatte, und den großen Esstisch, an dem alle Platz hatten. Ein großer Flachbildschirmfernseher war von allen Seiten aus gut zu sehen. Neben jedem Bett stand ein Tischchen, auf dem Bücher, Zeitschriften, Lesebrille und Sonstiges abgelegt werden konnte. Von hier aus bekamen die alten Leute alles mit, konnten aber ruhen oder schlafen, wann immer sie wollten. Das Badezimmer befand sich direkt nebenan, sodass sie keine Treppen mehr steigen mussten.

Monika Naumann blieb zu Hause und sorgte für ihre Eltern und Schwiegereltern. Jeden Morgen kaufte sie ein, und am Vormittag kochte sie für alle. Mit Vorliebe saßen die beiden alten Damen am Küchentisch, putzten Gemüse, schälten Kartoffeln und erzählten sich dabei kleine Geschichten aus früheren Zeiten. Es ging zwar alles nicht mehr so schnell, aber sie hatten ja Zeit, und es drängte sie niemand. Sie freuten sich darüber, noch zu etwas nütze zu sein. Die beiden alten Herren hatten es schwerer. Sie hatten sich nie um den Haushalt kümmern müssen und standen nun oft unschlüssig herum, obwohl sie auch gerne etwas dazu beigetragen hätten. Da sie sich die Hausarbeit aber nicht zutrauten und Angst hatten, sich dumm anzustellen, behaupteten sie einfach, das wäre eben Frauensache. Trotzdem versuchten die beiden alten Damen immer wieder, sie mit einzubeziehen. Sie trugen ihnen immer wieder kleine Handreichungen auf, und wenn einer der beiden etwas bemäkelte, wurde er sofort animiert, den Anlass seiner Beschwerde selbst zu beheben.

Durch die großen Fenster des Wohnraumes konnte man direkt auf das „Hexenhäuschen" sehen, das auf der anderen Straßenseite lag.

Eines Abends wurden die alten Herrschaften plötzlich sehr munter. Sie beobachteten, dass hinter den Fenstern des gegenüberliegenden Hauses ein Feuer loderte!

Monikas Vater rief sofort die Feuerwehr. Jeder Notruf, der aus dem Dorf heraus abgesetzt wurde, löste einen Alarm im Pförtnerhäuschen aus. Das war notwendig, da der diensthabende Wachmann gewährleisten musste, dass die Rettungskräfte auf das Gelände gelassen wurden. Das war immer dann der Fall, wenn jemand die Feuerwehr, einen Krankenwagen oder die Polizei rief.

So standen auch jetzt mehrere Wachleute auf der Straße, an der Schranke und vor dem bereits geöffneten, großen Tor und wiesen der Feuerwehr, die mit Blaulicht und eingeschaltetem Martinshorn heranraste, den Weg. Einige Wachleute waren bereits zum „Hexenhäuschen" geeilt und hatten sich dort postiert. Sehen konnten sie jedoch nichts. Kein Feuer, kein Rauch – einfach gar nichts! Nacheinander trafen mehrere Löschzüge der Feuerwehr ein und hielten auf der Straße vor dem Haus, das angeblich brannte. Auch sie sahen nichts. Trotzdem sprangen sie aus den Autos und begannen, die Schläuche auszurollen, so wie es bei jeder Übung und jedem Einsatz geschah. Der Einsatzleiter klingelte an der Haustür und wartete. Inzwischen hatte rundherum jeder mitbekommen, dass die Einsatzfahrzeuge mit Blaulicht auf der Straße standen. Die Bewohnerin des Hauses schien sich dafür jedoch nicht zu interessieren. Erst nach geraumer Zeit wurde die Tür langsam geöffnet.

Christine Herberg machte einen völlig verwirrten Eindruck. Die Haare hingen ihr strähnig ins Gesicht, sie war geisterhaft blass, und ihre Augen lagen tief in den Höhlen.

„Bei Ihnen soll es brennen! Wir haben einen Notruf erhalten!", sagte der Einsatzleiter irritiert.

„Das muss ein Irrtum sein! Hier brennt nichts." Christine Herberg strich sich müde das Haar aus dem Gesicht.

„Darf ich einmal kurz nachschauen?"

„Bitte!" Sie gab die Tür frei.

Der Feuerwehrmann sah sich kurz um. Kein Brandgeruch. Keine Spur von Feuer oder Rauch. Merkwürdig.

„Das war dann wohl ein Fehlalarm! Entschuldigen Sie bitte die Störung!" Er stapfte wieder nach draußen und gab das Kommando, den Einsatz abzubrechen.

Er klingelte gegenüber. Von dort aus sollte der Notruf abgesetzt worden sein. Als er erfuhr, dass es sehr alte Leute waren, die das Feuer gesehen haben wollten, winkte er ab. Sicherlich eine Sinnestäuschung. Die alten Herrschaften hatten es sich wahrscheinlich nur eingebildet.

Völlig erschöpft ließ sich Christine Herberg auf die Couch sinken. Sie war erst vor wenigen Minuten in ihren Körper zurückgekehrt und musste sich erst wieder zurechtfinden. Es kostete sie jedes Mal sehr viel Kraft.

Am Rande des Dorfes befand sich ein größeres Gebäude, in dem es ausschließlich Appartements gab. Jede Wohneinheit maß genau 32 Quadratmeter und bestand aus einem kleinen Duschbad und einem Wohn-Schlafraum mit integrierter Küchenzeile. Die kleinen Wohnungen waren für Einzelpersonen gedacht und nicht sehr teuer. Sie waren sehr begehrt, und es gab mehr Anfragen als freie Appartements. Zu den ersten Bewerbern, die eine der kleinen Wohnungen ergattert hatten, gehörte Silvia Turan. Sie hatte langes, dunkles Haar und sah auf den ersten Blick sehr hübsch aus, wenn man sie von der linken Seite aus betrachtete. Jedoch war die andere Gesichtshälfte durch Säure zerstört worden. Die Haut sah wie zerknittertes Pergament aus und wies stellenweise tiefe Narben auf. Der rechte Mundwinkel wurde von den Narben nach oben gezogen, was besonders hässlich aussah. Silvia Turan war zuvor aufgrund häuslicher Gewalt in ein Frauenhaus geflüchtet. Ihr Ehemann hatte sie übel misshandelt. Zunächst wurde sie im Krankenhaus behandelt, und die Staatsanwaltschaft hatte Anklage wegen Körperverletzung gegen ihren Ehemann erhoben. Sie selbst hätte es niemals gewagt, ihn anzuzeigen. Er wurde verhaftet und saß seitdem in der Justizvollzugsanstalt ein. Trotzdem konnte sie es nicht riskieren, in die eheliche Wohnung zurückzukehren, da sie befürchten musste, dass sich Familienangehörige ihres Mannes an ihr rächten. Die Mitarbeiter des Frauenhauses vermittelten ihr den Kontakt zu der Immobiliengesellschaft, die ihr in dem kleinen Dorf schließlich eine Wohnung vermietete. Am liebsten wäre sie bis ans andere Ende der Welt geflohen, aber dazu hatte sie kein Geld. So war sie nun heilfroh, in dem kleinen Ort untergekommen zu sein. Die Wohnung bestand aus einem Raum, der acht Meter lang und vier Meter breit war. Wenn man zur Tür hereinkam, befand sich der Duschraum, der vier Quadratmeter maß, auf der linken Seite. Dahinter stand direkt an der Wand ein Bett und daneben ein Tisch mit zwei Stühlen. Auf der anderen Seite gab es Einbauschränke, in denen man Kleidung und andere Utensilien verstauen konnte. An der Außenwand befand sich eine kleine Küchenzeile und eine Tür, die auf einen winzigen Balkon führte, auf den gerade so zwei Stühle und ein kleines Tischchen passten. Die Appartements waren standardmäßig möbliert, doch wenn sich jemand selbst einrichten wollte, wurden die vorhandenen Möbel einfach ausgeräumt und im Keller verstaut.

Silvia Turan verkroch sich hier und scheute die Begegnung mit anderen Menschen. Für sie war es ein kleines Paradies. Sie hoffte, hier ruhig und sicher leben zu können. Niemand wusste, dass sie eine kleine Tochter hatte. Sie war so verunsichert, dass sie glaubte, die Behörden würden ihr das Kind wegnehmen, wenn es herauskäme. Das kleine Mädchen war drei Jahre alt und hieß Fatma. Silvia hatte es zu ihrer Mutter gebracht und betete, dass es niemand dort finden würde. Sie hatte große Angst, die Familie ihres Mannes würde das Kind entführen. Am schnellsten würden sie es finden, wenn sie es bei sich hatte, dachte sie. Zunächst wollte sie eine Weile warten, ob sie in dem kleinen Dorf tatsächlich sicher war. Erst dann wollte sie Fatma zu sich holen.

Matthias Steinbach war der Geschäftsführer der Immobiliengesellschaft. Er hatte seinerzeit das kleine Dorf mit ganz besonderen Ideen gegründet. Sein Konzept war, dass die Menschen des Ortes absolut sicher waren und es keinerlei Einbrüche, Überfälle, Schlägereien oder sonstige Straftaten innerhalb der kleinen Gemeinde gab. Deshalb wurden alle Leute, die hier eine Wohnung wollten, zunächst gründlich durchleuchtet. Jemand, der eine kriminelle Vorgeschichte hatte, durfte das Dorf gar nicht erst betreten. Dies galt auch für Besucher.

Dabei hatte Matthias Steinbach vergessen, dass es sich hier um Menschen handelte. Man konnte nicht jede Vorgeschichte kennen. Vieles blieb im Verborgenen. Außerdem war die zukünftige Handlungsweise der Personen nicht vorhersehbar. Man konnte jedem nur bis vor die Stirn gucken. Was sich dahinter verbarg, erfuhr man oft erst viel später. Matthias Steinbach wurde über jede Besonderheit, die sich im Dorf zutrug, unverzüglich unterrichtet. Als er von dem Italiener erfuhr, der versuchte, unrechtmäßig zur Pizzeria Moretti vorzudringen, schrillten bei ihm alle Alarmglocken. Er verzichtete darauf, Pietro Moretti zu befragen, da dieser sicher schweigen würde. Aber die Morettis standen ab diesem Zeitpunkt unter besonderer Beobachtung.

Monika Naumann bereitete in der offenen Küche das Abendbrot vor. Die alten Leute lagen in ihren Betten im Wohnbereich und verfolgten einen Krimi im Vorabendprogramm, den sie lebhaft kommentierten. Gleichzeitig beobachteten sie das gegenüberliegende Haus durch das große Panoramafenster.

„Jetzt geht es wieder los!", sagte Monikas Vater plötzlich und schaltete den Fernseher aus. Joachims Vater löschte das Deckenlicht. Da es draußen bereits stockdunkel war, sah Monika nichts mehr und beschwerte sich: „Macht ihr wohl bitte das Licht wieder an! Ich muss das Essen zubereiten!"

„Komm her und setz' dich! Essen kannst du später noch machen!" Ihr Vater winkte sie energisch zu sich. Seufzend setzte sie sich neben ihn auf einen Stuhl. Auf der gegenüberliegenden Seite tat sich etwas. Das Licht flackerte beunruhigend hinter den Fenstern. Es sah so aus, als würden sich irgendwelche Gestalten hin und her bewegen.

„Ist die junge Frau denn schon nach Hause gekommen?", fragte Joachims Mutter irritiert.

„Nein. Das hätten wir mitbekommen. Da drüben im Haus ist kein Mensch!" Monikas Vater kniff die Augen zusammen, um besser sehen zu können. „Das geht nicht mit rechten Dingen zu!", sagte er überzeugt.

„Schaut auf das linke Fenster im Erdgeschoss!" Monikas Mutter griff aufgeregt nach dem Arm ihres Mannes. Gebannt beobachteten sie, wie sich das Fenster langsam öffnete und eine kleine Rauchwolke herausquoll. Schnell verflüchtigte sich die Wolke in der kalten Abendluft.

Im nächsten Moment kam Christine Herberg mit schnellen Schritten die Straße herauf. Gespannt warteten sie, was als Nächstes geschehen würde. Die junge Frau hatte das Haus noch nicht erreicht, als sich plötzlich mit einem Knall das Fenster schloss und alle Lichter erloschen.

Schon von Weitem sah Christine Herberg, dass es in ihrem Häuschen turbulent zuging. Ihr war inzwischen klar geworden, dass die älteren Herrschaften, die gegenüber wohnten, jede Auffälligkeit registrierten. Sie überlegte bereits, wie sie das Flackern der Lampen erklären sollte, falls jemand sie danach fragte.

Als sie das Häuschen betrat, herrschte absolute Stille, was ihr eher ungewöhnlich vorkam. Trotzdem wusste sie, dass er sie beobachtete. Im nächsten Moment verspürte sie eine leichte Berührung an ihrer Wange. Sie musste lächeln.

Als sie eingeseift unter der Dusche stand und sich abbrausen wollte, kam plötzlich kein Wasser mehr. Solche Scherze liebte sie gar nicht! Nass und voller Seife und Shampoo stand sie frierend in der Duschkabine und wartete. Sie hörte ein leises Kichern. „Lass es!", fauchte sie böse. Sofort ergoss sich der warme Wasserstrahl wieder über sie. Erleichtert duschte sie sich ab und hüllte sich in ihren Bademantel.

„Ende der Vorstellung! Du kannst weiter das Abendbrot herrichten!" Monikas Vater schaltete den Fernseher und die Deckenbeleuchtung wieder ein. Er war sich sicher, dass zunächst drüben im Haus nichts mehr passieren würde. Die alten Leute schauten ihren Krimi zu Ende, und Monika begann, das Abendessen auf dem Tisch anzurichten.

Sofia und Pietro Moretti waren sehr zufrieden. Das kleine italienische Lokal wurde von den Dorfbewohnern gut angenommen. Alle waren froh, sich beim „Italiener an der Ecke" treffen zu können und nicht extra in die Stadt fahren zu müssen, um eine Kleinigkeit zu essen oder ein Glas Wein zu trinken. Selbst die Dorfjugend traf sich inzwischen dort und hatte ihren Stammtisch in dem kleinen Lokal. Das Eiscafé war noch nicht in Betrieb genommen worden, da es dafür noch zu kalt war. Kaum jemand wollte im Winter Eis essen. Es sollte erst im nächsten Frühjahr eröffnet werden. Dafür öffnete die Pizzeria bereits am Nachmittag, und man konnte bis in die späten Abendstunden dort sitzen. Pietro Moretti war heilfroh, keine Drohbriefe mehr zu erhalten. Auch kam niemand in das Lokal und machte irgendwelche Andeutungen. Dass er unter Beobachtung der Immobiliengesellschaft stand, merkte er gar nicht.

In dem kleinen Ort gab es eine Kindertagesstätte, in der sich der kleine Luca sehr wohlfühlte. Stundenweise wurde er dort abgegeben, aber seine Mama war jedes Mal froh, wenn sie ihn wieder abholen konnte. Sie hatte ein ungutes Gefühl. Wer wusste, ob nicht doch jemand in das abgesperrte Areal hineinkam und ihrem Sohn etwas antat?

Silvia Turan hatte sich nun doch überwunden, ihr Appartement zu verlassen. Ihr war einfach die Decke auf den Kopf gefallen, und sie musste einmal hinaus, um etwas anderes zu sehen. Sie sehnte sich danach, mit jemandem zu sprechen. Da es sehr kalt draußen war, fiel niemandem auf, dass sie sich einen Schal um das Gesicht gebunden hatte. Als sie die Pizzeria betrat, hielt sie sogleich nach einem Platz Ausschau, auf dem sie mit der rechten Seite zur Wand sitzen konnte, damit niemand ihre rechte Gesichtshälfte auf Anhieb sah. Sie hatte Glück. Es gab gerade einen freien Tisch, der sich direkt an einer Außenwand befand. Erleichtert setzte sie sich. Sie wirkte etwas steif, da sie immerzu bemüht war, ihren Kopf nicht zu drehen. Sofia Moretti trat an den Tisch und nahm die Bestellung auf. Sie sah sofort, dass die junge Frau entstellt war, und es tat ihr von Herzen leid. Selbstverständlich ließ sie sich nichts anmerken. Silvia bestellte ein Glas Wein und ein Nudelgericht. Gerade als Sofia Moretti ihr den Wein brachte und ein paar freundliche Worte mit ihr wechselte, steuerte das Ehepaar Holler mit Dackel Tommy ihren Tisch an. Höflich fragte Sabine Holler, ob sie sich zu ihr setzen dürften. Der Dackel wäre auch ganz brav.

Silvia nickte erfreut. Sie drehte ihr Gesicht nur minimal in die Richtung des Paares und glaubte, so könne man ihre rechte Gesichtshälfte nicht sehen. Sie hatte Angst, auf Ablehnung zu stoßen, und sie befürchtete, dass man sie fragte, woher sie die Verletzung hatte.

Sabine und Martin Holler sahen, dass das Gesicht der jungen Frau nicht in Ordnung war, aber sie beachteten es gar nicht. Es war für sie nicht wichtig. Sie begannen, nett mit ihr zu plaudern. Silvia freute sich sehr darüber und entspannte sich langsam. Aber jedes Mal, wenn sich die Tür öffnete und ein neuer Gast das Lokal betrat, fuhr sie zusammen und schaute angstvoll zum Eingang. Die Hollers bekamen das mit und waren irritiert. Was mochte der jungen Frau wohl zugestoßen sein, dass sie solche Angst hatte? Sie waren aber so taktvoll, darüber hinwegzusehen. Als sich die Tür ein weiteres Mal öffnete und Silvia wieder zusammenzuckte, kam Christine Herberg herein. Sie lächelte und wirkte etwas geistesabwesend. Die Leute, die an den anderen Tischen saßen und ihr zunickten, schien sie gar nicht zu bemerken. Sie blickte geradeaus, direkt dorthin, wo Silvia Turan saß. Silvia kroch in sich zusammen. Ihr war die Dame unheimlich. Langsam näherte sich Christine Herberg dem Tisch, an dem noch einige Plätze frei waren. Das Ehepaar Holler, das auch dort saß, würdigte sie mit keinem Blick. Ohne ein Wort zu sagen oder eine Miene zu verziehen, zog sie einen Stuhl heran und setzte sich. Der Dackel, der bisher brav unter dem Tisch gelegen hatte, begann, vernehmlich zu knurren. Im Lokal war es plötzlich still geworden. Alle schauten zu ihnen herüber. Scheinbar starrte Christine Herberg Silvia an. Nur wer genauer hinsah, bemerkte, dass es nicht so war. Sie schien eher durch sie hindurchzublicken.

Sabine Holler brach schließlich das Schweigen. „Wir freuen uns sehr, Sie endlich einmal kennenzulernen", sagte sie herzlich zu Christine Herberg. Es dauerte einen Moment, bis diese reagierte. Plötzlich sah sie um sich, als registriere sie erst jetzt, wo sie sich befand. Ihr Blick wurde klarer. Der Hund beruhigte sich sofort.

„Ach, entschuldigen Sie bitte, ich war gerade in Gedanken", sagte sie und sah die Leute, die mit ihr am Tisch saßen, offen an. Plötzlich wirkte sie sehr erschöpft. Tiefe Ringe bildeten sich unter ihren Augen. Als sie registrierte, dass Sofia Moretti vor ihr stand, bestellte sie ein großes Glas Cola. Das würde ihr helfen. Sie wusste es aus Erfahrung. Gerade war sie in ihren Körper zurückgekehrt und wusste im ersten Moment nicht, wo sie sich befand und wer die Leute waren, die mit am Tisch saßen. Sie hatte keine Ahnung, wie sie in die Pizzeria gekommen war und warum sie hier war.

Am Stammtisch der Jugendlichen wurde gelacht und gefeixt. Plötzlich flatterte das Wort „Hexe" durch den Raum. Alle, die es gehört hatten, hielten inne und sahen verstohlen zu Christine Herberg hinüber. Sie reagierte nicht. Entweder hatte sie es nicht gehört, oder sie ignorierte es bewusst.

Das Glas Cola tat seine Wirkung. Es ging ihr sofort sehr viel besser. Sie bestellte sich eine Pizza und verbrachte einen recht netten Abend mit den Nachbarn, die sie bisher nur vom Sehen gekannt hatte. Man unterhielt sich über dies und jenes, was im Dorf geschah, aber niemand erwähnte die Vorkommnisse im „Hexenhäuschen" oder gar die Gesichtsverletzung von Silvia Turan.

Marcel und Claudia Naumann saßen auch am Jugendtisch. Sie wohnten mit ihren Eltern und Großeltern gegenüber des „Hexenhäuschens". Obwohl sie schon öfter mitbekommen hatten, dass ihre Großeltern, die hauptsächlich im Erdgeschoss in ihren Betten lagen, das kleine Haus ständig beobachteten und immer wieder glaubten, mysteriöse Vorkommnisse entdeckt zu haben, wechselten sie darüber kein Wort mit den anderen jungen Leuten. Sie hielten ihre Großeltern für senil und glaubten nichts von dem, was sie erzählten. Dass die Bewohnerin des Häuschens manchmal etwas merkwürdig zu sein schien, war ihnen noch nicht aufgefallen, da sie in ihrem jungen Alter sowieso alle Erwachsenen für seltsam hielten.

Zur gleichen Zeit beobachteten ihre Großeltern wieder das „Hexenhäuschen". Zwar lief auch der Fernseher, aber sie fanden das Häuschen gegenüber mittlerweile viel spannender. Sie hatten beobachtet, dass die junge Frau, scheinbar in Gedanken versunken, das Haus verlassen hatte. Gespannt warteten sie, ob sich etwas ereignete.

Es dauerte nicht lange. Der vorabendliche Krimi hatte gerade angefangen, als plötzlich gegenüber sämtliche Lichter angingen.

„Es geht los!" Joachims Vater schaltete den Fernseher ab. Die alten Leute setzten sich erwartungsvoll in ihren Betten auf und stopften sich die Kissen hinter den Rücken. Langsam öffnete sich ein Fenster im ersten Stock. Ein Gegenstand wurde wie von Geisterhand herausgeschleudert.

„Was war das?" Monikas Mutter beugte sich vor und griff zu ihrer Brille.

„Sah aus wie ein Stuhl", meinte Joachims Mutter gelassen. Als Nächstes flog eine Lampe aus dem Fenster und zerschellte auf der Straße.

„Wenn es so weitergeht, hat die gute Frau keine Einrichtung mehr, wenn sie nach Hause kommt!", sagte Monikas Vater trocken. Es folgten noch weitere Gegenstände, die nach und nach die Straße übersäten. Plötzlich erloschen alle Lichter, und das Fenster schloss sich mit einem Knall.

„Fertig! Das war es wieder für heute!", beschloss Joachims Vater und schaltete den Fernseher ein. Als wäre nichts gewesen, widmeten sich die alten Leute wieder ihrem Krimi.

Beim Italiener war es spät geworden. Sabine und Martin Holler – mit Dackel Tommy – begleiteten Christine Herberg auf dem Heimweg. Als sie die Verwüstung auf der Straße sahen, waren sie zunächst sprachlos. Tommy beschnüffelte die Gegenstände, die auf der Straße lagen und sträubte das Nackenfell.

„Ach, herrje! Was ist denn hier passiert?", rief Sabine Holler fassungslos.

Christine Herberg lächelte und schien wieder geistesabwesend zu sein. „Wer weiß?", sagte sie. „Vielleicht hat sich ein Ehepaar gestritten und mit Mobiliar um sich geworfen?" Sie nickte den beiden zu und schritt würdevoll auf ihr Haus zu. „Ich danke Ihnen für den schönen Abend. Gute Nacht!"

„Auch Ihnen eine gute Nacht! Sind Sie sicher, dass sich kein Fremder in Ihrem Haus befindet?"

„Ja." Christine Herberg verschwand durch die Haustür. Martin Holler legte den aufgeregten Hund an die Leine und sah sich kopfschüttelnd nach seiner Frau um. Er wollte gerade etwas zu ihr sagen, aber sie war nicht mehr neben ihm. Als sie das Chaos auf der Straße gesehen hatte, war sie nicht mehr weitergegangen. Sie hatte Angst. Martin Holler seufzte. Den widerstrebenden Dackel hinter sich herziehend, ging er seiner Frau entgegen. In diesem Moment war ein markerschütternder Schrei aus dem kleinen Haus zu hören.

Oh, Mist, da ist doch einer im Haus, dachte Martin Holler. Hoffentlich hat er sie nicht umgebracht! Er ließ die Hundeleine fallen und rannte zurück zur Eingangstür. Er hämmerte dagegen und klingelte Sturm. Nach einer ganzen Weile öffnete sich die Tür ganz langsam. Christine Herberg blickte auf Martin Holler herab, als hätte sie ihn noch nie gesehen. Es verschlug ihm die Sprache. Er sah, dass sie ein großes Fleischermesser in der Hand hielt und trat unwillkürlich einige Schritte zurück.

„Was wollen Sie?", fragte sie mit ganz veränderter Stimme. Sie war sehr tief und klang irgendwie hohl. Holler kam es so vor, als hätte er eine völlig andere Person vor sich. Christine Herbert war merkwürdig blass und zitterte. Das Messer hielt sie wie zum Schutz vor sich. „Ich will hier niemanden!" Ihre Stimme hallte eigenartig und hatte nichts Menschenähnliches. Es hörte sich fast so an, als käme die Stimme von woanders her. Drohend bewegte sich die junge Frau auf Holler zu. Sie hob das Fleischermesser empor und starrte ihn aus tief in den Höhlen liegenden Augen an. Holler lief es eiskalt den Rücken hinunter.

Sabine Holler stand noch immer mit Tommy auf der anderen Straßenseite und hatte alle Hände voll damit zu tun, den Dackel zu bändigen. Er gebärdete sich wie wild und wollte sein Herrchen verteidigen.

„Martin, um Himmels willen, komm' da weg!", schrie sie entsetzt, als sie sah, dass die junge Frau ein Messer hatte. Holler rannte zu seiner Frau, packte sie an der Hand und hastete mit ihr davon. Hinter ihnen schloss sich leise die Eingangstür des „Hexenhäuschens", und alle Lichter erloschen.

„So etwas gibt es doch gar nicht!" Holler war völlig fassungslos. „Die Frau war doch bis eben noch völlig normal! Wieso spinnt die jetzt so?"

„Na ja, so völlig normal fand ich sie die ganze Zeit nicht!" Sabine Holler schüttelte den Kopf. Sie zitterte vor Angst und Aufregung. „Mit ihr stimmt etwas nicht!"

Die Szene war nicht unbeobachtet geblieben. Die alten Herrschaften von gegenüber waren noch wach und hatten alles mitbekommen.

Silvia Turan hatte das Lokal zwar zur gleichen Zeit verlassen, aber ihre Wohnung lag in der anderen Richtung. Es hatte ihr gefallen, einmal wieder unter Leuten gewesen zu sein. In einer normalen Stadt hätte sie es nicht gewagt, aus dem Haus zu gehen. Dieses kleine Dorf war zwar etwas merkwürdig, aber sie begann, sich hier sicher zu fühlen. Noch immer hatte sie Angst, von ihrem Ehemann oder dessen Familie aufgespürt zu werden. Sie glaubte, dass allein die Tatsache, dass sie in ein Frauenhaus geflüchtet war, genügte, dass man sich an ihr rächen würde, weil sie die Ehre der Familie ihres Mannes verletzt hatte. Hinzu kam, dass sie ihre kleine Tochter versteckt hatte. Ihr Mann glaubte, Anspruch auf das Kind zu haben. Wenn sie früher gewusst hätte, was auf sie zukommen würde, hätte sie diesen Mann niemals geheiratet. Sie war damals so naiv gewesen und hatte ihm blind vertraut.

Als sie sich auf ihr Bett sinken ließ, dachte sie, wie einsam sie doch war. Den kleinen Hund von Hollers hatte sie sehr nett gefunden. Sie überlegte, ob auch sie sich solch ein Tier anschaffen sollte. Sie mochte Tiere. Sie waren lieb und ehrlich. Und wenn sie ihre kleine Tochter zu sich holen konnte, wäre sie sicherlich begeistert. Sie lächelte bei dem Gedanken schmerzlich. Sie vermisste ihre kleine Tochter so sehr.

Am nächsten Morgen waren alle Trümmer, die auf der Straße vor dem „Hexenhäuschen" gelegen hatten, beseitigt worden. Es gab in dem kleinen Ort eine eiserne Regel: Nirgendwo durfte Müll oder Unrat zu sehen sein! Alles musste zu jeder Zeit sauber und ordentlich sein. In diesem Fall hatten die Sicherheitskräfte, die ständig überall präsent waren, das Chaos an den Pförtner gemeldet, der sofort für den frühen Morgen eine Entsorgungsfirma bestellt hatte. Unter Aufsicht war der Unrat von der Straße geräumt worden. Man hatte selbstverständlich vorher bei der Bewohnerin des Häuschens geklingelt, aber es war nicht geöffnet worden.

Die Müllentsorgung funktionierte normalerweise so, dass der Abfall direkt von den Wohnungen aus in eine unterirdische Anlage gelangte. Von dort aus wurde er weitertransportiert und am Eingang des Dorfes in Containern gesammelt. Diese wurden dann von einem speziellen Entsorgungsunternehmen dort abgeholt.

Wenn sich jemand nicht an diese Regelung hielt, musste er teuer dafür bezahlen. Auch Christine Herberg konnte sich auf eine saftige Rechnung gefasst machen. Dies war ihr aber gar nicht bewusst. Das Letzte, woran sie sich erinnern konnte, war, dass sie mit dem Ehepaar Holler und der jungen Frau, deren Gesicht entstellt war, in der Pizzeria gesessen hatte. Es war sehr nett gewesen, und irgendwann – es musste recht spät gewesen sein – hatten sie gemeinsam das Lokal verlassen und sich auf den Heimweg gemacht. Was danach geschehen war, wusste sie nicht mehr.

Sie erwachte am Morgen mit heftigen Kopfschmerzen, und ihr war furchtbar übel. Als sie aus dem Badezimmer kam, wo sie sich gerade übergeben hatte, registrierte sie, dass einige ihrer Möbel fehlten. Natürlich hatte sie sofort ihren unsichtbaren Mitbewohner in Verdacht, aber sie hatte keine Ahnung, was passiert war. Er rührte sich auch nicht. Aus Erfahrung wusste sie, dass es keinen Sinn hatte, ihn anzusprechen. Er machte sich nur dann bemerkbar, wenn er es wollte. Da er meist nicht sehr freundlich war, hatte sie auch kein Bedürfnis danach, mit ihm in Kontakt zu treten. Sie blickte aus dem Fenster. Draußen sah alles normal aus.

Die alten Leute bekamen selbstverständlich mit, dass frühmorgens die Straße gereinigt wurde. Gespannt saßen sie in ihren Betten und beobachteten, wie das Entsorgungsunternehmen die Gegenstände aufsammelte und die Wachleute um sie herumstanden. Als Monika herunterkam, um das Frühstück zuzubereiten, war bereits alles erledigt.

„Guten Morgen, ihr Lieben!", sagte sie freundlich, „der Kaffee kommt gleich! Möchtet ihr Brötchen oder lieber Toast?" Ihr blieb nicht verborgen, dass wieder etwas vorgefallen sein musste, da die älteren Herrschaften aufgeregt diskutierten. Sie hatten kaum Zeit, ihren Gruß zu erwidern, so sehr waren sie in ihr Gespräch vertieft. Schließlich berichteten sie ihr von den Vorkommnissen, und sie hörte es sich geduldig an. Dabei bereitete sie das Frühstück zu.

„Kommt ihr an den Tisch, oder wollt ihr im Bett bleiben? Dann mache ich euch die Tabletts fertig."

„Wir stehen auf. Oder?" Monikas Vater sah in die Runde. Alle nickten. Monika begann, den Tisch zu decken und half den alten Leuten in ihre Bademäntel. Ins Badezimmer begaben sie sich erst nach dem Frühstück – einer nach dem anderen.

Das Ehepaar Moretti freute sich sehr darüber, dass ihr neues Lokal so gut von den Dorfbewohnern angenommen wurde. Damit hatten sie in dem kleinen Ort nicht gerechnet. Es war tatsächlich so, dass bereits einige Leute vor der Eingangstür warteten, bevor das Lokal am Nachmittag öffnete. Im Laufe des Abends füllte sich die Gaststätte meist bis auf den letzten Platz. Manchmal saßen die Besucher zunächst an der Bar und warteten auf einen freien Tisch.

Wenn man im Sommer die Terrasse mitbenutzen konnte, würde es sich etwas entspannen.

Pietro Moretti fuhr jeden Vormittag in die Stadt, um alles einzukaufen, was er für das Lokal benötigte. Seine Frau Sofia und ihr kleiner Sohn Luca blieben im Dorf. Das war sicherer. Moretti ahnte nicht, dass man seine Spur längst aufgenommen hatte.

Im Dorf gab es einen Spielplatz für die Kinder, den Sofia mit dem kleinen Luca gerne besuchte. Sie traf dort andere Mütter mit ihren Kindern und freundete sich schnell mit ihnen an. Luca war sehr lieb und vertrug sich auf Anhieb mit den anderen Kindern. Die meisten Erwachsenen hatten bereits das italienische Lokal der Morettis besucht und kannten Sofia. Alle fanden sie sehr sympathisch.

Am Rande des Ortes gab es eine Art Mini-Supermarkt, in dem man alles kaufen konnte, was man zum täglichen Leben brauchte. Natürlich war nicht alles vorrätig, wie es in einem richtigen Supermarkt üblich war, aber wenn man nach bestimmten Dingen fragte, wurden sie sofort bestellt und waren nach kurzer Zeit verfügbar. Sofia und viele andere Dorfbewohner, die nicht in die Stadt kamen, kauften ausschließlich hier ein. Der Markt gehörte der Immobilienfirma und wurde von einem Ehepaar mittleren Alters betrieben.

Jeden Morgen zur selben Zeit wurde das Geschäft pünktlich von einer ausgesuchten Firma beliefert. Die Mitarbeiter der Spedition wurden keine Sekunde aus den Augen gelassen, sobald sie sich auf dem Gelände befanden. Mindestens zwei Sicherheitsleute beobachteten sie während des Ausladens der Waren. So sollte verhindert werden, dass auf diesem Wege Leute in das Dorf geschleust wurden, die nichts Gutes im Sinn hatten.

Eines Morgens saß ein sehr höflicher, südländisch aussehender Mann, der nicht zu den registrierten Anlieferern gehörte, am Steuer des LKWs. Er kam dem Pförtner merkwürdig bekannt vor. Sofort löste er den Alarm aus. Im nächsten Moment umringten mehrere Sicherheitskräfte das Fahrzeug, das nur wenige Meter bis zu dem kleinen Markt zu fahren hatte.

Der Sizilianer, der am Steuer saß, kratzte sich nervös am Kinn. So ein Mist! Er hatte sich extra von der Spedition einstellen lassen, um sich unauffällig den Morettis nähern zu können. Die Frau und das Kind waren auf jeden Fall in diesem Dorf, und er hätte gute Chancen gehabt, an sie heranzukommen! Er ließ sich jedoch nichts anmerken. Er grüßte höflich und lächelte den Leuten der Wachmannschaft, die ihn misstrauisch beäugten, freundlich zu. Er lud die Waren aus und blickte dabei immer wieder um sich. Da es jedoch noch sehr früh am Morgen war, konnte er keinen der Dorfbewohner entdecken. Schließlich musste er das Areal erfolglos verlassen und kam sich reichlich dämlich vor. Die Sicherheitsleute begleiteten den Wagen bis zum Tor. Jede seiner Bewegungen wurde überwacht. Pietro Moretti erfuhr davon nichts …

Christine Herberg hatte schon in jungen Jahren bemerkt, dass sie anders war. Sie hatte an sich selbst besondere Fähigkeiten festgestellt, die andere Menschen nicht hatten. Das äußerte sich so, dass sie plötzlich Dinge sah, von denen sie eigentlich nichts wissen konnte. Sie hatte Eingebungen. Sie konnte manches vorhersehen oder wusste etwas, obwohl sie keine Ahnung hatte warum. Die Gedanken waren einfach da. Meist ging es dabei um Menschen oder Tiere aus ihrer unmittelbaren Umgebung. Auf diese Weise hatte sie schon Hunden, Katzen und einmal sogar einem Pferd das Leben gerettet. Wenn sie gefragt wurde, sagte sie immer, es wäre ein Zufall gewesen.

Manchmal waren es aber auch Dinge, die sie überhaupt nicht zuordnen konnte. Und sie hatte keinen Einfluss darauf. Sie war nicht in der Lage, die Vorhersagungen oder ihr Wissen zu steuern.

Lange Zeit war es ihr gar nicht aufgefallen, weil sie es nicht anders kannte. Ihr Leben war jedoch zunehmend schwieriger geworden, da sie durch ihre Eigenartigkeit immer wieder aneckte, obwohl sie sich bemühte, diese Dinge für sich zu behalten. Deshalb war sie in das kleine Dorf gezogen. Sie hatte gedacht, hier unauffällig leben zu können, ohne mit jemandem Probleme zu bekommen.

Als sie ihr kleines Haus bezog, bemerkte sie sofort, dass sie nicht allein darin war. Sie glaubte aber, sie selbst wäre die Ursache, da sie einmal gelesen hatte, dass bestimmte paranormale Vorkommnisse oft von jungen Frauen ausgelöst wurden. Da sie offenbar diese besondere Gabe hatte, wunderte sie sich nicht darüber.

Zufällig erfuhr sie jedoch durch eine geschwätzige Nachbarin, dass die Bewohner, die vor ihr in dem Häuschen gelebt hatten, immer sehr schnell wieder ausgezogen waren. Niemand wusste zwar so recht warum, aber es gab Andeutungen und Vermutungen. Dass dort ein Geist hauste, glaubte aber keiner wirklich. Sie wusste, dass es ein Poltergeist war. Und er machte ihr allmählich immer mehr zu schaffen. Am Anfang hatte er sich nur bemerkbar gemacht, wenn sie zu Hause war. Er klopfte, stöhnte ab und zu, und manchmal hörte es sich so an, als ob irgendwo im Haus ein Möbelstück umfiel. Sie machte sich nach einer Weile gar nicht mehr die Mühe nachzuschauen, ob ein Schaden entstanden war, da er in der Regel keinerlei Spuren hinterließ.

Irgendwann änderte sich das. Es begann ganz langsam. Eines Tages verspürte sie seine Berührungen. Das war ein ganz seltsames Gefühl, da sie ihn nicht sah, aber wusste, dass er da war. Er strich ihr über das Haar oder streichelte ganz sanft ihre Wange. Sie glaubte, er wolle sich bei ihr einschmeicheln, da er ihr immer wieder Streiche spielte, die zwar unangenehm waren, aber ihr nicht wirklich schadeten. So machte er sich beispielsweise einen Spaß daraus, die Brause auf eiskalt zu stellen, wenn sie gerade duschte. Oder er schaltete den Herd ab, wenn sie am Kochen war. Oder er verstellte den Backofen auf die höchste Stufe, sodass der Kuchen verbrannte, den sie gerade im Rohr hatte. Wenn sie sich darüber ärgerte, vernahm sie oft ein leises Kichern. Manchmal war es auch ein abgrundtiefes Seufzen. Zunächst schimpfte sie mit ihm. Das machte die Sache jedoch nicht besser. Er tat dann beleidigt und warf aus Protest irgendwelche Gegenstände herunter, die dann tatsächlich auch kaputtgingen. Das war einmal eine schöne Vase, ein anderes Mal ein hübscher Bilderrahmen.

Sie wusste, dass sie ihm nichts verbieten konnte. Je mehr sie schimpfte oder ihn ignorierte, umso schlimmer wurde es.

Mittlerweile war es so, dass er sich rächte, wenn sie das Haus verließ. Es passte ihm nicht, und dies brachte er deutlich zum Ausdruck. Er fing an, das Häuschen zu verwüsten und Mobiliar aus dem Fenster zu werfen, was natürlich die Nachbarn mitbekommen mussten. Noch schlimmer war, dass sie sich plötzlich an manche Dinge nicht mehr erinnern konnte. Ihr fehlten auf einmal Zeitfenster von mehreren Stunden, und sie hatte keine Erklärung dafür. Dass sie ihren Körper verlassen konnte, hatte sie bereits vor langer Zeit festgestellt. Sie tat das immer dann, wenn sie sich in einer Situation besonders unwohl fühlte und ihr entfliehen wollte. Dies konnte sie normalerweise steuern, und so viel sie wusste, schlief ihr Körper in dieser Zeit. Neuerdings hatte sie aber keine Kontrolle mehr darüber. Sie befürchtete, dass der Poltergeist etwas damit zu tun hatte.

Die Eltern von Monika und Joachim Naumann saßen gemütlich in ihren Betten und verfolgten gespannt ihren Vorabendkrimi, den sie sich jeden Tag vor dem Abendessen anschauten. Hin und wieder gaben sie Kommentare dazu ab, wobei sie sich nicht immer einig waren. Monika, die zu dieser Zeit meist das Abendessen vorbereitete, dachte manchmal bei sich, sie wären wie kleine Kinder, wenn sie anfingen darüber zu streiten, ob jetzt der Gärtner, der Chauffeur oder der Geliebte der Mörder war. Sie freute sich aber, dass es den alten Leuten gut ging und sie so eifrig diskutierten. Sie hörte ihnen gerne dabei zu.

Während der Krimi im Fernsehen lief, warfen die alten Herrschaften immer wieder mal einen Blick aus dem Fenster. Es war schon fast dunkel, und man konnte nicht sehr viel erkennen, als Monikas Vater sich plötzlich ruckartig aufsetzte. „Da schleicht einer um das Haus", behauptete er. Alle beobachteten gespannt das große Panoramafenster. Tatsächlich sah man draußen Schatten, die sich bewegten.

„Ach was! Das sind sicher die Nachbarn, die mit ihrem Hund spazieren gehen!" Monika schüttelte den Kopf und musste lächeln. Die alten Leutchen waren wirklich für jede Abwechslung dankbar!

Joachims Vater, der von allen noch am rüstigsten war, griff nach seinem Bademantel und stieg mühsam aus seinem Bett. Monika, die herbeieilte, um zu helfen, wurde von ihm brüsk abgewiesen. „Kümmere dich um das Essen! Ich komme allein klar." Er schlurfte zum Fenster und sah hinaus. Draußen stand tatsächlich das Ehepaar Holler mit seinem Dackel. Merkwürdig war aber, dass sie direkt vor dem großen Fenster verhielten und zur anderen Straßenseite hinübersahen. Geschah etwas im „Hexenhäuschen"?

„Da drüben scheint wieder etwas zu passieren! Die stehen hier und starren das Hexenhaus an!"

Inzwischen waren auch die anderen drei aufgestanden und hatten sich zum Fenster begeben. Neugierig sahen sie hinaus. Die beiden alten Damen standen im Nachthemd dort. Monika brachte ihnen schnell ihre Morgenmäntel und half ihnen hinein.

„Ich gehe kurz hinaus und frage, ob etwas passiert ist!" Monika zog sich eine Jacke über und rannte nach draußen.

„Guten Abend!" Monika erkannte das Ehepaar Holler mit seinem kleinen Hund. Hollers fuhren zusammen. Es sah fast so aus, als fühlten sie sich bei irgendetwas Unerlaubtem ertappt.

„Entschuldigung, ich wollte Sie nicht erschrecken. Ich dachte nur, es sei etwas passiert, und ich könnte vielleicht helfen." Monika war irritiert, dass die beiden so eigenartig reagierten.

„Nein, nein. Wir wollten nur nach der jungen Frau gegenüber sehen, da es ihr neulich scheinbar nicht gut ging." Martin Holler kam sich etwas lächerlich und unglaubwürdig vor. Das Häuschen gegenüber lag völlig im Dunkeln. Es schien niemand zu Hause zu sein. Außerdem war es schwer verständlich, weshalb sie auf der anderen Straßenseite standen, wenn sie sich tatsächlich um Christine Herberg sorgten.

„Hoffentlich ist dort alles in Ordnung. Soll ich mit Ihnen hinübergehen?", fragte Monika zweifelnd.

„Danke, aber gehen Sie nur wieder hinein. Es scheint sowieso niemand zu Hause zu sein. Sicherheitshalber klingeln wir aber gleich einmal." Martin Holler nickte ihr freundlich zu. „Schönen Abend noch!"

Monika hatte das untrügliche Gefühl, dass sie gerade bei etwas störte und dass Hollers sie loswerden wollten. Sie murmelte einen kurzen Gruß und verschwand wieder im Haus. Ihre Eltern und Schwiegereltern klebten geradezu mit den Nasen an der großen Panoramascheibe, als sie hereinkam.

„Sagt einmal! Neugierig seid ihr wohl gar nicht?" Sie musste lachen. Die alten Leute waren jedoch überhaupt nicht verlegen.

„Man muss doch wissen, was vorgeht", verteidigte sich Joachims Mutter. Die anderen nickten zustimmend und setzten sich an den Esstisch, von wo aus man auch einen guten Blick auf das Nachbarhaus hatte. Inzwischen hatte sich die Straßenbeleuchtung eingeschaltet, und man konnte besser sehen, was draußen vor sich ging.

Martin Holler hatte die Geschichte keine Ruhe gelassen. Er wollte wissen, weshalb die junge Frau plötzlich mit einem Messer auf ihn losgegangen war und wer den furchtbaren Schrei ausgestoßen hatte, den sie an jenem Abend gehört hatten. Er wollte der Sache auf den Grund gehen. Seine Frau versuchte ihn davon abzuhalten. Sie fand es viel zu gefährlich.

„Und wenn sie dich absticht? Wir gehen dort nicht mehr hin! Die Frau ist psychisch gestört!"

„Ich will wissen, was da los ist, und ich gehe dort heute Abend hin", sagte Martin Holler stur.

„Nein! Ich habe Angst!" Sabine Holler rang die Hände.

„Gut! Dann bleib' du hier! Ich gehe allein!"

Das wollte sie aber dann auch nicht. Also kamen beide am Abend mit Tommy zu dem kleinen Häuschen. Sabine Holler packte ihren Mann am Arm und zerrte ihn auf die andere Straßenseite. So hatte man wenigstens zunächst etwas Abstand und konnte beobachten, was in dem Häuschen vor sich ging.

„Ich gehe jetzt rüber", sagte Martin Holler und befreite sich aus dem Griff seiner Frau. Er wollte gerade losgehen, als Monika Naumann erschien. Die brauchten sie nun gerade wirklich nicht! Sie war sehr höflich, aber sie störte jetzt. Es gelang ihm, sie abzuwimmeln.

Christine Herberg saß im Sessel in ihrem Wohnzimmer und versuchte sich zu entspannen, da ihr unsichtbarer Mitbewohner gerade Ruhe gab. Als es dämmerte, machte sie kein Licht. Sie genoss die Stille und die Dunkelheit. Plötzlich spürte sie, dass ihr Häuschen von jemandem, der draußen stand, intensiv beobachtet wurde. Sie seufzte. Wieder keine Ruhe! Sie wusste, dass etwas geschehen würde, wenn sie sich nicht sofort darum kümmerte. Sie schaltete das Licht im Flur und im Vorgarten ein und öffnete die Tür. Martin Holler überquerte gerade die Straße und kam direkt auf sie zu. Etwas irritiert sah sie, dass seine Frau mit dem kleinen Hund auf der anderen Straßenseite wartete. Sie erkannte das freundliche Ehepaar, mit dem sie neulich den netten Abend in der Pizzeria verbracht hatte.

Sabine Holler hielt krampfhaft die Leine des Dackels umklammert, obwohl dieser freundlich wedelte und gar nicht aggressiv war.

„Hallo, Frau Herberg, wie geht es Ihnen? Ich wollte nur kurz nach Ihnen sehen und ein paar Worte mit Ihnen sprechen!" Martin Holler musterte sie misstrauisch, was ihr nicht entging.

„Das ist sehr nett von Ihnen! Wollten Sie mich mit zum Italiener nehmen?" Christine Herberg lächelte freundlich.

„Nein. Der hat heute leider geschlossen! Wir gehen nur eine Runde mit Tommy durch den Ort. Hätten Sie Lust mitzukommen?" Martin Holler überlegte, dass das vielleicht keine so gute Idee war, da seine Frau solche Angst hatte. Allerdings machte Christine Herberg im Moment einen völlig normalen Eindruck. Er hatte aber auch erlebt, wie schnell sich das ändern konnte.

„Ach, nein danke, das ist lieb gemeint, aber ich habe gerade etwas auf dem Herd!", log sie. „Es ist aber nichts vorgefallen, weswegen Sie sich um mich sorgen?", fragte sie vorsichtig.

„Na ja." Martin Holler wusste nicht so recht, wie er sich ausdrücken sollte. „Doch, eigentlich schon", meinte er schließlich. „Wir haben einen Schrei gehört und wollten Ihnen zu Hilfe kommen. Sie haben mich dann aber mit einem Messer bedroht!"

Christine Herberg war geschockt. Fieberhaft überlegte sie sich eine Erklärung.

„Ach, du lieber Himmel!", rief sie aus. „Sie waren das? Ich habe auch etwas gehört und dachte, es steht ein Einbrecher vor der Tür! Es tut mir furchtbar leid, wenn ich Sie erschreckt habe!" Sie konnte sich an diese Begebenheit absolut nicht erinnern, bezweifelte aber keine Sekunde lang, dass sie stimmte. Das musste sich zugetragen haben, als sie gerade ihren Körper verlassen hatte. Sie hatte das große Küchenmesser später auf ihrem Nachttisch im Schlafzimmer gefunden und sich darüber gewundert, weil sie sich nicht daran erinnern konnte, es benutzt zu haben.

„Dann war sicher alles nur ein Missverständnis! Aber gut, dass wir es jetzt aufgeklärt haben!" Martin Holler glaubte kein Wort von dem, was sie da erzählte. Er verabschiedete sich rasch und ging hinüber zu seiner Frau, die mittlerweile mit den Nerven am Ende war, da sie nicht gehört hatte, was vor dem Häuschen gesprochen worden war.

Die alten Leute waren ein wenig enttäuscht. Sie hatten gesehen, dass Herr Holler zum „Hexenhäuschen" hinübergegangen war und mit der jungen Frau gesprochen hatte. Alles sah völlig normal aus. Nichts deutete auf irgendwelche merkwürdigen Ereignisse hin. Nur seine Frau war auf der anderen Straßenseite stehen geblieben und hatte gewartet.

In aller Gemütlichkeit aßen sie ihr Abendbrot. Mittags kochte Monika ihnen immer ein warmes Gericht, und am Abend gab es Brot mit Butter und Aufschnitt. Auf dem Tisch stand ein großer Teller mit Gurkenscheiben, Paprikastreifen und Tomatenspalten, von dem sich jeder bedienen konnte. Dazu gab es heißen Kräuter- oder Früchtetee. Damit waren die betagten Herrschaften sehr zufrieden, da sie es von früher her so kannten. Als alle satt waren und sie beobachtet hatten, dass das Ehepaar Holler samt Dackel weitergegangen war, begaben sich die alten Leute wieder in ihre Betten, um weiter fernzusehen. Freilich durften die Jalousien nicht heruntergelassen werden, da sie sonst eventuell etwas davon verpassten, was im Häuschen gegenüber geschah. Christine Herberg war wieder hineingegangen und hatte das Licht im Wohnzimmer eingeschaltet. Mehr war zunächst nicht zu sehen.

Christine Herberg hätte nun gern ihren Körper verlassen, um in eine andere Welt abzutauchen, aber sie traute sich nicht. Was Herr Holler erzählt hatte, hatte sie maßlos erschreckt. Konnte es tatsächlich sein, dass ihr Mitbewohner es ihr übel nahm, wenn sie sich auf die Reise begab? Vermutlich war es so. Wenn sie zurückkehrte, missachtete er sie oder benahm sich besonders widerlich. War es möglich, dass er in ihren Körper schlüpfte und Angst und Schrecken verbreitete, wenn sie es nicht mitbekam? Sie musste es herausfinden. Aber wie?

Momentan verhielt er sich völlig still. Aber sie spürte ganz deutlich, dass er direkt neben ihr auf dem Sofa saß. Sie hatte das unheilvolle Gefühl, dass er sie belauerte. Sie überlegte, ob er vielleicht ihre Gedanken lesen konnte. Das wäre fatal!

Manchmal spürte sie seine Anwesenheit überhaupt nicht. Sie vermutete, dass er dann schlief oder vielleicht auch das Haus verließ. Sie wusste nicht, ob er an das Haus gebunden war oder sich nur zeitweise dort aufhielt.

Die Attraktion des kleinen Ortes war ein Schwimmbad. Die Leute der Immobiliengesellschaft hatten sich darüber viele Gedanken gemacht und sich für etwas ganz Besonderes entschieden: Unter einer Glaskuppel hatte man ein künstliches Urlaubsparadies geschaffen. Der angelegte See besaß verschiedene Tiefen, sodass in Ufernähe auch kleine Kinder baden konnten. Damit ihnen nichts geschah, hatte man für sie extra einen Bereich abgeteilt, in dem sie unter Aufsicht ihrer Mütter oder Väter herumplanschen konnten.

Dort, wo das Wasser tiefer wurde, gab es einen herrlichen Wasserfall, der aus einem Felsen stürzte und unter dem man hindurchschwimmen konnte.

Auf Rutschen oder nachgeahmte Wellen hatte man verzichtet.

Am Ufer war ein künstlicher Sandstrand angelegt worden, der von wunderschönen Palmen umgeben war. Dort standen für alle Liegestühle, Campingsessel und einige Strandkörbe, in denen man sich niederlassen konnte. Etwas seitlich des Wassers befand sich eine Bar, an der exotische Cocktails, aber auch einfache Getränke und kleine Snacks angeboten wurden. Von einem Hochsitz aus beobachtete zu jeder Zeit ein Rettungsschwimmer das Geschehen. Das Schwimmbad war fast rund um die Uhr geöffnet. Da es nur von den Dorfbewohnern genutzt werden durfte, war es zwar gut besucht, aber nie besonders voll.

Im Winter glaubte man fast, sich in einem südlichen Urlaubsland zu befinden. Unter der Glaskuppel herrschten tropische Temperaturen, und das Wasser war angenehm warm. Einzig die Sonne fehlte oft. Man bemühte sich zwar, das Innere der Kuppel mit vielen speziellen Lampen, die das Sonnenlicht imitieren sollten, zu beleuchten, doch wenn man durch das Glas nach draußen blickte, sah man in das kalte, düstere Grau des Winters.

Wie die meisten Kinder des Dorfes liebte der kleine Luca das Schwimmbad und wollte ständig dorthin. Sofia erfüllte ihm diesen Wunsch, so oft es ihr möglich war. Auch ihr gefiel es sehr gut. Der Kleine konnte im Sand buddeln oder im Wasser planschen, und sie übte mit ihm das Schwimmen. Auch traf sie immer nette Nachbarn, mit denen sie gerne plauderte. Meist war sie vormittags oder nachmittags mit ihrem Sohn dort. Ab und zu ging auch ihr Mann Pietro mit. Zu diesen Zeiten waren häufig Rentner und Mütter mit ihren Kindern anwesend. Abends kamen hauptsächlich Berufstätige. Am späteren Abend war die Dorfjugend meist unter sich.

Monika und Joachim Naumann hatten sich auch sehr auf die Einrichtung gefreut und sich ausgemalt, wie ihre Eltern das kleine Paradies genießen würden. Sie hatten sich vorgenommen, regelmäßig mit ihnen das Schwimmbad zu besuchen. Die alten Herrschaften waren durchaus noch in der Lage, ein wenig zu schwimmen oder im Strandkorb zu sitzen. So gebrechlich waren sie noch nicht. Naumanns hatten sogar bereits eine Sondergenehmigung dafür bekommen, ihre alten Eltern mit dem Auto dorthin zu fahren, weil sie nicht mehr so gut zu Fuß waren. Die alten Herrschaften hatten jedoch andere Vorstellungen. Sie wollten das einfach nicht.

„Ich ziehe mir in meinem Alter keine Badehose mehr an und mache mich zum Gespött der Nachbarschaft", sagte Joachims Vater stur. Seine Frau nickte zustimmend. Auch sie wollte nichts davon wissen, sich im Badeanzug zu zeigen.

„Mir ist es egal, wie ich aussehe", meinte Monikas Vater. „Aber ich habe keine Lust dazu! Was soll ich an einem künstlichen Badestrand? Ist ja doch alles nicht echt!"

„Es ist aber sehr schön dort!", versuchte es Monika noch einmal, „und ihr hättet ein bisschen Abwechslung. Ihr könntet einmal wieder schwimmen!"

„Das brauchen wir nicht mehr!" Monikas Mutter schüttelte ablehnend den Kopf. „Es geht uns gut hier, und wir haben alles, was wir wollen!"

Es war nichts zu machen. Die alten Leute lehnten es rigoros ab, das schöne Schwimmbad zu besuchen.

Silvia Turan hatte sich überwunden, ihr Appartement nun öfter zu verlassen. Sie hatte bemerkt, dass die Leute hier sehr nett waren und sich niemand um ihr entstelltes Gesicht kümmerte. Sie hatte zwar noch immer Angst, dass ihr Ehemann oder seine Verwandten sie aufspürten, aber sie fühlte sich in dem kleinen Ort relativ sicher.

An diesem Vormittag lag sie auf einer der Liegen, die man an dem künstlichen Sandstrand aufgestellt hatte, und genoss die Wärme. Sie war auch schon ein paar Runden geschwommen und ruhte sich nun etwas aus. Sofia Moretti hatte ganz in der Nähe mit ihrem kleinen Sohn einen Strandkorb bezogen, und die beiden Frauen kamen ins Gespräch. Sie fanden sich gegenseitig sehr sympathisch. Sofia tat die junge Frau herzlich leid, und sie überlegte, welch furchtbares Schicksal sie wohl erlitten hatte, ohne dies aber auch nur mit einem Wort zu erwähnen. Silvia Turan wäre ohne dieses Unglück sicherlich eine sehr schöne Frau gewesen.

Sofia schaute während der Unterhaltung immer wieder nach dem kleinen Luca. Er saß nur ein paar Meter entfernt im Sand und spielte mit Förmchen und einer kleinen Schaufel. Als sie nach wenigen Sekunden wieder zu der Stelle blickte, war der Kleine plötzlich verschwunden. Schnell sah Sofia nach allen Seiten. Im Kinderbecken war er nicht. Auch sonst konnte sie ihn nirgendwo entdecken. Silvia Turan, die ihrem Blick gefolgt war, suchte mit den Augen das Wasser ab.

„Sehen Sie, dort!" Entsetzt griff sie nach Sofias Arm und deutete in Richtung des Wasserfalls. Man sah eine kleine Gestalt herumrudern, die immer wieder unterging. Beide Frauen rannten sofort los und stürzten sich in das Wasserbecken. Im nächsten Moment hechtete der Rettungsschwimmer an ihnen vorbei. Er hatte gesehen, dass das Kind sich ins tiefe Wasser begeben hatte und war in Windeseile von seinem Aussichtsturm heruntergeklettert. In Sekundenschnelle erreichte er das Kind und zog es aus dem Wasser. Sofia war völlig geschockt und lief weinend neben ihm her. Der Rettungsschwimmer redete beruhigend auf sie ein. Alles war gut! Der Kleine war wohlauf! Luca lachte und wunderte sich darüber, dass ihn plötzlich so viele Leute umringten. Er hatte gesehen, wie die anderen unter dem Wasserfall hindurchschwammen und wollte es auch einmal probieren. Da seine Mama immer mit ihm Schwimmübungen machte, hatte er gedacht, dass er schon schwimmen konnte. Dass er dabei ab und zu untergegangen war, hatte ihn nicht erschreckt. Er hatte es ja immer wieder geschafft, an die Wasseroberfläche zu paddeln!

Kurz darauf traf der Rettungswagen ein, den andere Besucher des Bades über den Pförtner alarmiert hatten. Für den kleinen Luca war das sehr spannend. Er wäre gern in dem großen Auto mitgefahren, aber der Arzt sagte, dass ihm nichts fehlte.

Erst viel später, als alles vorbei war, fiel Sofia auf, dass der Rettungsschwimmer mit ihr italienisch gesprochen hatte. Dabei kannte er sie doch gar nicht. Sie hatte ihn zuvor noch nie im Dorf gesehen!

Als sie am Abend ihrem Mann Pietro davon erzählte, wurde er sehr ernst. Er machte sich große Sorgen um Sofia und Luca.

Was, wenn man sie hier aufgespürt hatte und es trotz aller Sicherheitsvorkehrungen jemandem gelungen war, in das Dorf einzudringen und sie zu bespitzeln?

Am nächsten Tag teilte er dem Pförtner seine Bedenken mit. Dazu musste man wissen, dass dieser kein einfacher Pförtner war, sondern ein speziell ausgebildeter Sicherheitsmitarbeiter. Der Mann wurde sofort hellhörig, ohne es sich anmerken zu lassen.

„Warum sollte er nicht wissen, dass Ihre Frau Italienerin ist?", fragte er scheinbar gelangweilt. „Das weiß schließlich jeder hier im Dorf, und es ist ja auch kein Geheimnis!"

Das war logisch. Trotzdem war unklar, woher der Rettungsschwimmer kam und was er im Schilde führte. Ohne dass jemand etwas davon mitbekam, wurde in aller Stille eine Maschinerie in Gang gesetzt, die einzigartig war. Nur in diesem kleinen, geheimnisvollen Dorf war so etwas möglich …

Christine Herberg spürte ganz deutlich, dass irgendetwas in ihrer unmittelbaren Umgebung nicht in Ordnung war. Zunächst dachte sie an die alten Leute, die gegenüber wohnten. Nein. Sie konnte nichts fühlen. Allmählich kreisten ihre Gedanken um die Familie Moretti und Silvia Turan. Hier stimmte scheinbar etwas nicht. Es war wie eine dunkle Wolke, die in ihr Bewusstsein drang. Sie hatte wahrgenommen, dass der kleine Luca in Schwierigkeiten war, aber sie hatte auch gespürt, dass ihm nichts Schlimmes geschehen würde. Am liebsten hätte sie mit den Morettis und Frau Turan unauffällig das Gespräch gesucht, da sie aus Erfahrung wusste, dass sie mehr herausfinden würde, wenn sie den Menschen näherkam. Sie konnte jedoch zurzeit das Haus nicht verlassen, weil ihr unsichtbarer Mitbewohner sie nicht ließ. Er hatte mittlerweile eine Macht über sie gewonnen, die sie ängstigte.

Anfangs hatte sie gedacht, sie könne sich mit ihm irgendwie arrangieren. Zu diesem Zeitpunkt war er auch noch nicht so aggressiv gewesen und hatte sie meist in Ruhe gelassen. Inzwischen war das anders. Sie fühlte sich nicht mehr wohl in dem kleinen Häuschen. Sobald sie seine Anwesenheit in ihrer Nähe verspürte, überkam sie ein unheilvolles Gefühl.

Die Leute im Dorf hatten neuen Gesprächsstoff, als drei ältere, gut betuchte Witwen eine große Villa im Luxusviertel bezogen. Jede von ihnen hätte sich gut ein eigenes Anwesen leisten können, aber die drei Damen hatten beschlossen, gemeinsam eine Luxusvilla in diesem besonderen Ort zu mieten.

Sie hatten sich an einem exquisiten Urlaubsort kennengelernt und dort viel Spaß miteinander gehabt. Von ihren verstorbenen Ehemännern sprachen sie nur mit größter Hochachtung. Alle drei Männer waren sehr reich gewesen und unter mysteriösen Umständen ums Leben gekommen ...

Die Villa bot sehr viel Platz. Jede der Damen hatte für sich ein großes Schlafzimmer, ein eigenes Wohnzimmer und ein geräumiges Badezimmer. Außerdem gab es mehrere Gästezimmer und -bäder. Im Erdgeschoss hatten sie sich einen gemeinsamen, luxuriös ausgestatteten Wohnbereich eingerichtet, in dem sie sich trafen und viel Zeit miteinander verbrachten. Daneben befand sich eine große, gemütliche Wohnküche.

Eine der Frauen, sie hieß Rosemarie und war recht hübsch und drall, kochte sehr gerne. Sie kreierte feinste Speisen, die den besten Nobelrestaurants Ehre gemacht hätten.

Anneliese, die jüngste der Damen, auch etwas vollschlank, revanchierte sich, indem sie fast täglich köstliche Kuchen und Torten zauberte.

Die Dritte im Bunde war ein wenig älter, recht groß, grobknochig und etwas verschroben. Sie hieß Greta und konnte überhaupt nicht kochen. Dafür kümmerte sie sich um den großen Garten, der die Villa umgab.

Im Dorf fragte man sich, weshalb die reichen Damen kein Personal beschäftigten. Kaum jemand wusste, dass ein Gärtner das Anwesen gepflegt hatte, kurz nachdem die drei Frauen neu eingezogen waren. Dieser war jedoch nach wenigen Tagen plötzlich auf geheimnisvolle Weise verschwunden. Greta hatte zu dieser Zeit einen wunderschönen Steingarten angelegt, jedoch brachte niemand den vermissten Gärtner mit dem neuen Steingarten in Verbindung.

Die drei Damen waren immer sehr schick zurechtgemacht und meist gemeinsam unterwegs. In der Tiefgarage hatten sie nicht etwa mehrere teure Luxuskarossen geparkt, sondern sie besaßen gemeinsam nur einen einzigen Wagen, der eher der Mittelklasse entsprach, und den sie zu dritt nutzten, um in die Stadt zu fahren. Mindestens dreimal in der Woche fuhren sie zum Shoppen und um exquisite Cafés und Restaurants zu besuchen. Im Dorf waren sie hin und wieder beim Italiener oder im Schwimmbad anzutreffen. Auch den kleinen Supermarkt besuchten sie regelmäßig, um das Nötigste einzukaufen.

Am Abend saßen sie dann gemeinsam in der großen Wohnhalle im Erdgeschoss und amüsierten sich über den vergangenen Tag. Anschließend begaben sie sich meist in die Küche, um bis spät in die Nacht die fantastischen Kuchen und Torten zu vertilgen, die Anneliese gebacken hatte. Sie waren meist einer Meinung, aber es gab auch immer wieder Reibereien. Diesmal ging es um den verschwundenen Gärtner.

„Weshalb hast du eigentlich den Gärtner vergrault?", wandte sich Rosemarie an Greta. „Das war ein sehr attraktiver Mann! Und immer so höflich!"

„Weil er behauptet hat, dass es das Raumschiff Enterprise gar nicht gibt!", antwortete Greta genervt. Rosemarie starrte sie irritiert mit großen Augen an.

„Nein. Weil er uns bespitzelt hat! Ich habe ihn dabei erwischt, wie er das Haus durchsucht hat!" Greta mochte Rosemarie, aber sie war ihr einfach zu neugierig und zu naiv.

„Aber wonach hat er denn gesucht?", fragte Rosemarie ratlos.

„Das weiß ich nicht, aber es hat mir nicht gefallen!"

Anneliese runzelte die Stirn. „Du hast ihn aber nicht etwa unter dem neuen Steingarten begraben?"

„Und wenn es so wäre? Du kannst ja nachschauen gehen!"

Greta schaufelte sich in aller Ruhe genussvoll ein Stück Schwarzwälder Kirschtorte in den Mund.

Christine Herberg hatte den Keller ihres Häuschens seit ihrem Einzug nicht mehr betreten. Als sie damals mit den Möbelpackern der Umzugsfirma hinuntergestiegen war, hatte sie dort unten ein merkwürdiges, unheilvolles Gefühl beschlichen. Die beiden Männer, die beim Umzug halfen, hatten scheinbar nichts bemerkt. Sie hatte einige ihrer alten Möbel dort eingelagert, die sie in dem kleinen Häuschen nicht unterbringen konnte.

Nun wollte sie einige Sachen nach oben holen, da ihr Mitbewohner einen Großteil ihres Mobiliars auf die Straße geworfen hatte, wobei es zu Bruch gegangen war. Sie hatte zwar einige Dinge vermisst, aber eigentlich hatte sie erst erfahren, was geschehen war, als sie eine gesalzene Rechnung für die Entsorgung des Sperrmülls von der Immobiliengesellschaft bekommen hatte. Sie war deswegen sehr böse, aber sie konnte es nicht ändern. Sie sagte zwar ein paar entsprechende Worte in die Leere hinein, aber er reagierte darauf einfach nicht.

Als sie die Tür des vorderen Kellerraumes öffnete, ging es ihr plötzlich sehr schlecht. Sie spürte, dass hier etwas Grauenvolles geschehen sein musste. Sie konnte ihre Ahnung im ersten Moment nicht zuordnen, aber es fühlte sich so an, als würde weiter hinten im Keller, in der Dunkelheit, etwas Entsetzliches lauern. Ihr wurde so übel, dass sie sich kaum noch auf den Beinen halten konnte. Mühsam tastete sie sich an der Wand entlang und griff nach einem Stuhl, den sie mitnehmen wollte. Zu mehr war sie momentan nicht in der Lage. Auf dem Rückweg wurde es noch schlimmer. Sie fühlte sich von etwas Furchtbarem verfolgt. Plötzlich spürte sie eine unangenehme Berührung an der Schulter. Sie verhielt und überlegte, ob es ihr Mitbewohner sein konnte. Aber es war irgendwie ganz anders. Kalt. Gefahrvoll. Es fühlte sich an wie eine Warnung!

Mit zitternden Knien erreichte sie ihr Wohnzimmer und ließ sich auf die Couch sinken. Sie war total erschöpft. Den Stuhl hatte sie unterwegs irgendwo stehen lassen. Die Möbel waren ihr im Moment nicht mehr wichtig.

Langsam bewegte sich die Schlafdecke, die sie über ihre Beine gelegt hatte. Sie rührte sich nicht. Starr lag sie da und wartete darauf, was als Nächstes geschehen würde. Ganz behutsam wurde die Decke über ihren Körper gezogen. Erstaunt fragte sie sich, was das zu bedeuten hatte. Sanft wurde ihr über die Wange gestreichelt. Sie lächelte. „Danke", sagte sie leise. War es möglich, dass er wusste, was im Keller vor sich ging? Hatte er womöglich Mitleid mit ihr? War er tatsächlich zu solchen Regungen fähig?

Sie dachte darüber nach, ob sie es am nächsten Tag noch einmal versuchen sollte. Vielleicht war sie heute in keiner guten Verfassung gewesen. Sicher würde es morgen anders sein. Sie hatte genug Erfahrung mit diesen Dingen, um nicht gleich aufzugeben. Schließlich war es ihr Keller, und es waren ihre Möbel! Warum sollte sie sich in ihrem eigenen Haus verjagen lassen? Sie sah das nicht ein. Sie glaubte auch nicht, dass ihr ernsthaft etwas geschehen konnte. Vermutlich gab es an diesem Platz eine Begebenheit, die sehr lange zurücklag. Aber damit hatte sie nichts zu tun!

Da er gerade so freundlich zu ihr war, beschloss sie, die Gelegenheit zu nutzen. Sie musste jetzt einfach einmal nach draußen, nachdem sie es tagelang nicht gewagt hatte, das Haus zu verlassen.

„Du, hör' mal, ich würde gerne einmal kurz nach draußen gehen. Sei so lieb und mach' mir keinen Kummer", bat sie ihn flüsternd. Keine Antwort.

Sie machte sich im Bad etwas frisch, zog sich eine Jacke und Stiefel an und begab sich zur Haustür. Sie hielt den Atem an. Spätestens jetzt musste er reagieren, wenn er nicht einverstanden war. Es tat sich jedoch nichts.

„Also tschüs, bis gleich!", rief sie noch einmal und ging entschlossen hinaus.

Gegenüber registrierte man sofort, dass sie das Haus verließ. Die alten Leute aßen ihr Abendbrot heute in ihren Betten. Sie wären zwar durchaus fähig gewesen, sich an den Tisch zu setzen, aber sie hatten dazu keine Lust. Monika hatte für jeden ein Tablett mit Brot, Butter, Aufschnitt und Tee zurechtgemacht.

„Sie kommt endlich aus dem Haus", bemerkte Monikas Vater.

„Also ist sie doch nicht tot", murmelte Joachims Mutter.

„Warum sollte sie tot sein? Was spinnst du dir denn da zurecht?", fragte ihr Mann aufgebracht.

„Es hätte ja sein können. Wir haben sie so lange nicht mehr gesehen! Und man weiß ja nicht, was drüben vor sich geht!", verteidigte sie sich.

„Hauptsache, wir wissen jetzt, dass es ihr gut geht", versuchte Monikas Mutter zu beschwichtigen.

„Wirklich wissen kann man das nie." Joachims Mutter war nicht überzeugt.

Gespannt beobachteten sie, wie Christine Herberg die Straße hinablief. Als sie nicht mehr zu sehen war, ließen sie das „Hexenhäuschen" nicht aus den Augen.

Zunächst blieb alles friedlich. Im Häuschen gegenüber wurde kein Licht gemacht, und man konnte auch nichts hören. Monikas Vater setzte sich plötzlich im Bett auf und neigte sich gespannt nach vorn. „Das Kellerfenster bewegt sich", sagte er leise. „Seht doch, das linke!" Alle sahen auf die Stelle, konnten aber in der Dämmerung nichts erkennen. Im Schein der Straßenlaternen sah man auf einmal, wie sich aus dem halb geöffneten Fenster eine schwarz behandschuhte Hand herausschob. Sie schien in höchster Not um Hilfe zu bitten. Sie öffnete und schloss sich abwechselnd. Der Zeigefinger deutete plötzlich anklagend genau in ihre Richtung.

„Da ist jemand im Keller eingeschlossen", meinte Joachims Vater entsetzt.

„Ach was! Das glaube ich nicht!" Seine Frau griff zu ihrem Morgenmantel und stieg mühsam aus dem Bett. Sie schlurfte zum Fenster, um besser sehen zu können. Die Hand schien sich am Mauerwerk entlangzutasten. Als spürte sie, beobachtet zu werden, zog sie sich plötzlich blitzschnell zurück. Langsam wurde das Fenster geschlossen.

Christine Herberg genoss die frische Luft und entschloss sich kurzerhand, beim Italiener schnell eine Pizza zu essen. Das

Lokal war ziemlich voll. Sie blieb an der Tür stehen und blickte sich nach einem freien Platz um. An einem der Tische saßen die drei Witwen, die noch nicht lange im Ort waren. Dort waren noch Plätze frei. Zögernd steuerte sie den Tisch an und fragte höflich, ob sie sich dazu setzen dürfte. Die drei Damen nickten erfreut und boten ihr einen Stuhl an. Da sie sich noch nicht kennengelernt hatten, stellten sie sich einander vor und musterten sich unauffällig. Christine Herberg fand, dass die Frauen außerordentlich gut gekleidet, frisiert und geschminkt waren. Sie machten den Eindruck, als passten sie in ihrer Aufmachung nicht so wirklich in eine gewöhnliche Pizzeria. Sie sahen so exklusiv aus. Aber sie ließ sich von Äußerlichkeiten nicht beeindrucken, zumal die Damen sehr nett waren und gute Umgangsformen besaßen.

Rosemarie, Anneliese und Greta wussten sofort, mit wem sie es zu tun hatten. Die Gerüchte um das „Hexenhäuschen" waren auch bei ihnen bereits angekommen. Es versprach, ein spannender Abend zu werden! Neugierig betrachteten sie die junge Frau, konnten aber zunächst nichts an ihr finden, was zu beanstanden gewesen wäre. Sie war freundlich und machte einen völlig normalen Eindruck. Gehört hatten sie schon andere Geschichten ...

Zunächst unterhielt man sich über das Dorf, wie lange man schon hier lebte, wo man vorher gewohnt hatte und noch einige andere Dinge. Christine Herberg fand die Damen recht unterhaltsam und fühlte sich wohl in ihrer Gesellschaft. Es dauerte eine ganze Weile, ehe sich das plötzlich änderte. Während sie gerade ihre Pizza aß, sah sie vor ihrem geistigen Auge, wie Greta im Garten der Villa ein Erdloch grub. Christine Herberg kannte weder die Villa noch hatte sie jemals den Garten betreten. Trotzdem sah sie in aller Deutlichkeit jedes Detail des Anwesens. Erstaunt ließ sie ihren Blick über die Dame schweifen, die ihr gerade schräg gegenüber am Tisch saß. Solche Bilder sah sie immer nur dann, wenn etwas Tiefgreifendes dahintersteckte. Was mochte hier vorgefallen sein? Als sie fast zu Ende gegessen hatte, wusste sie es. Das nächste Bild, das sie sah, zeigte die große, kräftige Frau, wie sie gerade dabei war, einen Körper in das Loch zu rollen. Einen Moment später kam noch ein letztes Bild: Greta legte liebevoll einen Steingarten auf der Stelle des Grabes an. Sie hörte Gretas Stimme: „Es tut mir leid, aber daran bist du selber schuld."

Längst wollte sie sich verabschieden, um zu ihrem Häuschen zurückzukehren, da sie nicht wusste, wie ihr Mitbewohner es aufnehmen würde, wenn sie länger ausblieb, aber die netten Damen überredeten sie noch zu einem Glas Wein. Das war keine gute Idee, denn je länger sie blieb, umso mehr spürte sie, mit welchen Menschen sie es gerade zu tun hatte. Ganz deutlich nahm sie wahr, dass alle drei Frauen von düsteren Geheimnissen umgeben waren. Sie konnte das dunkle Gefühl noch nicht richtig zuordnen, aber es hatte womöglich etwas mit den verstorbenen Ehemännern der Witwen zu tun.

Als sie ihr Glas ausgetrunken hatte, hatte sie es sehr eilig, endlich nach Hause zu kommen. Die drei Damen bestanden darauf, sie zu begleiten. Unterwegs veränderte sich Christine Herberg auf erschreckende Weise. Je näher sie dem „Hexenhäuschen" kamen, umso deutlicher sah man es. Ihr Gang wurde hölzern und erinnerte an eine aufgezogene Puppe. Sie wurde leichenhaft blass, und es bildeten sich tiefe Ringe unter ihren Augen.

„Sie haben einen sehr schönen Steingarten", sagte sie zusammenhangslos mit eigenartig blecherner Stimme zu Greta und starrte sie dabei mit abwesendem Blick an. Greta versuchte kurz, mit ihr zu diskutieren, war aber von ihrem Anblick und der merkwürdigen Stimme so erschüttert, dass sie schließlich abbrach. Schnell suchten die drei Frauen das Weite, nachdem Christine Herberg durch die Tür des „Hexenhäuschens" verschwunden war.

In der Villa traf man sich kurz darauf in der gemütlichen Wohnküche. Rosemarie stellte ein Kuchentablett mit einer herrlichen Käse-Sahne-Torte auf den Tisch, Anneliese holte Teller und Kuchengabeln, während Greta den Kaffee aus der Maschine laufen ließ.

„Also, was glaubt ihr?", fragte Greta gespannt, als alle am Tisch saßen.

„Ich glaube, dass die Torte sehr gut gelungen ist! Sie schmeckt bestimmt hervorragend!", sagte Rosemarie und verteilte die Tortenstücke auf die Teller. Die anderen beiden schwiegen und sahen sie strafend an.

„Was ist? Habe ich etwas Falsches gesagt?", fragte Rosemarie irritiert.

„Es geht nicht um die Torte!" Gretas Ton war leicht gereizt.

„Nicht? Aber worum denn sonst?" Rosemarie brauchte meist ein bisschen länger, um zu begreifen, wovon ihre Freundinnen redeten.

„Ich möchte wissen, was ihr über die junge Frau denkt!" Greta rollte mit den Augen.

„Ganz klar: Sie ist eine Hexe", sagte Anneliese und schob sich ein Stück Käse-Sahne-Torte in den Mund.

„Das glaube ich nicht! Sie hatte keine Warze auf der Nase! Daran erkennt man nämlich die Hexen!" Rosemarie nickte den anderen beiden ernsthaft zu.

„Wir haben sie auch noch nicht auf einem Besen durchs Dorf reiten sehen!" Greta verzog genervt das Gesicht. Dann wurde sie ernst. „Woher weiß sie, dass ich einen Steingarten angelegt habe? Sie hat das Grundstück nie gesehen!"

Rosemarie lachte. „Vielleicht denkt sie, du hättest den Gärtner dort vergraben!" Sie lachte und lachte. Dabei bemerkte sie nicht, dass Anneliese und Greta vollkommen ernst blieben.

„Ihre Stimme war plötzlich so eigenartig. Es hörte sich an, als käme sie aus einer Gruft!" Anneliese schüttelte sich. „Ich bleibe dabei: Sie ist eine Hexe."

Silvia Turan hatte gerade ihre Wohnung verlassen, um schnell etwas einzukaufen, als sie im Treppenhaus des Appartementhauses mit einem Mann zusammenstieß, der aus dem gleichen Kulturkreis zu stammen schien wie ihr Ehemann. Zu Tode erschrocken starrte sie ihn an. Er schien jedoch recht freundlich zu sein. Er entschuldigte sich für den Zusammenstoß, obwohl beide gleichermaßen Schuld hatten, weil sie nicht aufgepasst hatten. Silvia Turan glaubte sofort, von Freunden oder Verwandten ihres Ehemannes aufgespürt worden zu sein. Hilflos und vor Angst zitternd wartete sie darauf, dass der Fremde ein Messer zog oder sie auf andere Weise angriff. Es geschah aber nichts. Verwundert blickte der Mann sie an. Offenbar konnte er nicht begreifen, weshalb sie so erschrocken war. Der Zusammenstoß war zwar unangenehm gewesen, aber es war schließlich nichts passiert.

„Fehlt Ihnen etwas? Haben Sie sich wehgetan?", fragte er schließlich besorgt.

Silvia Turan versagten die Beine den Dienst. Langsam rutschte sie an der Wand des Treppenhauses zu Boden. Sofort war der Fremde bei ihr und hielt sie fest, damit sie nicht auf den harten Boden aufschlug. Silvia Turan war bei Bewusstsein, aber sie fühlte sich vollkommen hilflos. Sie hielt die Augen fest geschlossen und betete, der Mann möge ihr nichts antun und sich entfernen.

Unschlüssig überlegte er, ob er einen Krankenwagen rufen sollte. Er glaubte aber nicht, dass es notwendig war. Außerdem wollte er kein Aufsehen erregen. Da er gesehen hatte, aus welchem Appartement die Frau gekommen war, nahm er ihr kurzerhand den Schlüsselbund ab und öffnete die Wohnungstür. Er hob sie hoch und trug sie hinein. Er legte sie behutsam auf ihr Bett und wartete, ob sie die Augen öffnete.

Er ist in meiner Wohnung, dachte Silvia Turan, ich bin ihm hilflos ausgeliefert! Sie überlegte, ob sie um Hilfe rufen sollte, ließ es aber bleiben, da sie glaubte, der Fremde würde sie in diesem Fall sicher sofort umbringen. Da er sich nicht rührte, öffnete sie schließlich langsam die Augen und sah ihn neben ihrem Bett stehen.

„Bitte tun Sie mir nichts", wimmerte sie kläglich.

„Oh, nein! Haben Sie keine Angst vor mir! Ich will Ihnen doch nur helfen! Was ist mit Ihnen? Soll ich einen Arzt rufen?" Der Mann war völlig fassungslos.

„Nein, mir geht es gut. Danke." Vorsichtig setzte sie sich auf und besah sich den Fremden genauer. Er sah nicht unsympathisch aus, aber sie wusste aus Erfahrung nur zu gut, wie man sich täuschen konnte.

„Mein Name ist Amir", sagte der Mann und verneigte sich leicht. „Wenn Sie Hilfe brauchen, dürfen Sie sich jederzeit an mich wenden. Wir sind offenbar Nachbarn. Ich wohne nur ein paar Türen weiter." Er nickte ihr noch einmal kurz zu und verabschiedete sich dann. Erleichtert hörte sie, wie die Tür ins Schloss fiel.

Christine Herberg erwachte am nächsten Morgen völlig verwirrt in ihrem Wohnzimmer. Sie war noch vollständig bekleidet. Ihr Mitbewohner schien direkt neben ihr zu sein. Sie spürte, dass er sie beobachtete. Was war gestern geschehen? Sie konnte sich daran erinnern, dass sie in der Pizzeria die drei Damen aus dem Villenviertel kennengelernt hatte. Deutlich sah sie auch die Bilder, die besonders eine der Frauen bei ihr ausgelöst hatte. Und dann? Sie wusste nicht mehr, wie sie nach Hause gekommen war. Wahrscheinlich hatte ihr unsichtbarer Mitbewohner seine Hände im Spiel. Sie wollte ihn gern fragen, aber sie glaubte nicht, dass er ihr antworten würde. Das tat er fast nie. Manchmal hörte sie Klopfgeräusche, Kettenrasseln oder Schritte, wenn sie versuchte, mit ihm Kontakt aufzunehmen. Selten hörte sie seine Stimme. Das heißt, eigentlich hörte sie sie nicht wirklich. Die Stimme war in ihrem Kopf. Sie war sich aber absolut sicher, dass sie von ihm stammte.

Sie versuchte es: „Was ist gestern Abend passiert? Ich weiß es nicht mehr", sagte sie leise in den scheinbar leeren Raum. Heute hatte sie Glück. Sie vernahm seine Stimme: „Ich war in deinem Körper, um die Frauen zu vertreiben. Sie sind nicht gut für dich."

„Warum? Was willst du mir damit sagen?" Sie dachte, dass auch er offenbar wusste, dass mit den drei Damen etwas nicht stimmte. „Ich verbiete dir, meinen Körper für deine Zwecke zu benutzen!", rief sie aufgebracht. „Ich will das nicht!"

Er antwortete darauf nicht. Stattdessen formten ihre Gedanken: „Gehe nicht mehr in den Keller!" Es klang wie ein Befehl.

Die alten Leute, die gegenüber des „Hexenhäuschens" wohnten, hatten selbstverständlich mitbekommen, dass Christine Herberg in Begleitung nach Hause gekommen war. Normalerweise schliefen sie um diese Zeit längst, aber nachdem die junge Frau das Haus verlassen hatte, saßen sie in ihren Betten und beobachteten das Häuschen. Dort tat sich an diesem Abend scheinbar nichts. Gespannt warteten sie darauf, dass Christine Herberg nach Hause kam. Alle vier waren hellwach, als sich draußen Personen näherten. Obwohl sie den Wortwechsel nicht hören konnten, lieferte ihnen allein die Tatsache, dass Christine Herberg in Begleitung der drei Witwen war, neuen Gesprächsstoff.

„Da sind die Richtigen beisammen", sagte Joachims Vater gehässig.

„Wieso? Ich finde es nett, wenn sich die Leute aus dem Dorf kennenlernen und zusammen ausgehen", meinte seine Frau.

„Es wird schon seinen Grund haben, weshalb rein zufällig alle drei Damen Witwen sind", ließ sich Monikas Vater vernehmen.

Monikas Mutter schüttelte den Kopf. „Ihr spinnt euch da etwas zurecht", sagte sie.

„Das glaube ich nicht!", ereiferte sich Joachims Vater. „Die Witwen sollen ja auch einen Gärtner gehabt haben, der auf mysteriöse Weise verschwunden ist. Auf einem solch großen Villengrundstück kann man leicht einen Menschen verschwinden lassen!"

„Und was soll das mit der Herberg zu tun haben?", fragte Monikas Mutter.

„Keine Ahnung, auf jeden Fall hat sie auch Dreck am Stecken!"

„Wieso?"

„Weil sie einen illegalen Mitbewohner im Haus hat! Überlegt doch mal! Wer hat das Feuer gelegt? Und wer hat die Möbel zum Fenster hinausgeworfen? Das war sicher kein Gespenst! Wahrscheinlich hat sie ihn jetzt im Keller eingesperrt, damit sie ihre Ruhe hat. Wir haben doch die Hand am Kellerfenster gesehen!"

„Das mit dem Feuer war merkwürdig." Monikas Vater kratzte sich am Kopf. „Die Feuerwehr hat ja behauptet, es hätte keinen Brand gegeben!"

„Wir haben es aber alle gesehen", erwiderte Joachims Vater überzeugt. „Oder glaubt ihr, wir hätten uns das nur eingebildet?" „Es sah auf jeden Fall so aus, als würde es dort drüben brennen", meinte seine Frau. „Ja!", bekräftigte Monikas Mutter. „Genau so sah es aus! Man glaubt fast, da wollte uns jemand zum Narren halten!" „Nicht mit uns!" Joachims Vater schüttelte den Kopf. „Bloß, weil wir alt sind, sind wir noch lange nicht blöd!"

Silvia Turan war sich unsicher, was sie jetzt tun sollte. Eigentlich war sie kurz davor gewesen, ihre kleine Tochter in das Dorf zu bringen. Sie wusste nicht, was sie von diesem neuen Nachbarn, der sich „Amir" nannte, halten sollte. Vielleicht war er tatsächlich nicht wegen ihr hier. Aber konnte sie es riskieren, Fatma jetzt zu holen? Was, wenn der Mann sich verstellte, um ihr Vertrauen zu gewinnen? Wenn sie ihre Tochter dann bei sich hatte, wäre es leicht für ihn, sie zu entführen. Sie war sich ganz sicher, dass ihr Ehemann nach dem Kind suchte. Sie hatte in seinen Augen nichts zu melden. Er glaubte, ein Recht auf Fatma zu haben, und er würde sie sich holen, sobald er die Möglichkeit dazu besaß!

Bekümmert besah sie sich im Spiegel ihr zerstörtes Gesicht. Fatma würde Angst vor ihr bekommen, wenn sie sie so sah. Sie hoffte, dass sich das kleine Mädchen an ihr Aussehen gewöhnen würde. Trotzdem hatte sie sich bereits nach einer Klinik erkundigt, die solche Defekte operieren konnte. Wahrscheinlich würden die Kosten sogar von der Krankenkasse übernommen werden. Aber sie hatte Angst. In ihrer Vorstellung wurde jedes Krankenhaus, in dem solche Eingriffe vorgenommen wurden, von Verwandten und Freunden ihres Mannes überwacht, um ihren Aufenthaltsort herauszubekommen.

Christine Herberg beschloss, nun erst recht in den Keller zu gehen, um weitere Möbelstücke nach oben zu holen. Wenn sie sich in ihrem eigenen Haus auf der Nase herumtanzen ließ, konnte sie ebenso gut gleich auszuziehen, glaubte sie. Sie saß gerade beim

Frühstück, als sie darüber nachdachte. Sie spürte die Anwesenheit ihres Mitbewohners nicht, aber er schien ihre Gedanken zu lesen. Aus einer Ecke des Raumes ertönte ein tiefes Knurren. „Was ist? Passt dir das nicht? Was soll ich denn machen? Neue Möbel kaufen?", fragte sie in die Richtung, aus der sie das Knurren vernahm.

„Ja", hallte es in ihrem Kopf.

„Dafür habe ich aber kein Geld! Ich hatte genug Möbel, aber du hast sie zerstört! Dann hole doch auch du bitte die Sachen aus dem Keller, wenn du nicht willst, dass ich hinuntergehe!" Jetzt war sie richtig in Fahrt! Mal sehen, was ihm jetzt einfällt, dachte sie böse.

„Gehe nicht in den Keller", hörte sie in Gedanken. Gut, das kannte sie schon.

„Dann tu' du es", sagte sie resolut und begann, den Frühstückstisch abzuräumen. Sie beachtete ihn nicht mehr, aber sie war gespannt, was er als Nächstes tun würde.

In der darauffolgenden Nacht polterte es laut. Der Lärm schien aus dem Keller zu kommen. Es hörte sich an, als würden dort unten heftige Kämpfe stattfinden. Sie erwachte davon, rührte sich aber nicht von der Stelle. Sie wusste, dass sie nicht die Macht besaß, in das Geschehen einzugreifen. Nur kurz fragte sie sich, ob die Leute, die gegenüber wohnten, davon wohl etwas mitbekamen. Sie wusste, dass ihr Häuschen von dort aus beobachtet wurde. Ihr Gespür sagte ihr aber, dass sie von diesen Menschen nichts zu befürchten hatte.

Vorsichtig öffnete sie am nächsten Morgen die Schlafzimmertür. Alles war still. Langsam ging sie hinüber in ihr Wohnzimmer – und staunte. Mit dem Mobiliar, das sie im Keller verstaut hatte, war der Raum geschmackvoll eingerichtet worden. Es sah richtig hübsch aus. Ein kleiner Tisch, den sie schon fast vergessen hatte, stand in einer Ecke, dazu gemütliche Sessel. Um den Esstisch standen wieder mehrere Stühle – vorher waren nur noch zwei vorhanden gewesen. Außerdem waren ein Wohnzimmerschrank, eine Stehlampe, eine Flurkommode und ein Garderobenständer heraufgeholt worden.

Merkwürdigerweise konnte sie die Anwesenheit ihres unsichtbaren Mitbewohners nicht spüren. In der Küche machte sie sich Kaffee und Toast. Während sie frühstückte, überkam sie ein ungutes Gefühl. Irgendetwas stimmte nicht. Sie hastete hinunter zur Kellertür und fand sie weit offenstehend vor. Wie eine düstere Wolke schien etwas Entsetzliches aus dem Kellerraum zu strömen. Ihr wurde schwindelig. Sie brauchte ihre ganze Kraft, um die Tür zu schließen. Als sie zu war, ging es ihr sofort besser. Erschöpft ließ sie sich auf eine der Treppenstufen sinken. Was war hier los? Und wo war ihr Mitbewohner? Noch immer konnte sie ihn nicht wahrnehmen. War ihm womöglich etwas zugestoßen? Sie begann, sich ernsthaft Sorgen zu machen.

In der Villa saß man in seidenen Morgenmänteln beim Frühstück. Das war immer eine sehr schöne Zeit. Ein Bote brachte jeden Morgen frische Brötchen und die Morgenzeitung.

„Was machen wir heute?", fragte Rosemarie und sah aus dem Fenster. „Es regnet in Strömen!"

„Wir könnten einmal die Küchenschränke ausräumen und saubermachen", schlug Greta vor. Die anderen beiden nickten und seufzten.

„Ich würde uns etwas Schönes kochen, aber dafür müsste ich vorher in den Supermarkt", meinte Rosemarie. Anneliese und Greta nickten wieder.

„Ich könnte eine Sahnetorte backen", überlegte Anneliese. Zwei Stunden später saßen sie noch immer am Frühstückstisch, und Greta holte den Rest der Käse-Sahne-Torte aus dem Kühlschrank.

„Oder wir gehen ins Schwimmbad", schlug Rosemarie schließlich vor. Sofort waren sie sich einig.

„Ja! Das ist eine gute Idee!" Anneliese sprang auf und rannte in ihr Schlafzimmer, um ihren Designer-Badeanzug zu suchen. Eine ganze Weile später trafen sie sich aufbruchsbereit in der großen Wohnhalle. Sie hatten schicke Strandtaschen gepackt, als wollten sie zu einer luxuriösen Beach-Party. Das kurze Stück liefen sie schnell durch den Regen und betraten das künstliche

Urlaubsparadies. Ihre exklusiven Badeanzüge hatten sie bereits zu Hause angezogen. Dennoch benutzen sie die Umkleidekabinen, da es dort große Spiegel gab, in denen man sich komplett betrachten konnte. Hier wurde noch einmal alles zurechtgezupft, die Frisuren in Form gebracht und das Make-up überprüft. Schließlich ergatterten sie einen freien Strandkorb und zwei Liegestühle. Sie räumten den Inhalt ihrer Strandtaschen aus und verteilten ihn um sich herum. Rosemarie und Anneliese machten es sich in den Liegestühlen bequem, und Greta setzte sich in den Strandkorb. Interessiert musterten sie die Leute, die sich am Strand und im Wasser aufhielten.

„Dort oben sitzt ein neuer Bademeister!", entdeckte Anneliese und wies auf den Aussichtsturm. Die anderen beiden betrachteten ihn abschätzend.

„Na ja", meinte Rosemarie, „der Italiener hat mir besser gefallen."

„Den haben sie hinausgeworfen", glaubte Greta zu wissen.

„Aber warum? Er soll doch den kleinen Sohn der Morettis vor dem Ertrinken gerettet haben!" Anneliese betrachtete noch immer den neuen Rettungsschwimmer, der nun die Aufsicht über die Badenden hatte.

„Wer weiß, was da los war. Sicher hat er sich etwas zuschulden kommen lassen." Greta war immer sehr misstrauisch in solchen Dingen, und meistens hatte sie damit recht. Die drei Damen konnten selbstverständlich nicht wissen, dass der Auftraggeber des Italieners ihn aus dem Verkehr gezogen hatte, weil sich der Betreiber des Dorfes offenbar für ihn interessiert hatte ...

Das Ehepaar Holler hatte sich an diesem Tag auch entschlossen, das Schwimmbad zu besuchen. Der Dackel musste zu Hause bleiben, da Hunde hier nicht erlaubt waren. Man befürchtete, sie würden den Sand verunreinigen. Schließlich wollte niemand barfuß durch Hundepipi laufen oder in Kacke treten.

Sabine Holler saß in der Nähe der drei Witwen in einem Strandkorb. Martin Holler kam gerade von der Strandbar und balancierte ein Tablett mit einem exotischen Cocktail für seine Frau und einer Flasche Bier samt Bierglas für sich selbst an den drei Damen vorbei. Er trug eine knappe Badehose, die mehr freigab als sie verbarg. Direkt darüber wölbte sich ein weißes Bäuchlein. Als er die Blicke der Witwen sah, die in seine Körpermitte zielten, wurde er rot wie eine Tomate. Sabine Holler beobachtete die Szene und wäre vor Scham am liebsten im Erdboden versunken. Sie hatte bereits zu Hause vergeblich versucht, ihren Mann zu überzeugen, sich eine weiter geschnittene Badeshorts anzuziehen, die nicht alles preisgab. Er hatte aber auf sein knappes Höschen bestanden, da er sich darin jugendlich und interessant vorkam.

Als er mit seinem Tablett den Strandkorb erreichte, zischte Sabine Holler ihm böse zu: „Siehst du nicht, wie die drei Schnepfen dich begutachten? Muss man sich denn so zur Schau stellen?" Sie sah hinüber zu den Damen, die ihr freundlich zunickten. Zum Glück konnte sie nicht hören, was sie sagten.

Martin Holler reichte seiner Frau den Cocktail und goss sich ein Glas Bier ein. „Lass sie doch! Es sind schließlich Witwen!", sagte er lahm.

„Leg dir wenigstens ein Handtuch drüber. Die schauen dauernd herüber!"

„Mach dich doch nicht lächerlich! Sie wollen bestimmt nur freundlich sein!" Martin Holler hatte seine Selbstsicherheit wiedergewonnen. Er bildete sich tatsächlich ein, dass die Frauen ihn attraktiv fanden.

„Also, der Mann bräuchte dringend ein wenig Training. Habt ihr den Bauch gesehen?" Greta zog die Brauen hoch.

„Ich habe mehr auf die Badehose geschaut", gab Annemarie freimütig zu.

„Warum guckt denn seine Frau jetzt so böse?", fragte Rosemarie naiv. „Weil Annemarie auf die Badehose geschaut hat?"

„Wahrscheinlich eher, weil man so gut sehen kann, was darunter ist", meinte Greta trocken.

„Was ist denn darunter?", fragte Rosemarie erstaunt.

„Vermutlich versteckt er dort einen Revolver." Greta verzog keine Miene.

„Ist das denn erlaubt?" Rosemarie richtete sich auf, um besser sehen zu können. „Jetzt hat er ein Handtuch drübergelegt. Ich kann nichts mehr erkennen."

„Warst du wirklich mit einem Mann verheiratet?", fragte Anneliese kopfschüttelnd.

„Aber ja! Leider hat er mich viel zu früh verlassen. Dabei wollte er das gar nicht", sinnierte Rosemarie und machte dabei ein bekümmertes Gesicht.

Bis zum Abend konnte Christine Herberg die Anwesenheit ihres Mitbewohners noch immer nicht spüren. Sie fühlte sich schuldig. Waren die dunklen Mächte, die sich offenbar im Keller befanden, stärker gewesen als er? Es drängte sich ihr der Verdacht auf, dass er tot sein könnte. Das war aber nicht möglich, da er nicht gelebt hatte. Er existierte zwar auf irgendeine Weise, aber er war kein Lebewesen. Vielleicht hatte er aufgehört zu existieren? Oder er war geflohen? Vielleicht hatte er einfach diesen Ort verlassen? Sie kam zu keinem Ergebnis. Sie konnte es nicht wissen, und sie fühlte und sah nichts. Das Haus kam ihr merkwürdig leer und still vor.

Plötzlich vernahm sie ein Atmen. Einen Moment lang war sie erleichtert. War er es? Sie hielt inne und versuchte ihn zu orten. Sie erschrak fürchterlich. Er war es nicht! Es war etwas anderes, aber sie konnte es nicht zuordnen. War es möglich, dass das Grauen aus dem Keller nach oben in den Wohnbereich gewandert war? Die Antwort war klar: Ja! Alles war möglich! Sie bekam zum ersten Mal, seitdem sie das Häuschen bewohnte, richtig Angst. Sie musste sofort hier raus! Eilig nahm sie ihren Mantel vom Garderobenhaken und stürzte hinaus.

Gegenüber saßen die alten Leute gerade beim Abendbrot.

„Sie kommt raus!", vermeldete Monikas Vater. „Sie scheint nervös zu sein! Seht nur, wie schnell sie die Straße hinunterläuft!"

„Wahrscheinlich hat sie wieder Ärger mit ihrem Kerl, der da illegal bei ihr wohnt!", mutmaßte Joachims Vater. „Aber da ist sie selber schuld!", behauptete er.

Monika, die gerade frischen Tee in die Becher goss, hatte es sich längst abgewöhnt, den Gesprächen der alten Herrschaften zu viel Bedeutung beizumessen. „Das sind alles nur Vermutungen. Sicher wohnt dort niemand illegal", konnte sie sich dann doch nicht verkneifen zu kommentieren. „Das kannst du gar nicht beurteilen! Wir sehen mehr als du!", wies ihr Vater sie zurecht. Monika seufzte. „Wenn du meinst", gab sie schließlich nach. „Das wird wieder eine lange Nacht." Joachims Vater rieb sich die Hände. „Wieso? Ihr könnt doch ganz normal schlafen gehen! Warum interessiert es euch, wann die Nachbarin nach Hause kommt? Das geht euch doch gar nichts an!" Monika war nun doch etwas genervt. Die alten Leute schwiegen, blinzelten sich aber gegenseitig zu. Monika hatte ja keine Ahnung!

Nachdem Christine Herberg eine Weile ziellos durch die Gegend gelaufen war, um ihre Gedanken zu sortieren, beschloss sie schließlich, bei Morettis eine Kleinigkeit zu essen. Nach Hause wollte sie zunächst nicht. Prompt erblickte sie wieder die drei Witwen. Schnell sah sie sich nach einem anderen Tisch um, aber es war keiner mehr frei. Einzig der Stammtisch, an dem die Jugendlichen saßen, hatte noch ein paar Plätze frei. Von dort aus wurde sie jedoch sofort argwöhnisch beäugt. Die Blicke waren ablehnend. Offensichtlich war man nicht auf ihre Gesellschaft erpicht. Ihr blieb nichts anderes übrig, als sich wieder zu den drei Damen zu setzen oder das Lokal gleich wieder zu verlassen.

Neugierig sahen ihr die drei Frauen entgegen, als sie zögernd ihren Tisch ansteuerte. Höflich fragte sie, ob sie sich setzen dürfte.

„Selbstverständlich", sagte Rosemarie freundlich und wies auf den Stuhl neben sich.

Christine Herberg spürte ganz deutlich, dass die Damen jede ihrer Bewegungen lauernd beobachteten. Da sie keine Erinnerung daran hatte, was neulich vorgefallen war, als die drei sie nach Hause begleitet hatten, fühlte sie sich sehr unsicher.

„Wie geht es Ihnen heute?", fragte Anneliese betont liebenswürdig.

Christine Herberg wurde bewusst, dass sie in den Augen der gestylten Damen sehr abgerissen wirken musste. Sie hatte keine Zeit gehabt, sich umzukleiden und zu kämmen. Sie hatte ihre alten Jeans an, einen zerfaserten Pullover, und ihr Haar war unordentlich und strähnig.

„Ach, na ja, danke, ich bin ein wenig gestresst", versuchte sie zu erklären.

Im nächsten Moment betrat das Ehepaar Holler mit Dackel „Tommy" das Lokal. Inzwischen war es noch voller geworden. Der Jugendstammtisch war nun auch besetzt, da Marcel und Claudia Naumann die letzten freien Plätze belegt hatten. Als Sabine Holler sah, dass ausgerechnet am Tisch der Witwen noch zwei Stühle frei waren, wollte sie sofort wieder umkehren, aber ihr Mann rannte zielstrebig dorthin. Leutselig begrüßte er die dort sitzenden Damen und zog sich einen Stuhl heran, ohne seine Frau weiter zu beachten. Notgedrungen lief sie mit Tommy hinter ihm her. Da ihr Mann schon saß, blieb ihr nichts anderes übrig, als sich auch mit an den Tisch zu setzen. Der kleine Hund ließ sich neben ihrem Stuhl nieder, wobei er es sich zur Aufgabe machte, ihre Handtasche zu bewachen, die sie dort abgestellt hatte.

Christine Herberg war erleichtert, da die Aufmerksamkeit der drei Damen nun nicht mehr ihr allein galt. Martin Holler schien sich wie der Hahn im Korb zu fühlen. Er erzählte und gestikulierte und gab sich äußerst weltoffen und charmant. Die Damen schienen sehr amüsiert. Einzig seine Frau fand es offenbar nicht so lustig. Sie schwieg und sah in eine andere Richtung.

Rosemarie plapperte munter auf Martin Holler ein. Sie musterte ihn mehrmals auffällig von oben bis unten. Sie wollte ihn gerade fragen, ob er tatsächlich einen Revolver bei sich trug, aber Gretas strenger Blick ließ sie verstummen.

Christine Herberg rutschte unruhig auf ihrem Stuhl herum. Am liebsten wäre sie gegangen, aber sie traute sich nicht nach Hause. Wer wusste, was sie dort erwartete. Vielleicht war auch alles wieder normal, aber sie hatte Angst vor der unbekannten Macht, die aus dem Keller zu kommen schien und sich inzwischen womöglich im ganzen Haus ausgebreitet hatte. Sie wusste nicht, ob sie ihr gefährlich werden konnte, aber sie hatte ein ungutes Gefühl. Auf einmal wurde ihr bewusst, dass sie mit ihrem Verhalten gerade die Aufmerksamkeit der Leute, die mit ihr am Tisch saßen, erregte. Alle sahen sie plötzlich merkwürdig an.

„Ist Ihnen nicht gut?", fragte Annemarie besorgt.

„Doch, es ist alles in Ordnung", versicherte Christine Herberg, wenig überzeugend. Ihr ging es gerade richtig schlecht, und das sah man ihr wohl auch an.

Rosemarie war nicht sehr feinfühlend. „Stimmt es, dass es in Ihrem Häuschen nicht mit rechten Dingen zugeht?", fragte sie neugierig.

Anneliese trat ihr unter dem Tisch gegen das Schienbein. Der Dackel fühlte sich angegriffen und knurrte giftig. Alle anderen hielten den Atem an. Sabine und Martin Holler warfen sich vielsagende Blicke zu.

„Ach, wissen Sie, es gibt immer wieder einmal Dinge, die uns merkwürdig erscheinen und über die wir uns wundern", gab Christine Herberg zurück und sah dabei Greta provozierend an.

Greta hielt ihrem Blick stand. „Sicherlich, meine Liebe", entgegnete sie ruhig und sah der Kontrahentin fest in die Augen.

„Ja! Mir geht es auch oft so!" Rosemarie nickte den anderen ernsthaft zu. „Ich kann zum Beispiel überhaupt nicht verstehen, weshalb den Talentwettbewerb samstags im Fernsehen immer diejenigen gewinnen, die ich am schlechtesten finde!"

Annemarie rollte mit den Augen, und Greta starrte Rosemarie finster an.

Es wurde sehr spät an diesem Abend. Aber nicht etwa, weil es so unterhaltsam war. Alle warteten darauf, dass Christine Herberg aufbrach. Man wollte sie nach Hause begleiten, um zu sehen, ob sie sich in der Nähe des „Hexenhäuschens" wieder auf erschreckende Weise veränderte.

Nur Sabine Holler wäre längst gegangen, aber sie wollte ihren Mann nicht bei diesen merkwürdigen Frauen zurücklassen. Er machte jedoch absolut keine Anstalten, sich nach Hause zu begeben, obwohl sie ihm immer wieder signalisierte, dass sie nun endlich gehen sollten. Erst als Pietro Moretti an ihren Tisch trat, um abzukassieren, da er schließen wollte, nahm der Abend schließlich ein Ende. Das Lokal hatte sich inzwischen geleert. Nur die Gesellschaft an diesem einen Tisch war noch anwesend. Nachdem alle bezahlt hatten, machte man sich auf den Weg. Zielstrebig marschierten alle zum „Hexenhäuschen", obwohl die drei Witwen in entgegengesetzter Richtung wohnten.

„Sie kommen! Die Geisterstunde beginnt!" Joachims Vater setzte sich gespannt in seinem Bett auf und blickte zur Wohnzimmeruhr. Tatsächlich war es zufällig genau Mitternacht. Monikas Vater schaltete den Fernseher aus. Die beiden alten Herren hatten Wache gehalten, während ihre Frauen längst eingeschlafen waren. Sie weckten sie sogleich, damit auch sie nichts verpassten. Monika und Joachim waren bereits schlafen gegangen und konnten somit nicht stören. Die beiden Enkel waren schon vor Stunden nach Hause gekommen. Ihre Großeltern hatten zwar versucht, sie auszufragen, wo sie gewesen waren und ob sie die Nachbarin auch dort gesehen hätten, aber sie waren nicht sehr gesprächig gewesen.

„Wieso interessiert euch das?", hatte Marcel schulterzuckend gefragt und war einfach nach oben gegangen. Auch Claudia hatte nichts erzählt. Sie sagte nur, sie sei müde und müsse jetzt ins Bett.

„Schon komisch, dass die Jugend immer müde ist, wenn es darauf ankommt. Wir waren da früher anders", brüstete sich Joachims Vater kopfschüttelnd. Monikas Vater pflichtete ihm bei, während die beiden Frauen nur still lächelten.

Im diffusen Licht der Straßenbeleuchtung erkannten sie Christine Herberg, die drei Witwen und das Ehepaar Holler mit dem Dackel. Sie standen vor dem „Hexenhäuschen" und unterhielten sich. Gespannt warteten die alten Leute, was als Nächstes geschehen würde. Der ganze Abend hatte sich für sie langweilig dahingeschleppt. Nachdem Christine Herberg das Haus verlassen hatte, war rein gar nichts zu sehen gewesen.

Plötzlich begannen die Straßenlaternen zu flackern. Der kleine Hund brach augenblicklich in nervtötendes Gekläff aus. Sabine Holler nahm ihn schnell auf den Arm und hielt ihm die Schnauze zu. Da ihr die Sache unheimlich wurde, rannte sie mit dem Dackel auf die andere Straßenseite und blieb zitternd dort stehen. Somit befand sie sich direkt vor der großen Fensterscheibe, hinter der die alten Leute lauerten.

„Die soll da weggehen. Wir sehen ja nichts", beschwerte sich Joachims Vater flüsternd, als könne man ihn draußen hören. Die Straßenbeleuchtung erlosch schließlich ganz.

„Jetzt sehen wir sowieso nichts mehr", ärgerte sich Monikas Vater.

Christine Herberg zögerte, ihr Haus zu betreten. Martin Holler und die drei Damen aus dem Villenviertel standen um sie herum und sorgten sich über das Erlöschen der Straßenlampen.

„Anscheinend gibt es Probleme mit der Energieversorgung", meinte Anneliese verwundert und sah nach oben auf die dunklen Laternen. „Wer weiß, ob wir in den Häusern noch Strom haben."

„Das werden wir gleich wissen!", ereiferte sich Martin Holler. „Gehen Sie doch bitte hinein und schalten Sie das Licht im Haus ein", sagte er zu Christine Herberg. Sie war jedoch unschlüssig. Sie hatte Angst vor dem, was sie erwarten würde, wenn sie jetzt die Haustür aufschloss. Da sie aber alle erwartungsvoll anblickten, blieb ihr nichts anderes übrig. Vorsichtig öffnete sie die Tür und drückte auf den Lichtschalter für die Lampe im Vorgarten, der sich direkt neben dem Eingang befand. Das Licht funktionierte!

„Na also! Dann ist wohl nur die Straßenbeleuchtung betroffen", sagte Martin Holler zufrieden.

„Finden Sie in der Dunkelheit allein nach Hause, oder soll ich Sie lieber begleiten?", bot er den drei Witwen galant an.

„Vielen Dank, aber das schaffen wir schon", bestimmte Greta. Anneliese und Rosemarie nickten. Die drei machten sich auf den Heimweg. Martin Holler entdeckte seine Frau auf der anderen Straßenseite. Er verabschiedete sich bei den Damen und wollte zu ihr hinübergehen.

Mitten auf der Straße glaubte er plötzlich, Schritte hinter sich zu hören. Er drehte sich um, konnte jedoch niemanden bemerken.

Sabine Holler schrie auf. Hinter ihrem Mann sah sie eine schemenhafte Gestalt, die sich langsam auf ihn zubewegte. Viel konnte sie in der Dunkelheit nicht erkennen, aber das, was sich dort fortbewegte, schien kein Mensch zu sein! Der Dackel sträubte das Nackenfell und fletschte die Zähne. Im nächsten Moment stürzte Martin Holler hart auf die Straße. Irgendetwas hatte ihn zu Fall gebracht. Verblüfft sah er um sich, konnte jedoch nichts entdecken. Sabine Holler setzte den Dackel auf den Boden und lief zu ihrem Mann. Der kleine Hund jagte geifernd hinter einem dunklen Schatten her, der schließlich durch eine Hecke verschwand.

„Was, um Himmels willen, war das?", wunderte sich Martin Holler, während er mühsam auf die Beine kam. Von Weitem hörte man auf einmal ein klägliches Jaulen. Tommy ...!

„Habt ihr die dunkle Gestalt gesehen, die hinter dem Holler aufgetaucht ist?" Joachims Vater war ganz aufgeregt.

„Ja. Aber ich konnte nichts erkennen. Es war ja so dunkel", meinte Monikas Vater. Inzwischen hatte sich die Straßenbeleuchtung wieder eingeschaltet, aber das nützte ihnen nicht viel, da sich draußen nichts mehr tat.

„Das war bestimmt die Herberg! Die hat ihn ja schon einmal mit dem Messer bedroht", mutmaßte Joachims Vater.

„Die Gestalt sah nicht menschlich aus", fand seine Frau.

„Wieso? Man konnte doch gar nichts erkennen!" Er schüttelte den Kopf.

„Doch. Es war ein schemenhafter Umriss zu sehen", beharrte sie.

„Sie hat ihm ein Bein gestellt, damit er hinfällt", glaubte Monikas Vater.

„Ich weiß nicht. Irgendetwas rannte schließlich davon, und der Hund hat es verfolgt. Das war bestimmt nicht Christine Herberg", überlegte seine Frau.

„Ach was! Der wird einem Karnickel nachgejagt sein!" Monikas Vater fand, dass es Zeitverschwendung gewesen war, so lange wach zu bleiben. Schließlich war nichts passiert.

Christine Herberg fand alles in bester Ordnung vor. In ihrem Häuschen war alles so, wie sie es verlassen hatte. Sie vernahm, dass sie völlig allein war. Wenn ihr Gefühl sie nicht trog, gab es gerade keinen Grund, sich zu fürchten. Plötzlich spürte sie jedoch, dass außerhalb des Hauses etwas nicht in Ordnung war. Sie verhielt und konzentrierte sich. Jetzt sah sie den kleinen Hund von Hollers, der offenbar in größter Not war! Sie verlor keine Zeit. Schnell schlüpfte sie aus dem Hintereingang und rannte zu der Stelle, an der sie das Unglück gesehen hatte.

Sie fand den Dackel, auf der Seite liegend und aus dem Maul blutend, bewusstlos vor. Erschüttert kniete sie sich neben ihn und legte sanft beide Hände auf den kleinen Körper. Sie spürte, wie eine geheimnisvolle Kraft von ihr in den Leib des Tieres floss. Es fühlte sich an wie ein Reißen und Ziehen, das sie selbst völlig erschöpfte. Nach einer ganzen Weile schlug der kleine Hund die Augen auf und blickte sie hilfesuchend an. Er wimmerte herzzerreißend.

„Ich bringe dich nach Hause, mein Kleiner. Du brauchst keine Angst zu haben. Alles wird wieder gut", murmelte sie und nahm den kleinen Hund auf den Arm. Er drückte sich sogleich verzweifelt an sie. Es berührte sie zutiefst, und ihr liefen die Tränen über die Wangen. Sie trug ihn bis zum Haus der Hollers. Dabei wiegte sie ihn in den Armen wie ein Baby. Hollers waren noch nicht zu Hause. Sie öffnete das Gartentürchen und setzte den kleinen Hund behutsam auf den Rasen.

„Frauchen und Herrchen kommen gleich", flüsterte sie dem Dackel liebevoll zu. Der Hund schien sie zu verstehen. Er trottete zur Eingangstür und setzte sich.

„Tschüs, Kleiner." Christine Herberg lächelte ihm zu und verschwand lautlos. Sie beschloss, Hollers Bescheid zu geben. Sicherlich suchten sie noch immer nach Tommy. Es war nicht schwer, sie zu finden. Sie wusste, wo sie sich aufhielten. Von Weitem rief sie schon: „Hallo? Frau Holler? Herr Holler?", um die beiden nicht zu erschrecken. Prompt antwortete Martin Holler: „Ja, wir sind hier!"

Christine Herberg kam ihnen entgegen. „Ich habe Ihren Hund gefunden! Es geht ihm gut. Ich habe ihn nach Hause gebracht. Er sitzt in Ihrem Garten!"

„Gott sei Dank", stieß Sabine Holler hervor. „Ich hatte solche Angst, es sei ihm etwas zugestoßen!"

„Gehen Sie nur gleich nach Hause! Er wartet auf Sie." Christine Herberg hatte wieder diesen merkwürdig durchgeistigten Blick. Martin Holler verzichtete darauf, sie zu fragen, wie sie den Dackel gefunden hatte und weshalb sie überhaupt um diese Zeit noch draußen herumlief. Er bedankte sich noch schnell bei ihr und beeilte sich dann, seine Frau einzuholen, die bereits vorausgelaufen war.

Spätnachts trafen sich die drei Witwen in ihrer Wohnküche. Rosemarie war zuerst aufgestanden, weil sie nicht schlafen konnte. Sie inspizierte gerade den Kühlschrank, als erst Anneliese und kurz darauf Greta hereinkamen. So war es immer. Sobald eine von ihnen die Küche betrat, hörten es die anderen und wurden ebenfalls wach. Rosemarie stellte die Schokoladentorte auf den Tisch, die Anneliese noch am Nachmittag nach dem Schwimmbadbesuch gebacken hatte. Greta holte Teller und Kuchengabeln aus den Schränken. Der Kaffeeautomat war bereits in Betrieb.

Zunächst schaufelten sie schweigend die köstliche Schokoladentorte in sich hinein.

„Konntet ihr auch nicht schlafen?", begann Rosemarie schließlich. „Ich muss dauernd darüber nachdenken, was da wohl aus dem Kellerfenster herausgekrochen sein mag."

Greta zog die Augenbrauen hoch. „Was meinst du? Was soll da herausgekrochen sein?"

„Ich weiß es nicht. Es war ja so dunkel. Aber da war etwas", war sich Rosemarie sicher.

Annemarie zuckte die Schultern. „Ich habe nichts gesehen! Wieso hast du nichts gesagt? Dann wären wir noch geblieben!" „Weil ich nicht wollte, dass mir wieder jemand gegen das Schienbein tritt!" Rosemarie machte ein böses Gesicht. „Ihr glaubt mir ja sowieso nicht!" Die beiden anderen sahen schweigend auf ihre Teller. Das war tatsächlich schwierig, weil Rosemarie oft viel Unsinn erzählte. „Wie soll das Wesen denn ausgesehen haben, das du gesehen hast?", fragte Anneliese schließlich zweifelnd. „Es war klein und dunkel. Es sah nicht wie ein Mensch aus. In der Finsternis konnte ich nur etwas Schemenhaftes erkennen. Und es wirkte so, als würde eine Art Nebel um es herum wabern." Rosemarie nickte mehrmals. „Es war ein geheimnisvoller, dunkler Schatten!"

„Ein Schatten mit Nebel also?" Greta hievte sich noch ein großes Stück Schokoladentorte auf den Teller.

„Ja!", bestätigte Rosemarie ernst. „Es spukt dort!"

„Die Frau, die dort wohnt, schien ja heute völlig normal gewesen zu sein", meinte Greta. „Oder ist euch etwas an ihr aufgefallen?"

„Nur, dass sie dich so komisch angeschaut hat, als Rosemarie sie gefragt hat, was es mit ihrem Haus auf sich hätte", überlegte Annemarie.

„Da hat sie bestimmt an den Gärtner gedacht", sagte Rosemarie unbedarft und lachte laut.

Greta warf Anneliese einen vielsagenden Blick zu. Beide glaubten nicht wirklich an diesen mysteriösen Schatten, den Rosemarie gesehen haben wollte.

Christine Herberg hatte wunderbar geschlafen. In ihrem Häuschen war es absolut ruhig geblieben. Als sie erwachte, spürte sie jedoch, dass sie nicht mehr allein war. Sie hielt den Atem an und blieb zunächst ganz ruhig liegen. Etwas berührte ihre Wange. Sie machte sich ganz steif und bewegte sich nicht. Plötzlich wusste sie, dass er es war. Er war wieder da! Sie seufzte erleichtert.

„Wo warst du?", fragte sie leise in das leere Zimmer.

„Fort", formten ihre Gedanken.

„Was heißt das? Hast du das Haus verlassen?"

„Ja."

„Warum?"

„Ich musste."

„Hatte es etwas mit dem Keller zu tun?"

„Ja."

„Ist dir etwas Schlimmes geschehen?"

„Ja."

„Und jetzt?"

„Ich habe es vertrieben!"

„Es ist nicht mehr im Haus?"

„Nein."

„Wo ist es jetzt?"

Keine Antwort.

Der Dialog, der hauptsächlich in ihrem Kopf stattgefunden hatte, hatte sie viel Kraft gekostet. Mühsam erhob sie sich und ging hinüber in ihre kleine Küche, um sich einen Kaffee zu kochen. Sie überlegte, was passiert sein konnte. Was immer sich auch in ihrem Keller aufgehalten hatte – es schien das Haus verlassen zu haben. Das war zwar einerseits beruhigend, bedeutete aber andererseits, dass es nun irgendwo draußen sein Unwesen trieb. Sie musste an den kleinen Hund denken, der ohne ihre Hilfe gestorben wäre.

Seit ihrer Begegnung mit dem Nachbarn, der sich „Amir" nannte, hatte Silvia Turan ihr Appartement nicht mehr verlassen. Nun musste sie dringend zum Einkaufen fahren, da sie keinerlei Lebensmittel mehr zu Hause hatte.

Vorsichtig öffnete sie die Wohnungstür und spähte auf den Flur hinaus. Nichts rührte sich. Leise schlich sie aus ihrem Appartement. Als sie das Haus verlassen hatte, rannte sie zur Treppe, die in die Tiefgarage führte. Plötzlich hatte sie das unbestimmte Gefühl, dass ihr jemand folgte. Gehetzt blickte sie sich um. Sie konnte niemanden entdecken. Fast schon hatte sie ihr Auto erreicht, als sie aus den Augenwinkeln sah, wie sich etwas hinter ihr bewegte und dann blitzschnell zwischen den parkenden Autos verschwand. Sie riss die Autotür auf und hechtete auf den Fahrersitz. Schnell warf sie die Tür zu und drückte sofort auf den Knopf, mit dem sie das Fahrzeug von innen komplett verriegeln konnte. Sie atmete auf. Zunächst fühlte sie sich sicher. Doch im nächsten Moment vernahm sie im Rückspiegel eine huschende Bewegung. Sie ließ den Motor an, gab Gas und schoss rückwärts aus der Parklücke. Das Auto drehte sich mit quietschenden Reifen. Mit viel zu hohem Tempo fuhr sie durch die schmale Gasse der Garage. Als sie die Ausfahrt erreichte, schleuderte sie auf die Straße, ohne auf den Verkehr zu achten.

Der Pförtner bekam das mit und stürzte aus seinem Häuschen. Er konnte jedoch nur noch die Rücklichter des Fahrzeuges sehen, das sich schnell entfernte. Er glaubte, das Auto von Silvia Turan erkannt zu haben, aber er war sich nicht ganz sicher. Kopfschüttelnd blieb er auf der Straße stehen und sah ihr nach.

Silvia Turan raste panisch die stille Landstraße entlang. Nach etwa einem Kilometer entdeckte sie einen am Straßenrand parkenden Fiat. Nervös krampften sich ihre Hände um das Lenkrad. Sie biss die Zähne aufeinander und fuhr noch schneller. Im Rückspiegel beobachtete sie, wie die Scheinwerfer des Fiats aufblendeten und sich das Fahrzeug in Bewegung setzte.

Obwohl sie sehr schnell fuhr, holte der Fiat rasch auf. Schließlich war er direkt hinter ihr. Als sie wieder in den Rückspiegel sah, glaubte sie, einen südländisch aussehenden Mann hinter dem Steuer des Fiats zu erkennen. Er war mittlerweile so dicht aufgefahren, dass sie dachte, er würde sie im nächsten Moment rammen. Schließlich überholte er sie und stellte sich vor ihr quer, um sie zum Anhalten zu zwingen. Sie machte ihm jedoch einen Strich durch die Rechnung. In halsbrecherischem Manöver ließ sie ihren Wagen herumschleudern, indem sie die Handbremse anzog und gleichzeitig das Lenkrad herumriss. Anschließend gab sie Vollgas und raste die Strecke zurück zum Dorf.

Als sie wieder in die Tiefgarage fahren wollte, blieb das Tor, das sie normalerweise mittels einer Fernbedienung betätigen konnte, geschlossen. Hektisch blickte sie in den Rückspiegel. Ihr

Verfolger war nicht mehr da! Sie hatte ihn abgeschüttelt! Erleichtert blieb sie in ihrem Wagen sitzen und fragte sich, warum sich das Tor nicht öffnen ließ. Die Antwort kam sogleich in Gestalt des Pförtners, der auf einmal neben dem Auto stand und an die Scheibe klopfte. Sie hatte den Eindruck, dass er sehr ungehalten war. Sie ließ das Autofenster herunter und sah ihn fragend an. „Sagen Sie einmal, haben Sie irgendwelche Probleme?", fragte er, nicht gerade sehr freundlich.

„Ja. Ich werde verfolgt!", sagte sie einfach. Sie hatte keine Lust, jetzt und hier irgendetwas zu beschönigen.

„Moment, bitte!" Sofort griff der Pförtner zum Telefon. Er entfernte sich ein paar Schritte von ihr, sodass sie nicht mithören konnte, was er sagte.

Sicher ruft er jetzt die Polizei! Mutlos sank sie in sich zusammen.

Kurz darauf erschien jedoch ein Wachmann der Immobiliengesellschaft und öffnete die Beifahrertür. Ohne sie zu fragen, ob es ihr recht wäre, stieg er in ihr Auto und wies sie an, in die Tiefgarage zu fahren. Jetzt öffnete sich das Tor.

Gehorsam fuhr sie den Wagen zu ihrem Abstellplatz. Der Wachmann hatte bis jetzt geschwiegen. Als sie aussteigen wollte, griff er nach ihrem Arm. „Warten Sie bitte", sagte er ruhig. „Wer verfolgt Sie und warum?"

Jetzt erst betrachtete sie sich den Mann genauer. Er sah nett und vertrauenerweckend aus. Trotzdem war sie sich unsicher, wie viel sie ihm erzählen sollte.

Sie konnte nicht wissen, dass das Wachpersonal bestens über die Bewohner des Dorfes informiert war. Selbstverständlich wusste der Mann, woher sie ihre Gesichtsverletzung hatte und wer sie vielleicht verfolgte. Trotzdem war für ihn die Sachlage unklar, da niemand ohne Überprüfung in den kleinen Ort hineinkam.

„Na ja, als ich vorhin wegfahren wollte, war da jemand hinter mir. Ich konnte niemanden erkennen. Derjenige hat sich zwischen den Autos versteckt. Unterwegs ist mir dann ein Wagen gefolgt."

„Sind Sie sicher, dass er Sie tatsächlich verfolgt hat? Vielleicht war das Auto zufällig hinter Ihnen?"

Sie schüttelte den Kopf. „Er hat mich überholt und wollte mich zum Anhalten zwingen!"

Der Wachmann hob überrascht die Augenbrauen. „Und wo wollten Sie hin, wenn ich fragen darf?"

„Ich muss dringend etwas einkaufen. Ich habe nichts mehr zu essen daheim", sagte sie leise und kam sich irgendwie albern vor. Sicherlich würde er ihr nicht glauben.

„Weshalb kaufen Sie nicht hier im Ort ein? Ich frage das rein interessehalber. Sie können natürlich einkaufen, wo immer Sie möchten", fügte er vorsichtshalber hinzu.

„Weil es hier eine Person gibt, der ich nicht traue. Ich habe Angst, ihr im Supermarkt zu begegnen."

„Wollen Sie mir nicht sagen, um wen es sich bei dieser Person handelt?", fragte der Wachmann behutsam.

„Nein."

Sie hat Angst! Gut, das kriege ich auch so raus, dachte der Mann bei sich. Laut sagte er: „Ja, dann gehen wir wohl jetzt zusammen einkaufen!"

„Sie wollen mich begleiten?" Zweifelnd sah sie ihn an.

„Selbstverständlich. Wenn Sie glauben, in Gefahr zu sein, dürfen Sie sich jederzeit an uns wenden. Wir helfen Ihnen."

Silvia Turan kaufte in dem kleinen Supermarkt des Dorfes rasch das Nötigste ein. Der Wachmann blieb ein paar Schritte hinter ihr und beobachtete die wenigen anderen Leute, die sich auch gerade dort aufhielten. Er bemerkte nichts Ungewöhnliches. Silvia Turan blickte immer wieder hektisch um sich. Wenn sich ihre Blicke kreuzten, nickte er ihr zum Zeichen, dass alles in Ordnung war, beruhigend zu. Als sie bezahlt hatte, griff er nach ihren Einkaufstüten und trug sie hinaus.

„Aber das brauchen Sie doch nicht." Sie wollte ihm die Tüten abnehmen, aber er ließ es nicht zu. Er begleitete sie bis zu ihrer Wohnungstür. Dort übergab er ihr die Einkäufe und verabschiedete sich, nicht ohne sie noch einmal darauf hinzuweisen, dass sie sich jederzeit melden könne, wenn sie Probleme hätte.

Als er gegangen war, dachte sie über die Vorkommnisse nach. Irgendwie war es merkwürdig. Hatte das, was sie in der Tiefgarage gesehen hatte, überhaupt etwas mit dem Fiat zu tun, der sie auf der Landstraße verfolgt hatte? Das schien nicht so recht zusammenzupassen.

Der Wachmann stieg die Treppe zur Tiefgarage hinunter. Er wusste zunächst selbst nicht so genau, wonach er suchte. Wenn es stimmte, dass der jungen Frau jemand gefolgt war, so hielt sich der Verfolger mit Sicherheit nicht mehr dort auf. Trotzdem wollte er schauen, ob ihm etwas auffällig vorkam. Langsam ging er den Fahrweg entlang und ließ seinen Blick prüfend über die parkenden Fahrzeuge schweifen. Plötzlich glaubte er, eine Bewegung gesehen zu haben. Schnell rannte er zu der Stelle zwischen den Autos. Im nächsten Moment hatte er das Gefühl, niedergeschlagen zu werden, obwohl er niemanden sah. Er stürzte hart auf den Asphalt und prallte mit dem Kopf auf. Ein dunkler Schatten schien sich über ihn zu beugen. Als er aufsah, formte sich die Gestalt zu einer dämonischen Fratze.

Das glaubt mir keiner, war sein letzter Gedanke, bevor er das Bewusstsein verlor.

Christine Herberg stand gerade am Herd und kochte. Sie war guter Dinge, da ihr unsichtbarer Mitbewohner wieder da war und er weiterhin freundlich zu ihr war – wenn man das so nennen konnte. Mehrfach versuchte sie, ihn anzusprechen, er gab jedoch keine Antwort. Immerhin ließ er sie in Ruhe. Sie spürte, dass er in der Küche war und sie beobachtete.

Plötzlich fühlte sie ganz deutlich, dass jemand in Not war. Sie hielt inne und konzentrierte sich. Es war ein Mann. Es ging ihm sehr schlecht. Er brauchte dringend Hilfe! Wo war er? Sie schloss die Augen und legte beide Hände an ihre Schläfen. Sie sah die Tiefgarage. Aber sie entdeckte noch etwas. Zunächst konnte sie es nicht zuordnen, aber es war bedrohlich. Sie musste helfen, aber sie würde sich in Gefahr bringen, wenn sie jetzt dort hinlief!

„Bleib hier! Es wird dich töten, wenn du gehst!", vernahm sie seine Stimme.

„Ich muss dem Mann helfen", sagte sie leise zu ihm. „Ich kann nicht anders."

Entschlossen rief sie beim Pförtner an und berichtete ihm, es sei in der Garage jemand verletzt worden, und er solle einen Krankenwagen rufen. Bevor er etwas fragen konnte, beendete sie das Gespräch. Schnell verließ sie das Haus und rannte zur Treppe, die in die Tiefgarage hinunterführte. Bereits auf der Treppe spürte sie die Gefahr. Trotzdem lief sie weiter, weil die Hilferufe des Verletzten, die sie innerlich hörte, immer dringlicher wurden.

Sie sah den Wachmann zwischen den parkenden Fahrzeugen liegen. Das Blut strömte über sein Gesicht. Mit raschen Schritten war sie bei ihm. Sie legte eine Hand auf seinen Kopf, die andere auf seinen Bauch. Sofort spürte sie wieder das geheimnisvolle Ziehen in ihrem Körper. Ihre Energie floss in den am Boden liegenden Mann. Von Weitem hörte sie bereits das Herannahen des Krankenwagens. Alles würde gut ausgehen!

Im nächsten Moment wurde sie gestört. Etwas hatte sich ihr von hinten genähert und umklammerte ihren Hals. Sie zog ihre Hände von dem Verletzten und wollte sich wehren, doch sie griff ins Leere. Unsichtbare Finger schienen ihr die Luft abzuschnüren. Sie röchelte und würgte. Sie bekam Todesangst, als sie merkte, wie alle Kraft sie verließ und sie zu ersticken drohte.

Plötzlich lockerte sich der Griff, und sie blickte in ein grauenhaftes Antlitz, wie es schrecklicher nicht sein konnte. Jetzt, als sie wieder Luft bekam, wurde sie wütend. Ganz sicher würde sie sich nicht kampflos von diesem Drecksding umbringen lassen! Mit einer schnellen Bewegung griff sie nach der fürchterlichen Teufelsfratze, doch sie bekam sie nicht zu fassen. Es war, als würde ihre Hand in einem Nebel verschwinden. Worum immer es sich bei dieser Erscheinung auch handelte – es war offenbar kein Lebewesen! Ungläubig sah sie, wie die Gestalt sich in einem feinen Nebel aufzulösen begann und schließlich unsichtbar wurde.

Ihr wurde wieder bewusst, wo sie sich befand und weshalb sie hier war. Schnell warf sie einen Blick auf den blutenden Mann am Boden. Es ging ihm immer schlechter. Sie musste weitermachen, sonst würde er es nicht schaffen. Wieder legte sie ihre Hände auf seinen Körper, aber sie hatte kaum noch Kraft. Sie spürte, wie er ihr langsam entglitt.

Sie bemerkte nicht, dass inzwischen der Krankenwagen eingetroffen war. In Verkennung der Sachlage riss einer der Sanitäter sie grob von dem Verletzten weg. „Was machen Sie da? Lassen Sie den Mann in Ruhe!", fuhr er sie barsch an.

Sie taumelte zurück. „Das ist ein Missverständnis! Ich wollte ihm nur helfen! Ich habe den Rettungsdienst verständigt!"

Mühsam hielt sie sich auf den Beinen.

Während der Notarzt sich um den Verletzten kümmerte, bemerkte der andere Sanitäter, dass es ihr nicht gut ging. „Was ist mit Ihnen?", fragte er und musterte sie.

„Ich wurde auch angegriffen." Sie fasste nach ihrem Hals.

Der Helfer trat einen Schritt auf sie zu. Deutlich erkannte er jetzt die Würgemale.

„Die Frau ist auch verletzt!", rief er den anderen zu. „Ich rufe noch einen Wagen!"

„Nein, das ist nicht nötig!", protestierte sie. „Mir geht es gut!"

Während der Sanitäter ihren Hals untersuchte, spürte sie, dass der Wachmann starb. Im nächsten Augenblick erhoben sich der Notarzt und der andere Sanitäter und sahen zu ihnen herüber. Der Arzt schüttelte leicht den Kopf.

Die Polizei traf nun auch ein. Sofort wurde der Bereich um den Toten abgesperrt und die Mordkommission alarmiert. Christine Herberg wurde befragt, aber sie gab keine Auskunft.

„Ich weiß nichts", versicherte sie. „Ich habe den verletzten Mann hier gefunden und wurde selbst angegriffen, als ich ihm helfen wollte!"

Der Notarzt untersuchte sie noch einmal und redete auf sie ein, sie solle mit ins Krankenhaus fahren. Sie lehnte das ab. Sie wollte nur noch nach Hause!

Die Polizisten ließen sie jedoch nicht gehen. Immer wieder wurde sie befragt. Man wollte ihr offenbar nicht glauben, dass sie nichts gesehen hatte.

„Sie müssen doch die Person gesehen haben, die sie fast erwürgt hat!", beharrte einer der Beamten.

„Nein." Christine Herberg war mit den Nerven am Ende. „Lassen Sie mich bitte jetzt endlich in Ruhe!", schrie sie unbeherrscht. „Wenn Sie nicht mit uns kooperieren wollen, haben wir auch die Möglichkeit, Sie mit zur Wache zu nehmen." Der Polizist wurde ungehalten.

Der Notarzt mischte sich ein. „Die Frau steht wahrscheinlich unter Schock", erklärte er dem Polizeibeamten leise. „Sie wird Ihnen im Moment nichts sagen können. Vielleicht können Sie sie später befragen."

„Halten Sie sich bitte für weitere Fragen zur Verfügung", sagte der Beamte knapp zu Christine Herberg. Endlich durfte sie gehen.

Als sie ihr Häuschen betrat, hörte sie sofort wieder die Stimme in ihrem Kopf: „Ich habe es dir gleich gesagt!"

„Der Mann ist gestorben", flüsterte sie traurig.

„Ich weiß."

„Es hat mich angegriffen!"

„Ja. Es wollte dich töten!"

„Aber warum?"

„Es ist böse!"

„Glaubst du, es kommt noch einmal hierher zurück?"

Er antwortete nicht mehr. Stattdessen spürte sie, wie er ihr tröstend über die Wange streichelte. Sie seufzte. Sie fühlte sich ziemlich ausgelaugt, da das „Gespräch" mit ihrem Mitbewohner, die unheilvolle Begegnung in der Tiefgarage und auch ihre Bemühungen, dem Verletzten zu helfen, sie sehr angestrengt hatten. Sie wollte sich gerade ein wenig hinlegen, als es an der Tür klingelte. Sie wusste sofort, dass die drei Witwen draußen standen, weil sie von den Vorkommnissen gehört hatten. Stöhnend lief sie zur Haustür.

Matthias Steinbach, der Geschäftsführer der Immobiliengesellschaft, war außer sich. Er konnte sich nicht erklären, dass einer seiner Wachmänner in seinem Dorf getötet worden war. Für ihn war es Mord, auch wenn die Polizei sich bis jetzt noch bedeckt hielt. Es hieß, man wisse noch nicht, was passiert sei. Der Mann könne auch unglücklich gestürzt sein. Man ermittle in alle Richtungen, und die Hintergründe seien unklar. Hinzu kam die Aussage von Christine Herberg, auch sie sei angegriffen worden. Der Notarzt hatte eindeutig bestätigt, dass sich Würgemale an ihrem Hals befanden.

Außerdem hatte er vom Pförtner erfahren, dass der Wachmann den Auftrag gehabt hatte, Silvia Turan, die Frau mit dem zerstörten Gesicht, zu begleiten, da sie behauptet hatte, verfolgt zu werden. Er raufte sich die Haare. Was, um Himmels willen, ging in seinem Dorf vor? Und wie hing das alles zusammen?

In seinem speziellen Dorf, das er aus Idealismus ins Leben gerufen hatte, gab es alle Sicherheitsvorkehrungen, die man sich vorstellen konnte. Das war sein Traum gewesen! Es sollte ein Ort ohne Kriminalität und Gewalt sein. Alle Bewohner sollten sich wohl und sicher fühlen. Darum auch das Erholungsbad, der eigene Supermarkt und noch viele andere Annehmlichkeiten. Und jetzt schien ein Gewalttäter eingedrungen zu sein, der all seine Bemühungen zunichtemachte! Er wurde immer zorniger, als er darüber nachdachte. Aber er hatte bei seiner Wunschvorstellung etwas Wesentliches übersehen: Er konnte die Menschen nicht ändern! Von ihnen gab es überall gute und schlechte Individuen, und das Böse verhinderte er auch nicht, indem er sein Dorf abschottete! An paranormale Vorgänge dachte er schon gar nicht. So etwas gab es in seiner Welt nicht. Er hatte zwar bereits von gewissen Vorkommnissen gehört, die sich angeblich im sogenannten „Hexenhäuschen" abgespielt haben sollten, aber er hielt solche Erzählungen für Hirngespinste. Seiner Ansicht nach hatten die Leute einfach zu viel Fantasie.

Tatsächlich standen die drei Damen vor der Tür, als Christine Herberg öffnete.

„Wir möchten Sie gern zu einer Pizza bei Morettis einladen", sagte Rosemarie freundlich zu ihr.

„Ja, kommen Sie doch mit! Es macht doch mehr Spaß, wenn man ein wenig Gesellschaft hat", fügte Anneliese lächelnd hinzu. Christine Herberg wollte schon ablehnen, als jemand in ihr Ohr wisperte: „Geh' mit! Es wird dir nichts geschehen!" Sie fragte sich, woher er das wissen konnte. Stand er etwa in irgendeiner geheimnisvollen Weise mit dem Ding, das sich da draußen herumtrieb, in Verbindung? Sollte sie auf ihn hören? Sie war sich unsicher, aber die drei Witwen warteten auf eine Antwort, und ihr fiel keine Ausrede ein.

„Ja", sagte sie schließlich zögernd. „Wenn Sie einen Moment warten wollen? Ich bürste mir rasch das Haar und ziehe mich um." Im Vergleich zu den schicken Damen kam sie sich wieder recht schäbig vor. Die Frauen nickten erfreut. Es versprach ein spannender Abend zu werden.

Gegenüber saßen die alten Herrschaften in ihren Betten und beobachteten das Häuschen. Selbstverständlich waren sie über das Geschehen in der Tiefgarage unterrichtet. Die Sache mit dem Wachmann hatte sich in Windeseile im Dorf herumgesprochen. Und natürlich auch, dass Christine Herberg vor Ort war. Mehr wusste man aber nicht.

„Die Herberg kommt aus dem Haus", meldete Joachims Vater. Dass die drei Witwen dort standen, hatten sie längst mitbekommen.

„Jetzt reden sie miteinander! Vielleicht haben die drei sie eingeladen. Mal sehen, ob sie mitgeht", sagte Monikas Vater.

„Wer weiß, was jetzt wieder passiert", meinte Joachims Mutter gespannt.

„Sicherlich hat sie etwas mit dem Tod des Wachmanns zu tun", mutmaßte Monikas Mutter.

„Auf jeden Fall stimmt mit der was nicht", war ihr Mann überzeugt.

„Sie geht wieder rein." Joachims Vater war verblüfft. „Was soll das jetzt?"

„Sicher kommt sie gleich wieder. Die Frauen warten", sagte seine Frau.

„Sie wird die Damen aus gutem Grund nicht hineinbitten", überlegte Monikas Vater.

„Nein, das kann sie nicht machen", bestätigte seine Frau.

So ging es noch eine Weile weiter, bis Christine Herberg schließlich das Haus verließ und mit den drei Witwen die Straße hinunterlief. Das italienische Lokal war gut besucht, aber es war noch ein Tisch frei. Als sie saßen, fiel Greta auf, dass Christine Herberg ihren seidenen Schal, den sie um den Hals trug, nicht ablegte, obwohl es sehr warm im Restaurant war. „Einen sehr schönen Schal haben Sie da!", bemerkte sie scheinbar bewundernd.

„Danke. Den habe ich einmal geschenkt bekommen. Ich finde ihn auch sehr schick", antwortete Christine Herberg im Plauderton, während sie in der Speisekarte las. Aber sie war auf der Hut. Wie viel wussten die drei Damen?

„Was ist denn heute in der Tiefgarage vorgefallen?", fiel Rosemarie mit der Tür ins Haus, noch bevor sie die Getränke bestellt hatten. Anneliese hätte ihr am liebsten wieder unter dem Tisch gegen das Schienbein getreten, aber sie saß zu weit weg. So rollte sie nur mit den Augen.

„Ach, das weiß ich auch nicht so genau. Ein Wachmann ist wohl unglücklich gestürzt, und ich habe ihn gefunden. Es kam auch ein Krankenwagen, aber man konnte dem armen Mann offenbar nicht mehr helfen." Christine Herberg machte ein trauriges Gesicht und tat so, als sei sie noch immer in die Speisekarte vertieft.

„Man sagt, Sie seien von jemandem angegriffen worden?", fragte Rosemarie neugierig.

„Wer sagt das?" Christine Herberg sah Rosemarie nun offen an.

„Das weiß ich nicht. Es hat jemand erzählt." Rosemarie nickte bekräftigend.

„Es wird so viel erzählt." Christine Herberg ließ sich nicht aus der Reserve locken.

„Aber was ist mit Ihrem Hals?"

„Was soll damit sein?"

„Na ja, weil Sie das Halstuch tragen!"

„Gefällt es Ihnen nicht?"

„Doch, aber ..."

Endlich kam Sofia Moretti an den Tisch, um die Bestellung aufzunehmen. Damit war das Thema zunächst erledigt. Christine Herberg lenkte das Gespräch in eine andere Richtung. Es ging um alle möglichen Begebenheiten, die sich im Dorf zugetragen hatten. Schließlich sprachen sie von den alten Herrschaften, die ihr gegenüber wohnten. Sie erzählte den Damen, dass die Familie Naumann ihr ganzes Leben umgestellt hätte, um ihre Eltern bei sich zu Hause zu haben. Die Witwen waren sehr erstaunt, als sie hörten, dass die alten Leute ihre Betten im Wohnraum stehen hatten, damit sie alles mitbekamen.

„Und beide Elternpaare schlafen gemeinsam in einem Raum?", fragte Anneliese ungläubig.

„Ja. Sie wollen es so. Vorher hatten sie eigene Schlafräume im Obergeschoss, aber das war ihnen zu langweilig", versuchte Christine Herberg zu erklären. Eigentlich mochte sie solchen Tratsch nicht, aber im Moment fiel ihr nichts anderes ein, um die drei Frauen von sich selbst abzulenken.

„Dort ist ja ein recht großes Fenster, durch das sie alles sehen können, was draußen vor sich geht", sinnierte Rosemarie. „Da haben sie bestimmt viel Unterhaltung!"

Es folgte ein unbehagliches Schweigen. Alle dachten das Gleiche.

„Fühlen Sie sich nicht von ihnen beobachtet?", sprach Rosemarie, unsensibel wie sie war, genau das aus, was die anderen nur gedacht hatten.

Christine Herberg lächelte. „Doch, sie beobachten mich. Aber ich finde das nicht schlimm. Es stört mich nicht. Das sind liebe alte Leute", sagte sie.

In der Villa traf man sich am späteren Abend in der Wohnküche. Auf dem Tisch stand ein Käsekuchen, und der Kaffee lief bereits aus dem Automat. Greta räumte Teller und Tassen aus dem Schrank, während die anderen beiden schon saßen.

„Sie hat den Wachmann ermordet", behauptete Anneliese zusammenhanglos.

„Das ist doch Unsinn", entgegnete Greta kopfschüttelnd und setzte sich an den Tisch. „Sie ist doch selbst angegriffen worden!" „Das hat sie nicht zugegeben! Und dafür wird sie einen Grund haben!" Anneliese verteilte die Kuchenstücke auf die Teller.

„Was ist mit dem Schal, den sie getragen hat? Sie hat damit sicher die Würgemale an ihrem Hals, die von dem Angriff stammen, verdeckt", überlegte Greta. Dass Christine Herberg von dem mutmaßlichen Angreifer gewürgt worden sein sollte, hatte sie irgendwo gehört. Ob es der Wahrheit entsprach, wusste allerdings niemand so genau.

„Das ist doch ganz einfach: Sie hat den Wachmann attackiert, und er hat sich gewehrt. Dabei hat er sie gewürgt, aber sie war stärker und hat ihn umgebracht", war sich Anneliese sicher.

„Glaubst du wirklich, dass sie stärker ist als ein Mann? Ich kann mir das nicht vorstellen." Greta schüttelte den Kopf.

„Die hat wahrscheinlich Kräfte, von denen wir keine Ahnung haben! Unnatürliche Kräfte!", beharrte Anneliese.

„Vielleicht ist sie ein Gespenst", sagte Rosemarie ernsthaft. „Ich habe schon Dinge erlebt, die könnt ihr euch gar nicht vorstellen! Einmal ist mir eine Frau begegnet, die hatte einen Bart und eine tiefe Stimme. Als ich sie darauf ansprach, sagte sie, sie wäre ein Mann!" Rosemarie nickte den anderen beiden mit weit aufgerissenen Augen zu. Anneliese und Greta waren nicht sehr daran interessiert, wie die Geschichte weiterging. Trotzdem fragte Greta: „Und wie kamst du überhaupt auf den Gedanken, es sei eine Frau?"

„Eigentlich will ich das gar nicht so genau wissen", bemerkte Anneliese.

„Na ja, sie hatte einen Minirock an und war stark geschminkt!" Rosemarie konnte sich die Begebenheit noch immer nicht erklären. „Außerdem machte sie den Männern schöne Augen!"

„Und was hat diese Begegnung nun mit der Herberg zu tun?", fragte Anneliese gelangweilt. „Glaubst du etwa, sie ist auch ein Mann?"

Greta und Anneliese prusteten bei der Vorstellung los. Rosemarie war beleidigt. „Aber nein!", rief sie. „Versteht ihr denn nicht? Sie scheint nicht das zu sein, was sie vorgibt zu sein. Mir ist die Frau unheimlich ..."

„Ach was! Vielleicht ist sie eine Hexe, aber sie ist mit Sicherheit weder ein Mann noch ein Geist", versuchte Greta die fruchtlose Diskussion zu beenden. Rosemarie plapperte jedoch weiter: „Ich kannte einmal eine Frau, die dachte, es gäbe eine Quelle der Schönheit. Ihr ganzes Leben lang suchte sie nach dieser Quelle. Und das aus gutem Grund!" Rosemarie holte tief Luft. „Eines Tages glaubte sie, die Quelle der Schönheit gefunden zu haben und trank von dem Wasser."

„Und, ist sie davon schöner geworden?", fragte Anneliese gleichgültig.

„Nein! Das wäre auch kaum möglich gewesen. Es stellte sich heraus, dass die Quelle nur ein geplatztes Abwasserrohr war. Kurz vor ihrem Tod, der wenig später aufgrund des verseuchten Wassers eintrat, sagte sie, aus diesem Irrtum hätte sie etwas gelernt!"

Greta und Anneliese schwiegen eine Weile und machten böse Gesichter.

„Was, um Himmels willen, hat diese idiotische Geschichte mit der Herberg zu tun? Und was willst du uns damit sagen?", fragte Greta schließlich genervt.

„Die Erzählung soll euch nur beweisen, wie man sich doch irren kann", sagte Rosemarie überlegen.

Matthias Steinbach hatte nach dem mysteriösen Tod des Wachmanns seine Mannschaft aufgestockt. Außerdem ließ er heimlich und unauffällig an verschiedenen Stellen weitere Überwachungskameras installieren, deren Bilder auf Monitore in einem versteckten Raum unterhalb der Tiefgarage übertragen wurden. Dort saßen rund um die Uhr Sicherheitsleute, die die Aufnahmen auswerteten.

Bei Silvia Turan tauchten zwei freundliche Herren auf, die sie zu den Vorgängen in der Tiefgarage befragten. Erst jetzt erfuhr sie vom Ableben des freundlichen Wachmanns, der sie zum Einkaufen begleitet hatte. Sie war total entsetzt und fühlte sich schuldig. Sicher hatte derjenige, der sie verfolgt hatte, auch den Wachmann getötet, dachte sie. Das sagte sie auch den beiden Herren, aber sie nannte keine Person, die dafür eventuell infrage käme. Sie wusste es ja selbst nicht, und sie wollte keinesfalls jemanden beschuldigen, der vielleicht mit der Sache gar nichts zu tun hatte. Dabei dachte sie an ihren Nachbarn, der sich „Amir" nannte. Sie ging ihm aus dem Weg, aber sie konnte nicht vermeiden, ihm manchmal zu begegnen. Sie wohnten schließlich auf derselben Etage. Er verhielt sich ihr gegenüber stets freundlich und korrekt. Trotzdem traute sie ihm nicht. Aber das wollte sie den Herren, die offenbar von der Immobiliengesellschaft beauftragt worden waren, nicht auf die Nase binden.

Zwei der Sicherheitsleute überprüften gerade die Tiefgarage. Auch dort waren Kameras installiert worden, und ihre Kollegen konnten die beiden Männer auf den Bildschirmen sehen.

Zunächst schlenderten sie die Fahrwege entlang und blickten zwischen die Autos. Selbstverständlich wussten sie, wo sich die versteckten Kameras befanden. Da sie scheinbar allein hier unten waren, winkten und feixten sie ihren Kollegen zu. Es fiel ihnen nichts Ungewöhnliches auf. Merkwürdig war nur, dass es scheinbar immer kälter wurde.

„Merkst du das auch?", fragte der eine. „Es wird auf einmal so eisig kalt!" Fröstelnd zog er seine Jacke enger um sich und rieb sich die Oberarme.

„Na ja, ist halt eine Garage, da zieht es überall durch", meinte der andere schulterzuckend. „Hast du keine lange Unterhose an?" Im Moment fand er es noch lustig. Das änderte sich schnell. Vor ihnen bildete sich ein merkwürdiger Nebel. Die beiden blieben abrupt stehen.

„Was ist das denn jetzt?", fragte der eine ratlos.

„Keine Ahnung. Hoffentlich nimmt das die Kamera auf. Das glaubt uns sonst kein Mensch", sagte der andere und beobachtete erstaunt, wie sich der Nebel zu einer Gestalt formte. Langsam schälten sich Arme, Beine und ein Kopf aus dem nebelhaften Gebilde. Es nahm scheinbar eine menschliche Gestalt an. Die beiden Wachmänner rührten sich nicht von der Stelle. Fassungslos beobachteten sie, wie der Kopf langsam ein Gesicht bekam. Es sah furchtbar aus. Man konnte es kaum beschreiben. Selbst in ihren schlimmsten Albträumen hatten sie so etwas noch nicht gesehen. Es bildete sich eine spitze Schnauze, die von zottigem Fell umwuchert war. Große, rot leuchtende Augen, die aussahen wie glühende Kohlen, schienen sie zu durchbohren. Noch immer war das Ding von diesem eigenartigen Nebel umgeben.

Die Gestalt näherte sich ihnen völlig lautlos. Bedrohlich öffnete sich das grauenhafte Maul, und man konnte lange, gebogene Reißzähne erkennen. Die beiden Männer wichen erschrocken zurück, doch plötzlich schoss das furchterregende Gebilde mit atemberaubender Geschwindigkeit auf sie zu. Ehe sie reagieren konnten, war das Wesen durch sie hindurchgerast. Voller Ekel und Entsetzen sahen sie, wie es zwischen den parkenden Autos verschwand.

Einen Moment lang ging es beiden Männern sehr schlecht. Ihnen war übel, und es fühlte sich so an, als sei ein Teil des Bösen in ihnen geblieben. Nach wenigen Sekunden war dieses Empfinden jedoch glücklicherweise vorbei. Etwas unsicher auf den Beinen, stolperten sie die Treppe hinunter, die zu dem unterirdischen, geheimen Raum führte, in dem die Überwachungsmonitore standen. Sie erwarteten, ihre Kollegen dort völlig aufgelöst vorzufinden. Diese waren jedoch in bester Stimmung und lachten ihnen entgegen.

„Na? Was ist euch beiden denn begegnet?", fragte einer der Sicherheitsleute, der sie auf dem Bildschirm beobachtet hatte. Irritiert sahen die beiden sich an. „Habt ihr denn nichts gesehen?", rief der eine aufgeregt.

„Was soll das heißen? Wir haben gesehen, dass ihr plötzlich so entsetzt geguckt habt und vor irgendetwas zurückgewichen seid!"

„Das gibt es nicht! Lass' mal sehen, was die Kameras aufgezeichnet haben!"

Die Bilder flimmerten über einen der Monitore. Fassungslos verfolgten die beiden Wachmänner die Aufnahmen. Nur sie selbst waren zu sehen! Keine Spur von Nebel oder gar einer mysteriösen Gestalt!

Christine Herberg saß gerade bei einer Tasse Kaffee in ihrer Küche und las in einer Illustrierten, als sie plötzlich spürte, dass in der Tiefgarage etwas vor sich ging. Sie wollte aufspringen, doch im nächsten Moment dröhnte es durch ihren Kopf: „Bleib hier! Du kannst nichts tun! Den Männern wird nichts geschehen!"

„Was ist da los? Was ist das für ein Ding, das die Menschen bedroht?", fragte sie entnervt in die leere Küche.

„Es ist das Grauenhafteste, was du dir vorstellen kannst!", hörte sie wieder seine Stimme.

„Können wir etwas dagegen tun?"

„Vielleicht!"

„Und was? Hast du eine Idee? Weißt du mehr über das Wesen?"

Schweigen. Er antwortete nicht mehr. Sie seufzte. So war es immer. Er kommunizierte mit ihr nur, wenn er gerade Lust dazu hatte. Abrupt endete jede Konversation mit ihm. Sie bemerkte, wie er ganz sanft ihr Haar berührte. Das tat er manchmal, ohne dass sie eine Ahnung hatte warum. Im Moment vermutete sie, dass er mehr wusste, es ihr aber nicht sagen wollte. Sie deutete die Geste als schlechtes Gewissen oder Mitleid, soweit man ihm solche Regungen überhaupt zutrauen konnte. Er war schließlich kein Lebewesen.

Sabine Holler hatte es eine Zeitlang vermieden, das Erlebnisbad aufzusuchen, nachdem sie sich so von ihrem Mann blamiert gefühlt hatte. Er hatte sie aber nun doch überredet, wieder mit ihm dorthin zu gehen. Draußen war es grau und kalt, und er sehnte sich nach dem warmen Urlaubsparadies. Schließlich gab sie nach. Aber nur, wenn er diesmal eine anständige Badebekleidung tragen würde, schränkte sie ein. Sie wollte sich nicht zum Gespött der Nachbarn machen lassen.

Als sie den künstlichen Strand betraten, blickte Sabine Holler verstohlen um sich. Die drei Witwen konnte sie zum Glück nirgendwo entdecken! Sie atmete auf und folgte ihrem Mann zu einem der Strandkörbe. Wie immer war es herrlich warm, und man fühlte sich tatsächlich wie im Urlaub. Man durfte nur nicht durch die Verglasung nach draußen sehen, da es dort sehr düster aussah. Nachdem sie sich eingerichtet und entkleidet hatten, marschierte Martin Holler zielstrebig auf die Bar zu. Erst einmal Drinks holen! Das gehörte zur Entspannung und zum Urlaubsfeeling dazu! Merkwürdigerweise verspürte er plötzlich einen eiskalten Hauch. Verwundert blieb er stehen, als vor ihm ein wunderhübsches Mädchen erschien. Er hatte die junge Frau gar nicht kommen sehen. Sie war auf einmal da. Vielsagend lächelte sie ihn an. Ihre vollen, roten Lippen öffneten sich leicht und gaben kleine, strahlend weiße Zähne frei.

Aha! Man war doch noch für das andere Geschlecht attraktiv! Martin Holler zog den Bauch ein, straffte sich und ließ seinen Blick über den Körper der schönen Frau gleiten. Dabei fiel ihm auf, dass ihre Gestalt scheinbar von einem feinen Nebel umhüllt wurde. Er schrieb das seinen Kontaktlinsen zu, die er aus Eitelkeit trug. Eine Brille wollte er nie und nimmer aufsetzen. Das machte ihn alt, fand er. Ein paarmal kniff er die Augen zusammen, damit sich der Schleier von den Haftschalen löste, aber es änderte sich nichts an dem Bild, das er sah. Die junge Frau war wunderschön! Sie trug einen goldfarbenen Badeanzug, der ihre fantastische Figur voll zur Geltung brachte. Ihr dunkles, seidiges Haar, das sie wie ein geheimnisvolles Gespinst umgab, reichte ihr fast bis zu den Kniekehlen. Große blaue Augen mit langen, gebogenen Wimpern blitzten ihn verführerisch an.

Er öffnete gerade den Mund, um dieses bezaubernde Geschöpf mit einem flotten Spruch zu beeindrucken, als sich das Bild vor ihm jäh veränderte. Das schöne Gesicht verzog sich zu einer fürchterlichen Grimasse. Wie im Zeitraffer zogen sich die herrlichen blauen Augen in ihre Höhlen zurück, und die ebenmäßige Haut wurde dunkel und faltig. Die vollen Lippen verschwanden, und faulendes Fleisch löste sich von den Knochen.

Maden krochen durch das verwesende Fleisch, und ein abscheulicher Geruch stieg ihm in die Nase. Am Ende blieb ein Totenschädel, der von ein paar fransigen Haaren umweht wurde. Mit gelben, fleckigen Zähnen grinste ihn das Totengesicht höhnisch an. Er hörte ein leises, gemeines Kichern, das der Hölle zu entstammen schien.

Martin Holler wollte schreien, brachte jedoch vor Entsetzen keinen Ton hervor. Er versuchte wegzulaufen, doch seine Beine gehorchten ihm nicht mehr. Hilflos fiel er in den Sand.

Erstaunt sah Sabine Holler ihren Mann auf dem Boden sitzen. Sie hatte sich gerade kurz mit Silvia Turan unterhalten, die sich endlich dazu durchgerungen hatte, ihr Appartement zu verlassen, um schwimmen zu gehen. Unter den Menschen dort würde ihr sicherlich nichts geschehen, dachte sie. Sie hatten ein paar freundliche Worte miteinander gewechselt, ehe sie weitergegangen war und sich in einen freien Liegestuhl gelegt hatte. Einen Moment zuvor hatte Sabine Holler noch gesehen, wie eine fremde junge Frau auf ihren Mann zugegangen war. Was danach passiert war, hatte sie nicht mitbekommen. Die Frau konnte sie nirgendwo entdecken. Vielleicht war ihr Mann frech zu ihr gewesen, und sie hatte ihm eine Ohrfeige verpasst? Irritiert sah sie, wie er sich plötzlich zur Seite beugte und sich in den Sand erbrach. Schnell erhob sie sich und rannte zu ihm hinüber. Auch der Rettungsschwimmer, der von seinem Turm aus sowohl den Strand als auch das Wasser überblicken konnte, hatte die Szene mitbekommen. Eilig kletterte er die Leiter hinunter und erreichte gleichzeitig mit Sabine Holler den im Sand sitzenden Mann, dem es offensichtlich sehr schlecht ging. Noch ehe er etwas sagen konnte, stammelte Martin Holler immer wieder: „Eine Tote! Es war eine Tote!"

Der Bademeister schob die Unterlippe vor. „Sie meinen damit hoffentlich nicht die bezaubernde junge Dame, die eben noch vor Ihnen stand?"

„Das war eine Leiche", wimmerte Martin Holler.

„Er hat Fieber", meinte Sabine Holler und legte ihrem Mann besorgt eine Hand auf die Stirn.

„Nein! Ich habe kein Fieber! Ich habe eine Tote gesehen!",
behauptete er wieder.
„Soll ich mal schauen, ob ich die junge Dame irgendwo finde?", bot der Rettungsschwimmer an. „Ich bitte sie hierher, und dann können Sie sich selbst überzeugen, dass sie ..." Weiter kam er nicht. Martin Holler schrie laut auf und hieb mit beiden Fäusten in den Sand. „Nein!", kreischte er panisch. Die Leute um sie herum wurden bereits aufmerksam. Der Bademeister kam zu der Überzeugung, dass der gute Mann offenbar nicht ganz bei Sinnen war. „Soll ich einen Arzt rufen?", fragte er Sabine Holler leise. Martin Holler bekam es trotzdem mit. „Ich brauche keinen Arzt! Ich will hier weg!", jammerte er. Sabine Holler beschloss, ihren Mann zunächst nach Hause zu bringen. Dort würde man weitersehen. „Komm', wir gehen heim", sprach sie sanft auf ihn ein. Er gehorchte wie ein kleines Kind. Mühsam richtete er sich auf und folgte seiner Frau zum Strandkorb. Sie half ihm, sich anzukleiden und führte ihn an der Hand nach draußen. Dort warteten zwei Wachmänner, die der Bademeister sicherheitshalber informiert hatte. Ohne viele Worte schlossen sie sich den Hollers an und begleiteten sie nach Hause. Es zeigte sich jedoch, dass dies nicht nötig gewesen wäre. Martin Holler benahm sich völlig unauffällig. Sehr schnell hatte er begriffen, dass die anderen glaubten, er wäre verrückt geworden. Also hielt er den Mund und tat so, als sei nichts geschehen.

Christine Herberg schälte gerade Kartoffeln, als sie das Bild der verwesenden Frau vor sich sah. Entsetzt ließ sie das Messer fallen. Sie konzentrierte sich und umfasste mit beiden Händen ihren Kopf. „Es ist im Schwimmbad!", rief sie schließlich bestürzt und rannte zur Tür. Sie griff nach ihrem Mantel, doch seine Stimme hielt sie zurück. „Ja. Es ist im Schwimmbad. Aber du kannst nicht helfen! Es wird dich angreifen, wenn du dorthin gehst! Lass es! Es ist zu gefährlich für dich!"
„Es sieht so entsetzlich aus! Kann es denn seine Gestalt beliebig verändern?"
„Ja!"

„Und kann es sich an jeden Ort bewegen?"
Er antwortete nicht. Entweder wusste er es selbst nicht, oder er wollte es ihr nicht sagen. Sie fand es jedenfalls beängstigend. Nun war völlig unberechenbar, wo sich dieses Ding aufhielt und was es alles anrichten konnte!

Die Familie Moretti hatte ihre Ruhe. Niemand bedrohte sie mehr. Das kleine Lokal war gut besucht, und die Leute im Dorf waren nett und freundlich. Die Morettis fühlten sich nun rundum wohl und sicher. Sie freuten sich bereits darauf, im Frühling den Eissalon zu eröffnen. Pietro Moretti konnte hervorragendes Eis herstellen. Sicherlich würden sie damit viel Erfolg haben.

Was sie nicht wussten, war, dass das Wachpersonal bereits mehrfach südländisch aussehende Männer abgewehrt hatte, die versucht hatten, in das abgeschirmte Dorf einzudringen. Nachdem Sofia Moretti im Schwimmbad von dem Rettungsschwimmer auf Italienisch angesprochen worden war, hatte sie das Bad nicht mehr besucht. Erst als Gäste des Lokals erzählten, dass der italienische Bademeister nicht mehr dort arbeitete, traute sie sich mit dem kleinen Luca wieder in das kleine Urlaubsparadies.

Luca freute sich, als seine Mama ihm verkündete, sie wolle mit ihm ins Schwimmbad gehen. Er hatte sowieso nicht verstanden, weshalb er so lange dort nicht mehr hindurfte. Sie waren zwar auf dem Spielplatz gewesen, aber dort war es kalt und nass, und es waren auch keine anderen Kinder zum Spielen da.

Vor Freude quietschend, rannte er zum Kinderbecken und begann sogleich, im Wasser herumzuplanschen. Sofia Moretti blieb eine Weile bei ihm und spielte mit ihm in dem niedrigen Wasser des abgeteilten Kinderbeckens. Anschließend stellte sie sich einen der Liegestühle direkt an das künstliche Ufer, um ihren Sohn nicht aus den Augen zu lassen. Er hatte offensichtlich viel Spaß.

Plötzlich sah Luca, wie ein großer, bunt schillernder Fisch auf ihn zu schwamm. Erstaunt hielt er inne und beobachtete das Tier. Schließlich bückte er sich und hielt dem schönen Fisch seine kleinen Hände hin, wie er es bei anderen Tieren auch tat. Er freute sich, als der Fisch näher kam und seine Hände leicht berührte. Der bunte Fisch begann, ihn langsam zu umkreisen. Luca kreischte vor Vergnügen. Als der Fisch wieder näher kam, öffnete sich leicht sein Maul, und Luca sah kleine, spitze Zahnreihen. Luca hatte keine Angst. Wieder lockte er den Fisch zu sich. Vorsichtig, wie lauernd, näherte er sich ihm. Luca streckte seine Hand aus. Im nächsten Moment schoss der Fisch auf ihn zu, tauchte tiefer und streifte sein Bein. Augenblicklich färbte sich das Wasser rot.

Luca begann zu schreien, als er das Blut sah. Silvia Moretti stürzte sofort zu ihm und zerrte ihn aus dem Wasser. Sie wusste nicht, was geschehen sein konnte, denn sie hatte ja die ganze Zeit in der Nähe gesessen und ihr Kind beobachtet. Sie hatte gesehen, dass Luca vergnügt im Wasser gespielt hatte, bis er plötzlich angefangen hatte zu schreien. Auch der Rettungsschwimmer kletterte sofort von seinem Turm herunter, um zu helfen. Zu sehen war jedoch nicht viel. Lucas linkes Bein war leicht angeritzt, und es sickerte etwas Blut aus der Wunde.

Der Kleine behauptete, ein Fisch hätte ihn gebissen. Das war aber unmöglich, da es in dem künstlichen See mit absoluter Sicherheit keine Fische gab!

Der Bademeister reinigte die kleine Kratzwunde und klebte ein Pflaster darüber. „So, kleiner Mann", sagte er, „das ist schon erledigt." Er tätschelte Luca den Kopf und lächelte ihm aufmunternd zu.

Sofia bedankte sich und fragte ihn, was er von der Geschichte mit dem Fisch hielt. Er zuckte mit den Schultern. „Vielleicht ein scharfkantiges Spielzeug?", vermutete er. „Die Kinder nehmen ja manchmal Spielsachen mit ins Wasser."

Sofia leuchtete das ein.

„Es hat im Schwimmbad den kleinen Luca Moretti angegriffen!", rief Christine Herberg entsetzt.

„Ja. Aber mach' dir keine Sorgen. Es ist nicht schlimm!", dröhnte es in ihrem Kopf.

„Doch! Es ist schlimm, wenn ein Kind angegriffen wird!", erwiderte sie heftig.

„Es ist nicht schwer verletzt."

„Ich sehe aber Blut!"

„Nur ein Kratzer!"

„Wir müssen etwas unternehmen! So geht es nicht weiter! Wer weiß, was das Ding als Nächstes anstellt!"

„Du kannst nichts tun!"

„Und du? Kannst du etwas tun?"

Schweigen. Er antwortete nicht mehr. Christine Herberg wurde nun wirklich böse auf ihn. Sie war sich ganz sicher, dass er mehr wusste.

„Ich gehe jetzt dorthin!", sagte sie schließlich wütend, während sie sich bereits Stiefel und Mantel anzog. Keine Reaktion. Es interessierte ihn offenbar nicht.

Die alten Herrschaften saßen in ihren Betten und plauderten miteinander, während Monika das Abendessen herrichtete. Sie bereitete Teller mit belegten Broten und schnitt Tomatenspalten, Gurkenscheiben und Paprikastreifen, wie es die alten Leute gerne mochten.

„Sie kommt raus", meldete Joachims Vater plötzlich, als Christine Herberg das Haus verließ. Gespannte Stille breitete sich aus. Die alten Leute setzten sich auf und beobachteten die Nachbarin, wie sie mit schnellen Schritten die Straße entlanglief. Zum Supermarkt oder zu den Morettis ging es aber in die andere Richtung.

„Wo will sie denn hin? Da oben ist doch nichts mehr", meinte Monikas Vater verwundert.

„Doch. Da oben ist das Schwimmbad. Sie wird schwimmen gehen wollen", sagte seine Frau.

„Das glaube ich nicht! Sie hat keine Badetasche dabei", meinte Joachims Mutter.

„Vielleicht braucht sie keine?", mutmaßte ihr Mann.

„Zumindest braucht man ein Handtuch! Badekappen sind ja heute nicht mehr modern", erwiderte Monikas Mutter missbilligend.

„Sie sieht sehr verärgert aus", fand Joachims Vater.

„Wer weiß, was da wieder mit diesem illegalen Untermieter vorgefallen ist", meinte seine Frau. Monika hörte sich das Gespräch geduldig an und schüttelte lächelnd den Kopf. Was sich die alten Herrschaften da wieder alles zusammenreimten!

Christine Herberg betrat das Bad und blickte sich um. Zunächst konnte sie nichts Ungewöhnliches entdecken, aber sie spürte ganz deutlich, dass sich das unheilvolle Ding – was immer es auch war – ganz in ihrer Nähe aufhielt. Sie schlenderte scheinbar in aller Ruhe den künstlichen Strand entlang. Ihre Stiefel und Socken hatte sie ausgezogen, aber sie hatte keine Badesachen eingepackt, da sie nicht vorgehabt hatte, schwimmen zu gehen. Sie traf auf Silvia Turan, die ihr sogleich erzählte, der kleine Luca sei verletzt worden. Sie sagte auch, dass der Kleine behauptet hatte, von einem Fisch angegriffen worden zu sein. Dabei lachte sie und zuckte mit den Schultern, da sie glaubte, das Kind hätte sich das nur ausgedacht. Christine Herberg lächelte ihr zwar freundlich zu, war aber mit den Gedanken ganz woanders. Wo war dieses Mistding jetzt? Und was würde es als Nächstes anstellen? Ihr war zwar völlig unklar, was sie tun konnte, wenn ihr diese düstere, unbekannte Macht – in welcher Gestalt auch immer – begegnete, aber sie wollte ihr mit aller Kraft entgegentreten! Sie hatte keine Ahnung, wie ein solcher, ungleicher Kampf ausgehen würde. Trotzdem war sie nicht gewillt, tatenlos zuzusehen, wie dieses böse Ding hier alles zerstörte!

Entschlossen stapfte sie weiter, als sie vor sich plötzlich ein kleines, braunes Tier im Sand sah. Sie dachte zunächst an eine große Spinne, musste aber im nächsten Augenblick entsetzt feststellen, dass es sich um einen Skorpion handelte! Wie kam er hierher? Obwohl sie sich nicht mit diesen Tieren auskannte, wusste sie sofort, dass es sich um ein hochgiftiges Exemplar handelte, das einen Menschen töten konnte. Der Skorpion richtete bedrohlich seinen todbringenden Giftstachel auf. Er zeigte genau in ihre Richtung. Sie wollte ein paar Schritte zurückweichen, aber sie konnte sich nicht von der Stelle bewegen. Auf einmal wurde ihr bewusst, dass es sich hier nicht um ein echtes Tier handelte. Genauso, wie es vermutlich bei dem Fisch, der den kleinen Luca verletzt hatte, der Fall war.

Sie nahm den stummen Kampf auf. Mit aller Kraft konzentrierte sie sich auf den Skorpion. Ihre Gedanken fixierten ihn. Sie spürte, wie eine ungeheure Energie aus ihr in dieses Tier strömte. Sie hatte so viel Wut in sich angestaut, dass sie die Kraft besaß, das Böse diesmal zu besiegen. Das Tier fiel einfach auf die Seite und rührte sich nicht mehr. Christine Herberg ließ nicht nach. Nach einer Weile sah sie erstaunt, dass sich ein feiner Nebel um den Skorpion bildete, in dem er langsam verschwand.

Erst jetzt bemerkte sie, dass Silvia Turan neben ihr stand und mit ihr sprach.

„Geht es Ihnen nicht gut?", fragte sie hilfsbereit und griff behutsam nach ihrem Arm. Im nächsten Moment fuhr sie entsetzt zurück, als hätte sie einen Stromschlag abbekommen. Die Energie, die Christine Herberg ausstrahlte, wirkte noch. Ihr tat das unendlich leid, aber sie konnte es der jungen Frau mit dem zerstörten Gesicht nicht erklären. „Danke. Es ist alles in Ordnung", sagte sie leise zu ihr. Sie hatte keine Kraft mehr. Sie musste sich jetzt unbedingt ausruhen!

Mühsam schleppte sie sich zu ihrem Haus. Als sie die Küche betrat, hallte es in ihrem Kopf: „Das hast du gut gemacht! Aber es ist nicht besiegt! Du hast nur diese eine Schlacht gewonnen!"

Diesmal war sie es, die nicht antwortete. Sie war viel zu müde und obendrein sauer auf ihn. Er wusste also offenbar ganz genau, was vor sich ging, machte aber keinerlei Anstalten, ihr zu helfen!

Die alten Herrschaften saßen in ihren Betten und verspeisten gerade genussvoll die letzten Brotschnitten, als Christine Herberg die Straße hinuntergeschlurft kam.

„Sie kommt!", rief Joachims Vater. Vor Aufregung verschüttete er seinen Tee. Monika eilte sofort mit einem Lappen herbei.

„Sie sieht völlig fertig aus", fand Monikas Vater.

„So sieht sie öfter aus", meinte seine Frau.

„Wer weiß, was sie wieder erlebt hat. Die Dame ist ja nicht normal", sagte Joachims Mutter und aß ungerührt weiter.

„Jetzt geht sie ins Haus." Joachims Vater stieg beschwerlich aus seinem Bett und näherte sich dem großen Fenster, um besser sehen zu können. Monika rannte herbei und reichte ihm seinen Bademantel.

Enttäuscht mussten die alten jedoch Leute feststellen, dass zunächst weiter nichts mehr geschah. Sie widmeten sich wieder ihrem Abendbrot und dem Vorabendkrimi, den sie mit Vorliebe verfolgten.

Silvia Turan war völlig schockiert, nachdem sie Christine Herberg kurz berührt hatte. So etwas hatte sie noch nie erlebt, und sie konnte es sich auch nicht erklären. Ein heftiger Strom hatte sie plötzlich schmerzhaft durchzuckt. Christine Herberg wollte oder konnte es ihr nicht erklären. Sie hatte einfach so getan, als sei nichts gewesen. Silvia Turan blieb noch eine Weile in dem schönen Urlaubsbad, aber das Erlebnis ging ihr nicht aus dem Kopf. Als sie später, in Gedanken versunken, ihre Wohnungstür aufschloss, stand plötzlich der südländisch aussehende Mann hinter ihr, der sich „Amir" nannte.

Erschrocken fuhr sie herum. Sofort entschuldigte sich der Mann. „Ich wollte Sie nicht erschrecken, es tut mir leid!" Bedauernd hob er beide Hände. „Als ich Sie kommen sah, dachte ich nur gerade, ob Sie mir vielleicht zwei Eier leihen könnten. Ich bin gerade am Backen!" Er wies an sich hinunter und lächelte ein wenig verschämt.

Erstaunt stellte sie fest, dass er sich tatsächlich eine Schürze umgebunden hatte und seine Hände voller Mehl waren. Aber vielleicht wollte er ihr nur eine Falle stellen, um ihr Vertrauen zu gewinnen? Wenn sie ihn nun in die Wohnung ließ, wäre sie ihm hilflos ausgeliefert!

„Warten Sie! Ich schaue nach", sagte sie kurz angebunden, huschte schnell hinein und schlug ihm entschlossen die Tür vor der Nase zu. In ihrem Appartement atmete sie zunächst tief durch. Sie hatte einfach panische Angst. Vielleicht war er wirklich nur ein harmloser Nachbar? Sie holte die Eier aus dem Kühlschrank, doch bevor sie die Wohnungstür wieder öffnete, hakte sie vorsichtshalber die Sicherheitskette ein. Durch den Türspalt reichte sie ihm die Eier. Er lächelte und bedankte sich wortreich, aber als sein Blick auf die Kette fiel, verdüsterte sich sein Gesicht. Weshalb hatte die junge Frau bloß solche Angst vor ihm? Er beschloss, ihr später ein Stück Kuchen vorbeizubringen. Vielleicht würde sie sich ja darüber freuen.

Die drei schicken Witwen waren auf dem Weg zum Italiener. Bei Christine Herberg klingelten sie, um sie zu fragen, ob sie vielleicht gerne mitkommen wollte.

Christine Herberg hatte sich ein wenig erholt, aber sie war noch immer böse auf ihren unsichtbaren Mitbewohner, der sie gerade völlig ignorierte. Um ihm zu zeigen, dass sie sich das von ihm nicht bieten ließ, sagte sie den drei Damen zu. Kurz nachdem sie ihr Häuschen verlassen hatte, bemerkte sie, dass die Idee vielleicht doch nicht so gut war. Sie hatte das untrügliche Gefühl, das etwas sie verfolgte. Das Böse war irgendwo hier draußen! Ins Haus war es nicht gekommen, das hätte sie gespürt. Offenbar hatte es ihr aufgelauert. Es wollte sich vielleicht dafür rächen, dass sie es besiegt hatte! Sie ließ sich jedoch nichts anmerken und spazierte, scheinbar entspannt plaudernd, mit den drei Witwen die Straße hinab. Dabei versuchte sie immer wieder, es zu orten. Es war ihr nicht möglich. Sie wusste nicht, wo es war!

Der kleine Luca Moretti aß zumeist in der Küche des Lokals zu Abend, bevor er zu Bett ging. Hin und wieder unternahm er dabei einen Abstecher in den Gastraum, weil er es dort so interessant fand. Seine Mama sah das nicht gerne, weil sie befürchtete, die Gäste würden sich belästigt fühlen.

Luca hatte die drei Witwen und Christine Herberg erspäht und sich zu ihnen gesellt. Nachdem er auf einen Stuhl geklettert war, erzählte er lautstark von seinem Erlebnis mit dem großen, bunt schillernden Fisch und zeigte den Frauen stolz das Pflaster, das ihm der Bademeister auf die kleine Wunde geklebt hatte.

Christine Herberg beschlich ein ungutes Gefühl. Die drei Damen fanden den Kleinen jedoch so goldig und befragten ihn immer wieder nach seinem Erlebnis mit dem Fisch. Als Sofia Moretti besorgt zu ihnen herüberschaute, signalisierte ihr Anneliese, dass alles in Ordnung war und Luca nicht störte. Während der Kleine erzählte, wie der Fisch seine Hände berührt und ihn anschließend umkreist hatte, spürte Christine Herberg ganz deutlich die Anwesenheit dieses mysteriösen Wesens. Es war eindeutig hier im Gastraum! Sie musste sich beherrschen, um nicht in Panik auszubrechen. Alles war nun möglich. Die anwesenden Leute befanden sich womöglich in großer Gefahr! Was sollte sie nur tun? Zunächst musste sie versuchen, ruhig zu bleiben. Sie hörte nicht mehr, was die anderen sagten. Sie konzentrierte sich völlig auf die unbekannte Macht.

Plötzlich trat ein kleines Mädchen an den Tisch. Niemand wusste, wo es herkam. Es war auf einmal da. Es trug ein langes, altmodisches Nachthemd und hatte eine fies grinsende Puppe im Arm, die es fest an sich drückte. Es blieb neben Luca stehen und hörte scheinbar seinen Erzählungen gebannt zu. Erstaunt betrachteten die drei Damen das Kind.

„Ja, sag' einmal, wo bist du denn ausgerissen? Deine Eltern suchen dich bestimmt schon", sagte Greta freundlich zu ihr.

„Nein. Meine Eltern sind tot", antwortete das Mädchen mit seltsam hohl klingender Stimme.

„Das tut mir leid! Dann wohnst du vielleicht bei einer Tante?", fragte Rosemarie mitfühlend.

„Nein. Ich bin ganz allein!"

Die Witwen waren entsetzt. Irgendetwas stimmte hier nicht! Sie musterten das kleine Mädchen, das irgendwie sehr merkwürdig aussah. Es hatte langes, strähniges Haar, war geisterhaft blass und hatte tiefe, dunkle Ringe unter den Augen. Jetzt kam es noch näher und setzte sich neben Luca auf einen Stuhl. Es machte einen geistesabwesenden Eindruck, als sei es nicht von dieser Welt.

Christine Herberg hätte am liebsten aufgeschrien! Ihr war völlig klar, dass das furchtbare Ding nun die Gestalt des kleinen Mädchens angenommen hatte. Aber wie sollte sie das den anderen erklären? Es war völlig irreal.

Sie nahm noch einmal alle Kraft zusammen und konzentrierte sie auf das kleine, eigenartige Mädchen, doch es war aussichtslos. Sie spürte, dass ihre Energie wirkungslos abprallte. Sie vermutete, dass sie sich bereits im Schwimmbad verausgabt hatte. Ihre geheimnisvollen Kräfte waren nicht unbegrenzt. Sie spürte, dass sie nichts mehr tun konnte. Hilflos musste sie mit ansehen, wie das Unheil seinen Lauf nahm.

Die Puppe des kleinen Mädchens war eine Schlafpuppe, die, je nachdem, wie man sie hielt, die Augendeckel öffnen und schließen konnte. Die Augen der Puppe waren die ganze Zeit geschlossen gewesen. Christine Herberg beobachtete machtlos, wie sich ein Auge langsam öffnete, obwohl das Mädchen die Puppe nicht bewegte. Auch die Mundwinkel schienen sich leicht zu bewegen. Das fiese Grinsen wurde stärker.

Auch Rosemarie hatte es gesehen. Sie war jedoch völlig unbedarft. „Darf ich deine Puppe einmal halten?", fragte sie das kleine Mädchen freundlich. „Du bekommst sie auch gleich wieder zurück!"

Ohne eine Regung zu zeigen, reichte das Kind Rosemarie die Puppe.

„Danke!" Rosemarie nickte dem Mädchen freundlich zu und legte sich die Puppe in den Arm. Erstaunt sah sie, wie sich das andere Auge nun auch bewegte, obwohl sie die Puppe ganz ruhig hielt. Der Puppenmund verzog sich noch mehr und öffnete sich schließlich langsam.

„Ihr seid alle verdammt! Seht euch vor!", ertönte eine mechanische Stimme.

„Ach, wie schön, es ist eine Sprechpuppe!", rief Rosemarie erfreut. „So eine hatte ich früher auch einmal! Allerdings sagte sie nicht so böse Sachen. Sie konnte ‚Mama' sagen, und es gab kleine Schallplatten, die man durch eine Plastikklappe in den Rücken der Puppe legen konnte. Sie sagte dann zum Beispiel: ‚Bitte gib mir Schokolade!' oder ‚Ich habe dich so lieb'. Sicher hat diese Puppe hier auch eine Schallplatte und eine Batterie im Rücken!" Rosemarie war begeistert.

Greta zog die Brauen hoch, und Anneliese rollte mit den Augen. Luca wurde es langsam zu dumm. Puppen fand er blöd. Als er merkte, dass er nicht mehr im Mittelpunkt stand, kletterte er kurzerhand von seinem Stuhl herunter und rannte zu seiner Mama hinüber. Sie sollte ihn ins Bett bringen und ihm noch eine Gutenachtgeschichte vorlesen. Die war bestimmt spannender als die alten Frauen hier mit dieser doofen Puppe!

Als Rosemarie die Puppe abtastete, um die Klappe für eine Schallplatte oder ähnliches zu finden, spürte sie, dass der Puppenkörper vibrierte. Sicherlich kam das von der Batterie, dachte sie. Doch plötzlich richtete sich die Puppe in ihrem Arm auf und sah sie aus gläsernen Augen, die auf einmal recht lebendig wirkten, voll an. Rosemarie war völlig hingerissen. „Das ist unfassbar, wie weit die Technik doch heutzutage schon ist!", rief sie. „Am liebsten würde ich sie behalten!" Sie wollte dem kleinen Mädchen die Puppe zurückgeben, aber es war nicht mehr da. Niemand hatte bemerkt, dass es weggegangen war. Selbst Christine Herberg, die akribisch das Lokal beobachtet hatte, wusste nicht, seit wann das kleine Mädchen weg war.

Als Pietro Moretti zum Kassieren an den Tisch trat, fragte Anneliese ihn, ob er wüsste, zu wem das Mädchen gehörte. Dieser war sehr erstaunt. „Außer meinem Sohn habe ich kein anderes Kind bei Ihnen gesehen! Luca ist längst im Bett. Um diese Zeit sind hier eigentlich keine Kinder mehr", meinte er kopfschüttelnd.

Greta fragte bei einigen Gästen nach, die sich noch im Lokal befanden, aber merkwürdigerweise schien niemand das kleine Mädchen wahrgenommen zu haben.

„Ich nehme die Puppe erst einmal mit heim und setze sie auf die Anrichte in meinem Schlafzimmer", meinte Rosemarie schließlich. „Das kleine Mädchen war sicher müde und ist nach Hause gegangen. Wenn wir es wiederfinden, gebe ich ihm die Puppe zurück."

Christine Herberg wusste nicht, wie sie verhindern konnte, dass die Damen die unheilvolle Puppe mitnahmen.

In der Villa gab es am späteren Abend eine köstliche Erdbeer-Sahne-Torte, die Anneliese am Nachmittag gebacken hatte. Die Witwen waren bereits im Nachtgewand, als sie sich gemütlich an den Tisch begaben. Die Puppe des kleinen Mädchens hatte Rosemarie im Wohnzimmer auf die Couch gesetzt.

„Wer weiß, wo dieses arme Kind wohnt", begann Rosemarie. „Mir kommt das komisch vor. Anscheinend hat niemand außer uns das Mädchen gesehen", sagte Greta nachdenklich. „So etwas gibt es doch gar nicht!"

„Vielleicht hat einfach niemand darauf geachtet", meinte Anneliese. „Aber es hat schon einen merkwürdigen Eindruck gemacht. Es war irgendwie gruselig!"

„Das kannst du aber jetzt nicht sagen", empörte sich Rosemarie. „Es war doch nur ein kleines Kind!"

„Es machte den Eindruck, als wäre es tot", behauptete Greta.

„Mit Toten müsstest du dich ja bestens auskennen", bemerkte Anneliese spitz.

„Was willst du damit sagen?" Greta wurde aggressiv.

„Ach, ich dachte nur gerade an deinen Steingarten, den du so liebevoll angelegt hast." Anneliese nahm sich ungerührt noch ein Stück Torte.

Rosemarie verstand den Zusammenhang nicht. „Was ist mit dem Steingarten?", fragte sie mit großen Augen.

„Nichts, Rosemarie. Wahrscheinlich sind beim Umgraben jede Menge Regenwürmer und Käfer ums Leben gekommen." Greta verzog keine Miene.

Aus dem Wohnzimmer, das sich direkt neben der schicken Wohnküche befand, war plötzlich ein dumpfer Aufprall zu hören. Entgeistert sahen sich die drei Frauen an und sprangen auf. Greta riss die Tür zum Wohnraum auf. Sie sahen es alle gleichzeitig: Die Puppe lag mit merkwürdig verrenkten Gliedern auf dem Fußboden.

Christine Herberg hatte keine ruhige Minute, nachdem sie zu Hause angekommen war. Sie machte sich große Sorgen um die drei netten Damen. Wenn ihnen nun etwas passierte, war sie schuld! Nur sie wusste, wie gefährlich dieses unheimliche Ding sein konnte!

„Was soll ich bloß tun?", flüsterte sie verzweifelt und lief nervös in ihrer Küche hin und her.

„Du kannst nichts tun!" Sie vernahm seine Stimme ganz leise. So, als käme sie von weit her. Sie konnte spüren, dass er nicht mit ihr im selben Raum war. Wo war er? Sie begann, das ganze Haus abzugehen, war aber nicht in der Lage, seine Anwesenheit irgendwo festzustellen. Ihre geheimnisvollen Kräfte schienen nachzulassen. Früher hatte sie immer ganz deutlich gespürt, wo er war. Erschöpft setzte sie sich ins Wohnzimmer und konzentrierte sich auf die Villa der drei Witwen. Nichts! Sie empfing weder Bilder noch Stimmen.

Die alten Herrschaften gegenüber waren wach geblieben, bis Christine Herberg in Begleitung der drei Witwen, denen sie auch nicht über den Weg trauten, wieder erschien. Mühsam verließen die beiden alten Männer ihre Betten und schlurften an das große Fenster. Ihre Frauen blieben liegen, wollten aber selbstverständlich auch wissen, was dort drüben los war.

„Sie ist wieder da", sagte Joachims Vater, obwohl es allen klar war.

„Die drei komischen Witwen sind auch dabei", meldete Monikas Vater.

„Die eine hat irgendetwas auf dem Arm", meinte Joachims Vater.

„Was hat sie denn auf dem Arm?", fragte seine Frau.

„Sieht aus wie ein Baby", sagte Joachims Vater unschlüssig.

„Völlig unmöglich! Die können da kein Baby dabeihaben", schloss seine Frau aus.

„Es sieht aber so aus!"

„Es ist vielleicht eine Puppe?"

„Nein. Es bewegt sich!"

„Es bewegt sich?"

„Ja! Es windet sich im Arm der einen!"

Die beiden alten Frauen waren nun nicht mehr zu halten. Sie griffen nach ihren Bademänteln und stiegen beschwerlich aus ihren Betten. Dies konnten sie ihren Männern einfach nicht glauben! Tatsächlich sahen aber auch sie nun, dass sich eine kleine Gestalt im Arm einer der Frauen – es war Rosemarie – bewegte. Als sie gerade versuchten, mehr zu erkennen, tauchte Monika hinter ihnen auf. Sie war noch einmal die Treppe hinuntergekommen, um sich etwas zu trinken zu holen. „Sagt einmal, was ist denn hier los?", fragte sie entgeistert. „Ich dachte, ihr schlaft längst!"

„Die Herberg ist heimgekommen. Die drei komischen Witwen sind auch da. Und sie haben ein Baby dabei", sagte ihr Vater überzeugt.

„Das glaube ich nicht!" Monika trat an das große Fenster und blickte hinaus. Es war dunkel, aber im Schein der Straßenlaternen konnte man die Menschen erkennen. In diesem Moment verschwand Christine Herberg jedoch in ihrem Haus, und die drei Damen machten sich auf den Heimweg. Man konnte sie nur noch von hinten sehen. Ob sie nun ein Baby oder irgendetwas anderes mit sich führten, konnte man nicht erkennen. Monika schüttelte den Kopf und half den alten Leuten wieder in ihre Betten. „Schlaft jetzt", sagte sie sanft. „Heute passiert sicher nichts mehr. Wer weiß, was die Damen dort hatten, aber mit Sicherheit war es kein Baby."

Die alten Leute antworteten nicht. Sie wussten, was sie gesehen hatten! Monika hatte ja keine Ahnung!

„Sicherlich habe ich sie nicht richtig hingesetzt, und sie ist von der Couch gerutscht", meinte Rosemarie unbekümmert und trat auf die Puppe zu. Sie griff nach ihr, um sie hochzuheben, aber die Puppe zappelte und trat um sich. Rosemarie lachte. „Diese Technik ist unglaublich!", sagte sie. „Man meint fast, es handle sich um ein lebendiges Wesen!" Mit festem Griff nahm sie die sich windende Puppe hoch. Doch wie ein wildes Tier wehrte sie sich und biss Rosemarie heftig in den Arm. Sofort schoss Blut aus der Bisswunde und tropfte auf das Parkett. Rosemarie schrie vor Überraschung und Schmerz auf und ließ die Puppe fallen. Mit erstaunlicher Schnelligkeit robbte die Puppe über den Fußboden und gab dabei schauerliche Töne von sich. Es hörte sich an wie das entsetzliche Jammern eines kleinen Kindes, das in höchster Not war.

Anneliese rannte mit dem Verbandskasten herbei. Ohne ein Wort zu sagen, desinfizierte sie die Wunde an Rosemaries Arm und klebte ein großes Pflaster darauf. Greta wollte die schauerliche Puppe mit einem Fußtritt zur Haustür hinausbefördern, doch diese war inzwischen unter den Wohnzimmerschrank gekrochen.

„Es ist doch unfassbar, dass man solche gefährlichen Spielzeuge für Kinder entwickelt", sagte Rosemarie, nachdem sie sich von dem Schreck erholt hatte. Greta und Anneliese befürchteten längst, dass mehr dahintersteckte. Vorsichtig blickten sie unter den Schrank, wohin die Puppe geflüchtet war. Im Moment bewegte sie sich nicht. Sie gab auch keine Laute von sich. Das konnte sich aber jederzeit wieder ändern. Merkwürdigerweise schien die Puppe von einem feinen Nebel umgeben zu sein.

„Vielleicht sollten wir Christine Herberg anrufen", meinte Greta schließlich nachdenklich.

„Warum? Was könnte sie denn tun?", fragte Rosemarie verständnislos.

„Was sie tun kann, weiß ich auch nicht. Aber sie ist eine Hexe! Und dieses Ding hier ist ganz bestimmt kein normales Kinderspielzeug", antwortete Anneliese aufgebracht.

Als bei Christine Herberg das Telefon klingelte, dachte sie sofort an die drei Witwen. Sie hatte fast mit diesem Anruf gerechnet.

Greta war am Apparat. Sie hielt sich jedoch sehr bedeckt mit ihrem Anliegen.

„Hallo, Frau Herberg", sagte sie bedächtig, „wir haben hier ein kleines Problem! Würde es Ihnen etwas ausmachen, kurz vorbeizukommen? Ich weiß, dass es schon spät ist, aber es ist wichtig." Mehr wollte sie am Telefon nicht preisgeben, da man im Dorf vermutete, dass die Telefongespräche nicht privat waren.

„Ich komme", antwortete Christine Herberg sofort, ohne Fragen zu stellen. Hastig zog sie sich an und rannte aus dem Haus.

Gegenüber schlief man noch immer nicht. Irgendwie hatten die alten Leute geahnt, dass nun doch noch etwas geschehen würde.

„Sie kommt wieder raus", flüsterte Monikas Vater. Monika sollte es oben nicht mitbekommen, sonst würde sie wieder die Treppe herunterkommen und fragen, warum sie nicht schliefen.

„Garantiert läuft sie jetzt zum Villenviertel", mutmaßte Joachims Vater ahnungsvoll. Gespannt beobachteten die alten Herrschaften von ihren Betten aus, wie Christine Herberg im Schein der Straßenlaternen eilig davonrannte.

Unterwegs wunderte sich Christine Herberg darüber, dass ihr unsichtbarer Mitbewohner keinerlei Reaktion gezeigt hatte. Normalerweise kommentierte er es immer auf irgendeine Weise, wenn sie etwas vorhatte. Sie machte sich Sorgen, da sie seine Anwesenheit nicht mehr verspürt hatte.

Als sie die Villa der Witwen erreichte, wurde sofort die Tür aufgerissen, noch ehe sie auf den Klingelknopf gedrückt hatte. Greta winkte sie herein und erzählte ihr aufgeregt von der merkwürdigen Puppe, die Rosemarie gebissen hatte und dann über den Fußboden gekrochen war.

„Wo haben sie sie zuletzt gesehen?", fragte Christine Herberg angespannt und sah sich um.

„Hier, unter dem Schrank!" Anneliese wies auf den Wohnzimmerschrank. Vorsichtig bückten sich nun alle und sahen darunter. Nichts!

„Sie ist weg!", rief Greta verblüfft. „Das kann doch nicht sein! Wir waren die ganze Zeit hier im Raum! Wir hätte sie sehen müssen, wenn sie sich woanders hin bewegt hätte!"

Christine Herberg wusste, dass sich dieses unheilvolle Ding verwandeln konnte und dass es sich auch plötzlich in Luft auflösen konnte. Sie hatte es selbst schon gesehen! Sie hatte aber keine Ahnung, wie sie dies den drei Damen erklären sollte.

„Schauen wir lieber vorsichtshalber noch einmal überall nach", meinte sie schließlich nachdenklich, „vielleicht ist die Puppe ja doch noch irgendwo."

„Sagen Sie uns jetzt bitte einmal, was hier los ist! Das ist doch nicht mehr normal!" Greta fixierte sie aufgebracht mit zusammengekniffenen Augen.

„Das weiß ich leider auch nicht. Es gehen merkwürdige Dinge vor", erwiderte Christine Herberg unsicher. Sie gab vor, nach der Puppe zu suchen, aber sie wusste längst, dass diese nicht mehr in der Villa war. Die Einladung zu Kaffee und Kuchen, die Rosemarie freundlich aussprach, lehnte sie dankend ab. Sie hatte es plötzlich sehr eilig, sich zu verabschieden. Kopfschüttelnd sahen ihr die Frauen nach, als sie förmlich nach draußen stürzte und davonrannte.

Christine Herberg spürte, dass es hinter ihr her war. Es verfolgte sie! Sie wappnete sich, ihm in Kürze zu begegnen, in welcher Form auch immer es auftauchen würde! Egal, wie schnell sie rannte, es würde schneller sein. Und egal, was sie tat, es würde stärker sein. Sie hatte keine Chance!

Obwohl sie damit gerechnet hatte, erschrak sie, als einige Meter vor ihr eine kleine Gestalt auftauchte, die sich an eine Straßenlaterne lehnte. Sie erkannte das kleine Mädchen, das sie bereits im Lokal der Morettis gesehen hatte. Kurz überlegte sie, ihm auszuweichen, aber sie wusste, dass sie ihm nicht entfliehen konnte. Also ging sie strammen Schrittes direkt auf das merkwürdige Mädchen zu.

Es sah sie aus blicklosen Augen an. „Wo ist meine Puppe?", fragte es mit mechanisch klingender Stimme.

„Das weiß ich nicht, und es ist auch nicht mein Problem! Lass' mich gefälligst in Ruhe!", sagte Christine Herberg böse und setzte ihren Weg hastig fort. Sie wusste jedoch im selben Augenblick, dass das Kind hinter ihr herlief.

„Das wirst du noch bereuen!", hörte sie die blecherne Stimme, die so gar nichts Menschliches hatte, hinter sich.

„Halt' die Klappe und hau' ab!", sagte sie grob und fuhr herum.

„Du nimmst mich mit nach Hause!", befahl das Mädchen ihr. Dabei veränderten sich seine Augen auf merkwürdige Weise. Sie wurden klein und stechend und schienen Christine Herberg zu durchbohren.

Sie betrachtete das Mädchen emotionslos. Zottige, fahle Haare umwehten das geisterhaft blasse Gesicht, und der Mund bewegte sich nicht, während es sprach.

„Einen Teufel werde ich tun! Mach, dass du wegkommst!" Christine Herberg wurde wütend. Versuchte doch dieses blöde Ding tatsächlich, sie herumzukommandieren! Plötzlich hörte sie eine Stimme von ganz weit her: „Sei vorsichtig! Es ist gefährlich!" Danach wusste sie nichts mehr.

Die alten Herrschaften warteten auf die Rückkehr von Christine Herberg. Als sie nach Stunden noch immer nicht kam, befürchteten sie, dass ihr etwas geschehen war.

„Die Witwen haben ihr etwas angetan", glaubte Joachims Vater.

„Du weißt doch gar nicht, ob sie überhaupt dort hingegangen ist", rügte ihn seine Frau.

„Darauf würde ich alles verwetten", entgegnete er überzeugt.

„Wir wissen doch eigentlich überhaupt nichts", ließ sich nun Monikas Mutter vernehmen. „Vielleicht sollten wir einfach im Pförtnerhäuschen anrufen, damit die Wachleute nach ihr suchen?"

„Das ist eine gute Idee", sagte Joachims Mutter, griff zu einem der Telefone, die jederzeit in Reichweite auf den Nachttischen lagen, und wählte den Notruf. Sofort meldete sich der Pförtner und hörte ihr geduldig zu, als sie ihm vom Verschwinden der jungen Frau berichtete.

„Danke! Wir kümmern uns darum! Machen Sie sich keine Sorgen", sagte er knapp und legte auf. Sofort alarmierte er per Rundspruch alle auf dem Gelände befindlichen Wachleute. Ohne dass es sonst jemand mitbekam, schwärmte die Wachmannschaft aus und suchte nach Christine Herberg. Es dauerte nicht sehr lange, bis man sie fand. Leblos lag sie auf der Straße, die vom Villenviertel aus zu ihrem Hexenhäuschen führte.

„Sie atmet noch!", rief einer der Männer und bettete Christine Herberg in die stabile Seitenlage. Die meisten von ihnen waren ausgebildete Sanitäter und konnten im Notfall jederzeit eingreifen. Einer von ihnen trug einen Erste-Hilfe-Koffer heran. Behutsam untersuchten sie die Frau, konnten aber keinerlei Verletzungen feststellen. Da sie jedoch trotzdem nicht zu sich kam, wurde ein Notarzt gerufen. Dieser traf nach wenigen Minuten in Begleitung eines Rettungswagens ein. Der Pförtner erwartete ihn bereits und öffnete das Tor. Einer der Wachmänner stand bereit, um den Arzt zur Unglücksstelle zu geleiten. Das Martinshorn war bereits auf der Landstraße ausgeschaltet worden, um nicht sämtliche Bewohner des Dorfes anzulocken. Schaulustige konnte man nicht gebrauchen.

Der Notarzt konnte nur die tiefe Bewusstlosigkeit der jungen Frau feststellen. Weitere Verletzungen konnte auch er nicht erkennen. Man hob sie auf eine Trage und brachte sie zum Rettungswagen. Im Auto wurde sie weiter untersucht, aber man fand absolut nichts. Schließlich fuhr der Wagen ab, um die Frau ins Krankenhaus zu bringen.

„Ein merkwürdiger Ort", sagte der Arzt kopfschüttelnd. „Alles abgeriegelt, keine Menschen auf der Straße, keine Autos, aber eine Wachmannschaft, die nachts patrouilliert! Man könnte fast glauben, man hätte es hier mit einer Art Sekte zu tun."

„Wer weiß, was da passiert ist", meinte einer der Sanitäter. „Vielleicht sind Drogen im Spiel?"

„Daran habe ich auch schon gedacht. Das werden wir überprüfen!"

Obwohl sie die Kranke die ganze Zeit nicht aus den Augen ließen, entging ihnen, dass sich plötzlich ihre rechte Hand drohend zur Faust ballte. Sie ahnten nicht, welches Grauen sie da gerade in ihrem Krankenwagen transportierten!

Als Monika am nächsten Morgen die Treppe herunterkam, wunderte sie sich, dass ihre Eltern und die Schwiegereltern noch tief und fest schliefen, da sie sonst um diese Zeit längst wach waren und nach ihrem Frühstück verlangten. Sie konnte nicht wissen, dass die alten Herrschaften erst in den frühen Morgenstunden in den Schlaf gekommen waren.

Leise begab sie sich in die Küche und begann Kaffee zu kochen und das Frühstück zuzubereiten. Morgens gab es frische Brötchen, die ein Lieferdienst bereits in aller Frühe in einem Beutel an die Eingangstür hängte, dazu Butter, Marmelade und für jeden ein weich gekochtes Ei.

Der Kaffeeduft weckte die alten Leute. „Guten Morgen, meine Lieben!", rief Monika freundlich, als sie bemerkte, dass sie aufwachten. „Ihr habt aber heute lange geschlafen. Kommt ihr zum Frühstück an den Esstisch, oder möchtet ihr lieber im Bett bleiben?"

„Wir bleiben im Bett", bestimmte ihr Vater.

„Ja, es war eine lange Nacht", bestätigte Joachims Vater. Seine Frau sah ihn strafend an und runzelte die Stirn. Er sollte Monika nicht mit diesen Dingen belästigen, die in der Nacht vorgefallen waren, fand sie. Monikas Vater legte jedoch sofort nach: „Die Herberg ist nicht heimgekommen!"

„Ihr solltet nachts schlafen und nicht die Nachbarn beobachten", meinte Monika kopfschüttelnd. Sie liebte die alten Leute von Herzen, aber manchmal machte es ihr Mühe, sie zu verstehen.

„Wir haben den Pförtner alarmiert", berichtete ihre Mutter.

„Ja, die Wachleute kamen hier vorbei. Sie haben die Frau gesucht", ergänzte ihr Vater.

„Offenbar haben sie sie auch gefunden. Ein Notarzt kam und ein Rettungswagen", sagte Joachims Mutter.

„Wir haben gewartet, bis sie wieder abgefahren sind. Das hat eine ganze Weile gedauert", erklärte Joachims Vater.

„Und dann konnten wir lange nicht einschlafen", ergänzte Monikas Vater.

Monika hörte den Ausführungen der alten Herrschaften geduldig zu, während sie das leckere Frühstück auf den Tabletts anrichtete. Sie wusste jedoch nicht so recht, ob sie ihnen Glauben schenken konnte. Die alten Leute hatten viel Fantasie, und sie hatten ja auch sonst nichts anderes zu tun.

Sie half ihnen, sich in den Betten aufzusetzen, stopfte ihnen Kissen hinter den Rücken und reichte ihnen die Frühstückstabletts. Während des Essens gingen die Mutmaßungen, was wohl mit Christine Herberg geschehen sein mochte, weiter. Erst als Marcel und Claudia die Treppe herunterkamen, verstummten die Großeltern. Ihre beiden Enkel konnten sehr nett sein und plauderten auch hin und wieder freundlich mit ihnen, aber die jungen Leute wollten nichts über Christine Herberg und das Hexenhäuschen hören. Sie bekamen dann sofort genervte Gesichter oder verließen den Raum. Monika hatte die beiden schon öfter gebeten, etwas nachsichtiger mit den Großeltern zu sein, aber sie fand wenig Gehör.

Auch in der Villa begab man sich erst sehr spät zu Bett. Die halbe Nacht suchten die drei Damen nach der verschwundenen Puppe. Zwischendurch trafen sie sich immer wieder in der Küche, um Kaffee zu trinken und Torte zu essen.

„Ich habe keine ruhige Minute, bis wir diese fürchterliche Puppe gefunden haben!", rief Anneliese theatralisch und schaufelte sich dabei ein großes Stück Erdbeer-Sahne-Torte in den Mund. „Wenn ich mir vorstelle, dass sie nachts über meine Bettdecke kriecht und mich dabei womöglich noch hämisch anstarrt, kann ich bestimmt nicht einschlafen!"

„Wie sie dich anstarrt, ist doch nicht so wichtig", meinte Rosemarie nachdenklich. „Ich hätte eher Angst, dass sie mich wieder beißt! Oder Schlimmeres. Stellt euch vor, ich wache morgen früh auf und bin tot!" Entsetzt sah sie die anderen beiden an.

„Ich lege mir eine Axt neben das Bett", sagte Greta ruhig. „Wenn sie es tatsächlich wagen sollte, in meinem Zimmer aufzutauchen, mache ich Kleinholz aus ihr!"

Rosemarie zog die Stirn kraus und dachte nach. „Meinst du denn, dass sie aus Holz ist? Das müsste man einmal beim Hersteller erfragen", sagte sie ernst.

„Vielleicht hat die Herberg sie mitgenommen?", überlegte Anneliese, ohne auf Rosemaries abstruse Theorien einzugehen. Sie konnte nicht ahnen, wie nahe sie der Wirklichkeit mit dieser Vermutung kam.

„Nein, hat sie nicht! Das hätten wir gesehen. Sie ist ja auf und davon wie eine Verrückte, als die Puppe nicht mehr unter dem Wohnzimmerschrank lag!" Greta schüttelte den Kopf.

Im Krankenhaus wusste man sich keinen Rat. Alle Tests waren negativ. Man fand weder Drogen noch sonstige Ursachen für die Bewusstlosigkeit. Christine Herberg lag in einem weiß bezogenen Bett und bekam Infusionen. Man entdeckte absolut nichts. Alle Werte waren normal. Eigentlich hätte sie längst aus dieser rätselhaften Ohnmacht erwachen müssen.

Merkwürdigerweise fanden die Pfleger und Krankenschwestern immer wieder die Infusionsschläuche zerstört neben dem Bett vor. Erklären konnte sich das niemand, da sich die Frau scheinbar überhaupt nicht bewegen konnte. Seltsam war auch, dass sich die Patienten der umliegenden Krankenzimmer beschwerten, es würde nachts eine junge Frau hereinkommen und sie belästigen. Auch Gegenstände und Geld seien bereits entwendet worden. Die Beschreibung der Frau passte zu Christine Herberg.

Selbstverständlich konnte keiner ahnen, dass Christine Herberg aufstand und das Zimmer verließ, sobald niemand in der Nähe war. Wie eine Schlafwandlerin tappte sie dann in die anderen Krankenzimmer und richtete dort Unheil an.

Wenn die Ärzte sie untersuchten, deutete nichts darauf hin, dass sie aufgestanden und herumgegangen war. Sie lag weiterhin in tiefer Bewusstlosigkeit. Man vermutete, dass ein Fremder die Schläuche entfernte, um der jungen Frau zu schaden. Den anderen Patienten, die behaupteten, sie wäre in ihren Zimmern gewesen, schenkte man keinen Glauben.

Silvia Turan hatte nun endlich beschlossen, ihre kleine Tochter zu sich zu holen. Der Nachbar, der sich Amir nannte und den sie verdächtigt hatte, ihr nachzuspionieren, schien harmlos zu sein. Nach der Begegnung im Treppenhaus hatte er an ihrer Tür geklingelt und ihr ein großes Stück selbst gebackenen Kuchen gebracht. Er war sehr nett zu ihr, und sie glaubte nicht länger, dass er ihr schaden wollte. Auch sonst fühlte sie sich in diesem merkwürdigen Dorf sehr sicher.

Das kleine Appartement bot zwar nicht sehr viel Platz, aber es würde möglich sein, ein zweites Bett aufzustellen und vielleicht einen kleinen Schreibtisch für Fatma, an dem sie malen und basteln konnte. Später würde sie dort ihre Schulaufgaben erledigen, dachte Silvia Turan.

Ihre Mutter, die sie lange nicht gesehen hatte, zögerte, als sie ihr Kind holen wollte.

„Bist du dir wirklich ganz sicher?", fragte sie, als Silvia bei ihr ankam. Zuvor hatten sie telefoniert, aber Silvias Mutter hatte Angst um das Kind und um ihre Tochter.

„Es wird alles gut gehen!", beschwichtigte Silvia sie. „Es ist ein sicherer, kleiner Ort. Fatma kann unbeschwert dort aufwachsen."

Besorgt betrachtete die Mutter das zerstörte Gesicht ihrer Tochter. „Wieso lässt du das nicht erst einmal richten?", fragte sie direkt. „Du kannst in keine Klinik, wenn du Fatma bei dir hast!"

„Ach, Mama! Ich traue mich nirgendwo hin!", antwortete Silvia bekümmert. „Ich habe immer Angst, dass mir jemand folgt! Im Dorf bin ich sicher. Dort kommt kein Fremder hinein!"

Das kleine Mädchen hatte seine Mutter seit längerer Zeit nicht gesehen. Die erste Begegnung war schmerzhaft. Als es aus seinem Kinderzimmer kam, um zu schauen, mit wem die Oma da sprach, prallte es entsetzt zurück, als es das entstellte Gesicht der Mutter sah. Hilfesuchend klammerte es sich an seine Oma.

Silvia Turan musste sich beherrschen, um nicht in Tränen auszubrechen. Ihr eigenes Kind schreckte vor ihr zurück!

„Du musst ihr Zeit geben", sagte Silvias Mutter und streichelte dem Kind über den Kopf. „Keinesfalls kannst du sie jetzt sofort mitnehmen. Sie muss sich erst wieder an dich gewöhnen!"

„Ja, ich weiß. Ich wollte sie auch heute noch nicht mitnehmen, aber es ist alles so schwierig." Silvia Turan verschwieg ihrer Mutter, dass jeder Weg zu ihr ein Risiko war und dass sie bereits verfolgt worden war. Sie wollte sie nicht beunruhigen.

„Ich muss sowieso erst noch das Appartement ein wenig herrichten. Vielleicht könnte ich ihr Kinderbett und ein paar Kleinigkeiten mitnehmen, die sie kennt, damit sie sich wohlfühlt?"

„Silvia, du kannst alles haben, was du möchtest, aber so schnell geht das nicht! Die Kleine braucht Zeit! Du kannst sie nicht einfach aus ihrer gewohnten Umgebung herausreißen!"

Silvia Turan beschloss, ihr Kind zunächst weiterhin bei ihrer Mutter zu lassen, begann aber bereits damit, ihr Appartement umzuräumen. Sie schaffte Platz für das Kinderbett und den Schreibtisch. In der Stadt hatte sie ein paar neue Spielzeuge erstanden, womit sich die Kleine beschäftigen konnte. Silvia Turan malte sich die Ankunft ihres Kindes aus. Sicherlich würde sich die Kleine hier wohlfühlen. Sie würde mit ihr in das schöne Schwimmbad gehen und auf den kleinen Spielplatz hier im Ort, wenn es das Wetter erlaubte. Dort würde sie andere Mütter treffen, und Fatma konnte mit den Kindern spielen.

Amir hatte sich angeboten, ihr bei der Umgestaltung der kleinen Wohnung zu helfen. Er war wirklich sehr nett! Vielleicht entwickelte sich eine Freundschaft zwischen ihnen, überlegte sie.

Christine Herberg öffnete die Augen und richtete sich in ihrem Krankenbett auf. Mit einer mechanischen Bewegung zog sie die Infusionsnadel heraus, die man in ihre Vene geschoben hatte, und warf sie zur Seite. Wie eine aufgezogene Puppe stieg sie anschließend steif aus dem Bett und ging mit hölzern wirkenden Schritten zur Tür. Sie öffnete sie und starrte auf den Krankenhausflur hinaus. Es war niemand zu sehen. Ohne Eile überquerte sie den Gang und öffnete die Tür des fremden Krankenzimmers, das direkt gegenüber lag. Der regelmäßige Atem der beiden Patientinnen, die in diesem Raum lagen, verriet ihr, dass sie tief und fest schliefen. Leise zog sie die Tür hinter sich zu und stakste auf das erste Bett zu. Sie beugte sich über die ältere Frau, die darin lag, und betrachtete sie aus kalten, leblosen Augen. Plötzlich fuhren ihre Hände wie Klauen an den Hals der Frau und umklammerten ihn mit eisernem Griff. Es lag so viel Kraft darin, dass der Kehlkopf der Frau brutal eingedrückt wurde. Sie starb lautlos, ohne dass sie davon etwas mitbekam. Christine Herberg zog ihre Hände zurück und betrachtete sie scheinbar verwundert. Sie schüttelte den Kopf und bewegte sich dann langsam auf das andere Bett zu. Ein junges Mädchen lag dort friedlich schlummernd. Christine Herberg betrachtete es eine Weile. Es war sehr schön und besaß eine helle, klare Haut. Es bewegte sich nicht. Christine Herberg griff behutsam nach der Bettdecke und zog sie über das hübsche Gesicht, als bedecke sie eine Tote. Danach verließ sie leise das Zimmer.

Am nächsten Morgen fand man Christine Herberg weiterhin in tiefer Bewusstlosigkeit vor. Wieder war der Infusionsschlauch von jemandem entfernt worden. Der Oberarzt, den man hinzurief, war fassungslos. „Irgendjemand treibt hier sein Unwesen! Wir müssen die Patienten mehr im Auge behalten!", sagte er mit Nachdruck. Die anwesenden Pfleger und Schwestern schwiegen. Wie sollte das funktionieren? Man hatte sowieso schon zu wenig Personal! Zu diesem Zeitpunkt war noch nicht bekannt, dass im Zimmer gegenüber jemand ermordet worden war. Man hatte die Tote zwar am Morgen gefunden, aber es war in einem Krankenhaus nichts Ungewöhnliches, jemanden tot im Bett vorzufinden. Das Bett mit der Verstorbenen war zunächst ohne viel Aufsehen in den Keller gerollt worden.

Erst dort stellte ein junger Arzt, der die Leichenschau vornahm, fest, dass die Frau keines natürlichen Todes gestorben war. Er schlug Alarm. Die Staatsanwaltschaft wurde eingeschaltet, und es wurde eine Obduktion der Leiche angeordnet.

Schnell vermutete man einen Zusammenhang mit den Berichten der Patienten, die behauptet hatten, es würde nachts jemand in ihr Zimmer kommen. Außerdem zog man in Erwägung, dass es möglicherweise dieselbe Person war, die bereits offenbar mehrmals im Zimmer von Christine Herberg gewesen war. Dass sie sich den Schlauch selbst gezogen haben konnte, schloss man völlig aus, da sie sich scheinbar ständig in tiefer Ohnmacht befand.

Die Witwen waren sehr betroffen, als sie erfuhren, dass Christine Herberg auf dem Heimweg etwas zugestoßen war. Niemand wusste, was passiert war, nur, dass man sie auf der Straße gefunden und ins Krankenhaus gebracht hatte.

Nachdenklich saßen die Damen in der Küche und fühlten sich schuldig, weil sie die junge Frau angerufen hatten. Die Puppe hatten sie trotz stundenlanger Suche in jener Nacht nicht mehr gefunden. Auf dem Tisch stand ein Käsekuchen, den Anneliese gebacken hatte. In ihren schicken Morgenmänteln saßen die drei Damen in der luxuriösen Wohnküche, schwiegen zunächst, tranken Kaffee und häuften sich den köstlichen Kuchen auf ihre Teller.

„Vielleicht hat sie die Puppe doch mitgenommen", sagte Rosemarie nach einer ganzen Weile nachdenklich. „Mich hat sie zwar nur gebissen, aber wer weiß, was sie sonst noch alles kann!"

„Ich bin mir da auch nicht so sicher", pflichtete Greta ihr bei.

„Was soll so eine Puppe schon ausrichten können? Ich kann mir das nicht vorstellen. Sicherlich steckt etwas anderes dahinter", meinte Anneliese zweifelnd. „Vielleicht ist sie von einem Unhold überfallen worden! Auch wenn man hier keine Fremden hereinlässt, ist es doch möglich, dass sich hier ein Mörder aufhält!"

Greta schob sich gelassen ein Stück Käsekuchen in den Mund. „Ja, das ist durchaus möglich", sagte sie ruhig mit unbewegter Miene.

„Das dürfte aber nicht erlaubt sein!", rief Rosemarie empört. „Herr Steinbach hat uns zugesichert, dass es in diesem Ort keine Verbrechen gibt, da alle Menschen, die hierher kommen, überprüft werden!"

„Denk mal an den Steingarten", sagte Annemarie. Greta warf ihr einen vernichtenden Blick zu.

„Was habt ihr nur immer mit dem Steingarten?" Rosemarie blickte die anderen beiden ratlos an. „Und was hat der Mörder von Christine Herberg damit zu tun?"

„Woher willst du wissen, dass sie ermordet wurde? Angeblich wurde sie doch in einem Rettungswagen weggebracht. Soweit ich weiß, nehmen die keine Toten mit", meinte Anneliese und nahm sich noch ein Stück Käsekuchen.

„Na ja, vielleicht ist sie ja erst im Krankenhaus gestorben", überlegte Rosemarie.

„Ach was! Die ist bestimmt nicht tot! Die gute Frau hat Kräfte, von denen wir keine Ahnung haben", sagte Greta energisch.

„Welche Kräfte sollen das sein?" Rosemarie schaute irritiert.

„Ich kannte einmal eine Frau, die war auch sehr kräftig. Sie wog bestimmt über zwei Zentner. Ihr Mann dagegen war spindeldürr! Es wurde behauptet, die Frau hätte ihren Ehemann im Schlafzimmer umgebracht!"

„Das kann ich mir sehr gut vorstellen", erwiderte Annemarie trocken.

„Warum?", fragte Rosemarie mit großen Augen. „Du kennst die Frau doch gar nicht!"

Anneliese lachte laut, was Rosemarie nun gar nicht verstand. Greta verzog das Gesicht.

Obwohl die alten Herrschaften wussten, dass sich Christine Herberg im Krankenhaus befand, beobachteten sie akribisch das Hexenhäuschen gegenüber. Da sie vermuteten, es würde sich dort ein illegaler Mitbewohner aufhalten, lauerten sie darauf, ihn zu überführen.

Zunächst tat sich nichts. Obwohl die beiden alten Ehepaare das Häuschen fast rund um die Uhr nicht aus den Augen ließen, konnten sie nichts Ungewöhnliches feststellen. Fast waren sie ein wenig enttäuscht.

Am Abend kam das Ehepaar Holler mit dem Dackel die Straße herunter. Gespannt setzten sich die alten Leute in ihren Betten auf und beobachteten die beiden. Sabine Holler weigerte sich, direkt an dem Häuschen vorbeizugehen. Mit dem kleinen Hund an der Leine blieb sie auf der anderen Straßenseite ausgerechnet genau vor dem großen Panoramafenster der Naumanns stehen, während ihr Mann mutig auf das Hexenhäuschen zuging. Er stand eine ganze Weile davor, als sich im Inneren etwas zu rühren schien. Er gestikulierte wild in Richtung seiner Frau. Die alten Leute sahen, dass sie den Dackel kaum noch bändigen konnte. Er bellte wie wild und zerrte an der Leine. Herr Holler rannte über die Straße und redete auf seine Frau ein. Was er sagte, konnte man im Haus leider nicht verstehen. Schließlich klingelte er glücklicherweise bei Naumanns. Jetzt wurde es spannend! Sicherlich würde man nun mehr erfahren! Monika kam die Treppe herunter und öffnete. Obwohl sich die alten Leute sehr bemühten, konnten sie nicht alles verstehen. Sie hörten nicht mehr so gut, und das Gespräch an der Haustür fand sehr gedämpft statt.

„Monika?", rief ihr Vater sofort, als sich die Tür schloss.

„Ja, Papa, was ist denn?", antwortete Monika und kam in den großen Wohnraum.

„Was war denn?", fragte ihr Vater neugierig. Alle sahen Monika gespannt an.

„Herr Holler fragte, ob wir wüssten, ob Christine Herberg ein Haustier hat. Er glaubt, im Haus Geräusche gehört zu haben. Falls es so wäre, müsste jemand das Tier versorgen, da die junge Frau im Krankenhaus ist. Ich weiß es aber nicht. Habt ihr vielleicht davon etwas mitbekommen?"

„Nein. Aber wir glauben, dass es ein Mensch ist. Vermutlich hat sie einen illegalen Untermieter", sagte Joachims Vater ernst.

„Wie kommt ihr denn darauf?", wunderte sich Monika.

„Na ja, wir haben zum Beispiel gesehen, wie ein Fenster geöffnet wurde, als sie nicht da war. Ein Haustier kann so etwas nicht!"

„Höchstens ein dressierter Affe", überlegte Monikas Mutter.

„Wie dem auch sei, Hollers werden dem Pförtner Bescheid geben. Man wird sich darum kümmern. Falls wirklich ein Tier im Haus ist, muss es schließlich von jemandem versorgt werden, wenn die junge Frau nicht da ist!" Monika fand das recht plausibel. Dass es im Haus einen geheimen Mitbewohner gab, glaubte sie nicht. Dass jemand angeblich ein Fenster geöffnet hatte, konnte sie sich auch nicht vorstellen. Die alten Herrschaften blickten zweifelnd vor sich hin.

Noch am selben Abend nahmen zwei Männer der Wachgesellschaft das Hexenhäuschen in Augenschein. Sie hatten einen Schlüssel für die Haustür, was woanders kaum möglich war. Nur in diesem kleinen Dorf unterschrieb jeder Mieter, dass für Notfälle ein Zweitschlüssel deponiert werden durfte.

Martin Holler wartete vor dem Häuschen, während seine Frau mit dem Dackel nach Hause gegangen war. Sie fühlte sich in dieser Umgebung einfach nicht wohl, und auch der Hund hatte deutlich angezeigt, dass hier irgendetwas nicht zu stimmen schien.

Herr Holler straffte sich, als die Wachleute schließlich erschienen.

„Ich habe angerufen!", gab er sich wichtig. Als einer der Männer die Haustür aufschloss, versuchte er, mit den Wachleuten ins Haus zu kommen.

„Sie dürfen hier leider nicht hinein", wurde ihm resolut gesagt.

„Warum nicht?" Martin Holler sah das nicht ein. „Ich habe Sie schließlich auf das Problem aufmerksam gemacht! Ich möchte gerne selbst sehen, was hier los ist!" Wieder machte er einen Schritt auf die Haustür zu. Einer der Männer vertrat ihm den Weg. „Es ist gegen die Vorschrift! Außer uns darf niemand ein Haus betreten, wenn der Besitzer nicht anwesend ist. Und auch wir dürfen es nur, wenn es sich um einen Notfall handelt", versuchte er ihm zu erklären.

„Ich will doch nur helfen!", versuchte es Martin Holler noch einmal.

„Danke. Aber wir kommen allein klar!" Damit betraten die beiden Wachmänner das Häuschen und schlossen die Tür hinter sich. Ärgerlich blieb Herr Holler draußen stehen, als ihm die Tür vor der Nase zugeschlagen wurde. Das hat man davon, wenn man hilfsbereit sein will, aber ich bekomme heraus, was ich wissen will, dachte er wütend. Provozierend blieb er an Ort und Stelle und wartete auf die Rückkehr der beiden Wachleute.

Ohne besondere Vorsicht sahen sich die beiden Männer der Wachgesellschaft in dem kleinen Häuschen um. Zunächst konnten sie nichts Auffälliges entdecken. Nichts wies auf die Anwesenheit eines Haustieres hin. Sie teilten sich auf. Einer der beiden begutachtete das Erdgeschoss, während der andere in den ersten Stock hinaufstieg. Alles war ruhig. Der Mann, der sich im oberen Bereich umsah, hörte plötzlich seinen Kollegen schreien. Was er rief, konnte er nicht verstehen, aber es hörte sich nicht gut an. Eilig rannte er die Treppe hinunter und fand den anderen Wachmann im Wohnzimmer des Erdgeschosses auf dem Boden sitzend vor. Er war leichenblass und stierte stumpf vor sich hin. Vorsichtig berührte er ihn an der Schulter, doch der andere schien ihn gar nicht wahrzunehmen. Er begann mit dem Oberkörper hin und her zu pendeln und gab grunzende Laute von sich.

„Hallo, Kollege! Was ist denn los?", rief der Wachmann und beugte sich zu ihm hinunter. Der Mann reagierte jedoch nicht. Er schien sich fernab in einer anderen Welt zu befinden. Ohne eine Erklärung für den Zustand seines Kollegen gefunden zu haben, drückte der Wachmann den Notruf.

„Schon wieder dort?", fragte der Pförtner, der den Anruf entgegennahm, entgeistert. „Was ist denn da nur los?"

„Ich weiß es auch nicht. Ich habe nichts gehört oder gesehen, aber der Kollege sitzt hier auf dem Fußboden und ist nicht ansprechbar!" Der Wachmann wirkte ziemlich ratlos.

„Gut. Bleiben Sie bei ihm! Ich schicke einen Krankenwagen", sagte der Pförtner und legte auf.

Der Wachmann blieb neben seinem Kollegen stehen und beobachtete ihn. Er versuchte noch ein paarmal, ihn anzusprechen, aber es hatte offenbar keinen Sinn. Der Mann wälzte sich auf dem Fußboden herum und gab merkwürdig krächzende Laute von sich.

Irgendwo im Haus polterte es plötzlich laut, als wäre ein großer Gegenstand umgefallen. Der Wachmann fuhr erschrocken zusammen. Vorsichtig trat er auf den Flur hinaus und versuchte festzustellen, woher der Lärm kam. Er hörte es weiter rumoren und folgte der Geräuschquelle. Sie schien in der Küche zu sein. Als er sich dort umsah, kam es ihm so vor, als würde in einer Ecke jemand leise kichern. Er schüttelte den Kopf. Wahrscheinlich spielte ihm seine Fantasie einen Streich! Entschlossen lief er zurück zu seinem Kollegen, um auf den Krankenwagen zu warten. Als er den Raum wieder erreichte, in dem er seinen Kollegen zurückgelassen hatte, lief es ihm eiskalt den Rücken hinunter. Der Mann saß aufrecht auf dem Teppich, und sein aufgerissener Mund schien Worte zu formen. Zu hören war jedoch nur ein heiseres Gurgeln. Die Augen des Mannes waren entsetzlich leblos und starr. Seine Hände streckten sich ihm entgegen, wobei sie sich krampfartig abwechselnd öffneten und schlossen. Der Wachmann taumelte zurück. Langsam tastete er sich zur Haustür und öffnete sie. Er musste unbedingt aus diesem Haus hinaus!

Draußen auf dem Bürgersteig wartete noch immer Martin Holler. Als er den bleichen Mann aus der Tür wanken sah, eilte er ihm entgegen und stützte ihn.

„Um Himmels willen!", rief er aus. „Was ist denn mit Ihnen passiert, und wo ist Ihr Kollege?"

„Ich weiß es nicht. Mir ist gerade so schlecht!", antwortete der Wachmann und ließ sich willenlos auf den Boden gleiten. Martin Holler hielt ihn umklammert, aber der Mann rutschte ihm geradewegs aus den Armen und schlug der Länge nach auf den Asphalt. Herr Holler wollte gerade den Notruf wählen, als er bereits das Martinshorn des Rettungswagens herannahen hörte.

Etwa zur selben Zeit erwachte Christine Herberg aus ihrer tiefen Ohnmacht. Erstaunt sah sie sich um. Sie wusste nicht, wo sie sich befand. Das Letzte, an das sie sich erinnern konnte, war das kleine Mädchen, das sie auf der Straße getroffen hatte. Als man im Krankenhaus mitbekam, dass die Patientin bei Bewusstsein war, wurde sie sogleich untersucht und befragt, ob sie wusste, dass sie aufgestanden und herumgelaufen war. Sie verneinte das wahrheitsgemäß. Die Untersuchungen blieben ohne Befund. Als man sie fragte, ob es ihr gut gehe, überlegte sie einen Moment. Sie fühlte sich ein wenig schwach auf den Beinen, hatte aber ansonsten keine Beschwerden. Man beschloss, sie zur Beobachtung noch zwei bis drei Tage im Krankenhaus zu behalten.

Darüber, was in ihrem Häuschen geschehen war, war das Krankenhaus nicht informiert worden, aber man hätte es ihr auch nicht gesagt, um sie nicht zu beunruhigen. Die Patientin brauchte zunächst Ruhe und sollte sich erholen. Darin war man sich einig.

Christine Herberg genoss es, umsorgt zu werden, aber eigentlich wollte sie nach Hause. Sie wusste noch immer nicht, weshalb sie eigentlich hier war. Ihr war aber klar, dass sie es nur in dem kleinen, geheimnisvollen Dorf herausfinden konnte!

Die alten Herrschaften beobachteten, wie man einen der beiden Wachmänner aus dem Hexenhäuschen trug. Man hatte ihn offenbar mit einer Zwangsjacke fixiert und schob ihn schnell in den wartenden Krankenwagen, während bereits ein zweiter Wagen in schnellem Tempo die Straße heraufkam. Die Sanitäter sprangen aus dem Auto und liefen zu dem am Boden liegenden zweiten Wachmann. Herr Holler stand daneben und schien die Situation aus seiner Sicht zu schildern.

Hören konnten die alten Leute leider nichts, obwohl es sie brennend interessierte, was dort drüben wohl wieder geschehen sein mochte.

Auch der andere Wachmann wurde auf eine Trage gebettet und verschwand in dem zweiten Krankenwagen. Beide fuhren schließlich ab, und zurück blieb nur Martin Holler.

„Vielleicht klingelt er ja noch einmal!", meinte Joachims Vater hoffnungsvoll. Die alten Leute sahen aus dem Fenster und beobachteten Herrn Holler. Zu ihrem Leidwesen tat er ihnen jedoch nicht den Gefallen, noch einmal zu klingeln. Monikas Vater wollte sich schon zur Haustür begeben, aber Herr Holler lief bereits die Straße hinauf.

„Das ist schade", sagte Joachims Vater betrübt. „Jetzt müssen wir warten, bis wir etwas erfahren."

Der Fernseher war noch eingeschaltet, und man kommentierte die Dokumentationssendung, die gerade übertragen wurde. Es handelte sich darin um paranormale Vorkommnisse, was die beiden Ehepaare sehr interessierte.

Am nächsten Morgen fuhr ein Taxi vor, und Christine Herberg stieg aus. Sie hatte es im Krankenhaus nicht länger ausgehalten und war auf eigene Verantwortung nach Hause gefahren. Sie stieg aus, bezahlte den Fahrer und betrat ihr Häuschen. Gegenüber war man gerade beim Frühstücken. Die alten Herrschaften saßen in ihren Bademänteln am Esstisch, und Monika flatterte um sie herum und bediente sie. Als Christine Herberg ankam, war das Frühstück plötzlich uninteressant. Alle hörten auf zu essen und sahen aus dem Fenster.

Christine Herberg war froh, wieder zu Hause zu sein. Noch immer hatte ihr niemand gesagt, was am Abend zuvor in ihrem Häuschen vorgefallen war. Sie wunderte sich nur darüber, dass im Wohnzimmer einige Sachen umgestoßen worden waren. Ihr unsichtbarer Mitbewohner hatte so etwas seit längerer Zeit nicht mehr getan. Wahrscheinlich passte es ihm nicht, dass sie ein paar Tage nicht da gewesen war, dachte sie bei sich.

„Hallo, wo bist du denn?", rief sie leise und verharrte lauschend im Flur. Keine Antwort. Sie machte sich daran, das Wohnzimmer wieder in Ordnung zu bringen. Es sah nicht sehr schlimm aus. Sie hatte schon anderes erlebt. Noch immer rührte er sich nicht. Er ist beleidigt, überlegte sie. Sie kannte ihn lange genug, um zu wissen, dass er erwartete, sie würde sich bei ihm einschmeicheln. Darauf hatte sie zwar im Moment eigentlich keine Lust, aber sie beschloss, freundlich zu sein.

„Hör' mal", sagte sie in die Leere des Wohnzimmers, „ich kann nichts dafür, dass ich ins Krankenhaus musste! Ich weiß nicht, was geschehen ist. Ich habe gedacht, dass du es mir vielleicht erklären könntest?"

Er antwortete noch immer nicht, aber sie spürte ganz leise, dass er da war. Dennoch schien etwas nicht in Ordnung zu sein. Sie schloss die Augen und konzentrierte sich. Im nächsten Augenblick wurde ihr übel. Ganz deutlich sah sie, dass das

Böse wieder in ihrem Haus gewesen war! Unheilvolle Gedanken überfluteten sie förmlich. Als sie die Augen wieder öffnete, war sie wie verwandelt. Sie sah blass und alt aus und konnte sich kaum noch auf den Beinen halten. Was, um Himmels willen, war während ihrer Abwesenheit hier geschehen? Zunächst musste sie herausfinden, wo ihr Poltergeist war und was er damit zu tun hatte. Wieder rief sie nach ihm. Aus einer Ecke des Raumes hörte sie schließlich ein leises Stöhnen. Mühsam wankte sie in die Richtung, aus der die Laute kamen, aber sie hatte keine Kraft mehr. Erschöpft brach sie zusammen.

Silvia Turan hatte endlich ihre kleine Tochter zu sich in das geheimnisvolle Dorf geholt. Das Kinderbettchen hatte sie direkt neben ihr eigenes Bett gestellt, und der kleine Schreibtisch passte genau zwischen den Schlafbereich und die Wohnküche. Den Esstisch, der vorher dort gestanden hatte, hatte sie einfach ein Stück in die Mitte des Raumes gerückt. Es war zwar etwas eng, aber man konnte alles gut benutzen, und es war recht gemütlich. Fatmas Kleidung fand in den Einbauschränken Platz, da Silvia Turan recht bescheiden lebte und nicht viel besaß.

Amir hatte ihr geholfen, Fatmas Sachen zu transportieren, und er hatte fachmännisch die Möbel aufgebaut. Silvia Turan nahm sich vor, ihn zum Dank gelegentlich einmal einzuladen, wenn Fatma sich eingelebt hatte. Sie hatte ihm Geld angeboten, das er jedoch empört abgelehnt hatte. „Das ist reine Nachbarschaftshilfe", hatte er gesagt, „dafür nimmt man doch kein Geld!"

Zu dem kleinen Mädchen war er sehr freundlich, und es fasste sofort Vertrauen zu ihm. Der Abschied von der Oma war Fatma sehr schwergefallen, aber die Mutter versicherte, dass sie sie bald besuchen würden.

Silvia Turan bemühte sich anfangs, ihrem Kind nur die unversehrte Seite ihres Gesichtes zuzuwenden. Fatma konnte das nicht verstehen. Längst hatte sie ihre Mutter genau betrachtet und wusste, dass die andere Gesichtshälfte nicht so schön war. Sie fand es aber nicht weiter schlimm. Völlig unbedarft fragte sie, weshalb die eine Seite so komisch aussah. Silvia Turan zuckte erschrocken zusammen, aber als sie in die großen, ehrlichen Kinderaugen blickte, erfuhr sie, dass Kinder unsere Welt ganz anders sehen.

„Ach weißt du, ich habe mich da böse verletzt", sagte sie vorsichtig, als sie sich wieder gefasst hatte. Sie versuchte ein Lächeln.

„Tut es weh?", fragte Fatma besorgt.

„Nein. Es tut nicht weh. Mach dir keine Gedanken", antwortete Silvia Turan, und ihr Herz strömte über vor Liebe für ihr Kind. Früher hat es einmal sehr wehgetan, aber das ist vorbei, dachte sie bei sich.

Mitten in der Nacht erwachte Christine Herberg in ihrem Bett. Sie war vollständig bekleidet und wusste nicht, wie sie dorthin gekommen war. Jemand schien ihr Haar zu berühren. Sie erstarrte. Im nächsten Moment registrierte sie jedoch erleichtert, dass er es war.

„Was ist denn geschehen?", fragte sie leise in die Dunkelheit.

„Wieso hast du dich vorhin nicht gemeldet?"

„Ich konnte nicht", hörte sie die Stimme in ihrem Kopf.

„Warum nicht?"

„Es war wieder hier. Es ist stärker als ich."

„Hast du mit ihm gekämpft?"

„Ja."

„Was ist dann passiert?"

„Es hat einen Mann angegriffen."

„Hier im Haus?"

„Ja."

„Wer war der Mann, und was wollte er hier?"

„Jemand hat uns gehört und die Männer geschickt."

„Waren sie von der Wachmannschaft?"

„Ja."

„Hat es ihnen etwas angetan?"

„Ja."

„Ist jemand tot?"

„Nein."

Mehr konnte Christine Herberg im Moment nicht erfahren. Sie war zu erschöpft, um den stummen Dialog weiterführen zu können. Es kostete sie jedes Mal sehr viel Kraft, wenn sie mit ihrem unsichtbaren Mitbewohner sprach. Zumindest war niemand gestorben, dachte sie. Sie musste herausfinden, was den Männern geschehen war. Außerdem wollte sie wissen, weshalb sie ohnmächtig auf der Straße gefunden worden war. Sie war sich sicher, dass die Dinge miteinander zusammenhingen.

Am nächsten Morgen klingelte es an ihrer Tür. Als sie öffnete, standen zwei der Wachleute in respektvollem Abstand in ihrem Vorgarten und sahen ihr misstrauisch entgegen. Als sie sie höflich hereinbitten wollte, traten sie abwehrend noch einige Schritte zurück.

„Wir wollten Sie nur davon in Kenntnis setzen, dass gestern zwei unserer Leute ihr Haus betreten haben, um nach dem Rechten zu sehen", teilte ihr einer der beiden förmlich mit.

„Aber warum?", fragte Christine Herberg scheinbar ahnungslos.

„Wir haben einen Hinweis bekommen, dass sich möglicherweise in ihrem Haus ein Tier befinden könnte, das versorgt werden müsste, da Sie ungewollt abwesend waren", sagte der andere etwas geschraubt.

„Nein, ich habe kein Haustier. Das muss ein Irrtum sein! Ich danke Ihnen für die Information. Ist sonst noch etwas während meiner Abwesenheit vorgefallen, was ich wissen müsste?"

„Na ja, nicht unbedingt. Einer der Männer ist vermutlich gestolpert und hat sich den Kopf angeschlagen. Aber das wissen wir nicht so genau", meinte der eine und hätte sich am liebsten im nächsten Moment die Zunge abgebissen. Die Order lautete: keine Informationen an die Bewohner des Dorfes über die Vorkommnisse im Haus!

„Vergessen Sie das am besten gleich wieder! Es tut nichts zur Sache!", versuchte der andere, die Situation zu retten.

Die alten Leute frühstückten gerade in ihren Betten, als die Wachmänner auftauchten. Hastig griffen sie zu ihren Bademänteln und stiegen mühsam aus den Betten. Monika hatte zu tun, um die Tabletts mit den Kaffeetassen in Sicherheit zu bringen, damit nichts auf die Bettdecken floss.

„Sagt einmal! Seid doch nicht so neugierig! Ihr könnt doch auch vom Bett aus sehen, was gegenüber vorgeht", rügte sie die alten Herrschaften kopfschüttelnd. Sie bekam keine Antwort. Die alten Leute standen am Fenster und sahen hinaus. Die Bademäntel hatten sie sich vor lauter Eile gar nicht angezogen. Monika eilte herbei und legte sie ihnen über die Schultern, damit sie sich nicht verkühlten. Die Frühstückstabletts räumte sie ab und deckte mit den Tassen und Tellern den Esstisch. Wenn die Herrschaften genug gesehen hatten, konnten sie ihr Frühstück am Tisch beenden. Währenddessen konnte sie die Betten machen.

„Die trauen sich gar nicht rein", bemerkte Monikas Vater.

„Das wird seinen Grund haben", sagte Joachims Vater mit gehässigem Unterton.

„Wir wissen aber noch immer nicht, was gestern eigentlich passiert ist", meinte seine Frau. Die anderen nickten.

Als die Männer schließlich wieder abzogen, ließen sich die alten Leute von Monika an den Tisch dirigieren, um ihr Frühstück fortzusetzen. Zur Unterhaltung wurde der Fernseher eingeschaltet. Sogleich konzentrierte man sich wieder auf andere Themen und kommentierte sie untereinander. Monika atmete erleichtert auf.

Die drei Witwen hatten gehört, dass Christine Herberg zurück war. Anneliese hatte es in dem kleinen Supermarkt von Monika Naumann erfahren, als sie gemeinsam an der Kasse standen. Noch am selben Abend klingelten die drei bei Christine Herberg, um sie zum Italiener einzuladen. Sicherlich gab es einiges Spannendes zu erfahren! Aber sie wollten auch ehrlich wissen, wie es ihr ging, da sie ja von ihnen aus auf dem Heimweg gewesen war, als man sie gefunden hatte.

Christine Herberg öffnete und war erfreut, die Damen zu sehen.

„Ja, gerne, ich komme mit", sagte sie sogleich, als Greta fragte, ob sie mit zu den Morettis käme. Schnell zog sie sich Schuhe und eine Jacke an. Sie wollte die Frauen nicht hereinbitten, da sie nicht sicher war, ob im Haus etwas vorfallen würde. Sie glaubte zwar nicht, dass ihr Mitbewohner sich bemerkbar machen würde, aber sie wusste nicht, ob das andere Ding wieder da war. Sie wollte nichts riskieren. Als sie sich anzog, ließ sie die Haustür offen und rief: „Ich komme sofort!", um nicht unhöflich zu wirken. Die drei Damen waren durchaus neugierig und hätten das Häuschen gern betreten. Sie trauten sich aber nicht. Sie stiegen die wenigen Stufen hinauf und lugten vorsichtig hinein, während sich Christine Herberg anzog. Entdecken konnten sie in der kurzen Zeit nichts. Alles blieb still. Schließlich schlüpfte Christine Herberg aus der Tür und zog sie rasch hinter sich zu. Sie schien es eilig zu haben. Schnellen Schrittes lief sie die Straße hinunter, während die anderen Damen gemächlich folgten. Sie wusste genau, dass in der Umgebung des Hauses noch etwas passieren konnte, wenn das Böse tatsächlich hier war. Erst als sie sich ein ganzes Stück entfernt hatten, begann sie langsam, sich zu entspannen.

Im Lokal der Morettis war es zunächst sehr nett. Die Witwen wollten wissen, was an jenem Abend geschehen war, aber Christine Herberg sagte, sie könne sich an nichts erinnern. Der kleine Luca kam freudestrahlend an ihren Tisch und erzählte stolz, er wäre seiner Mama im Schwimmbad ausgerückt und hätte fast den Wasserfall erreicht.

„Das darfst du aber nicht machen!", sagte Anneliese ernst zu ihm. „Du musst auf deine Mama hören und im Kinderbecken bleiben!"

Das passte dem Kleinen gar nicht. Er hatte sich ausgemalt, dass die alten Frauen ihn für seinen Mut bewundern würden. So verschwand er recht schnell wieder. Schließlich brachte Sofia Moretti das Essen. Alle hatten leckere, überbackene Nudelgerichte bestellt. Es duftete verführerisch, als sie die Teller auf den Tisch stellte. Die Damen widmeten sich in den nächsten Minuten ihrem Essen und sahen nicht auf.

Christine Herberg blieben fast die Nudeln im Hals stecken, als sie plötzlich das kleine Mädchen am Tisch stehen sah. Mit düsterem Blick starrte es die Frauen an. Die Augen wirkten leblos. Das fahle, strähnige Haar hing dem Kind halb über das leichenhaft blasse Gesicht.

Jetzt hatten auch die drei Witwen mitbekommen, dass das kleine Mädchen wieder da war. Sie hörten sofort auf zu essen und legten ihr Besteck auf die Teller. Zunächst sagte niemand etwas. Alle betrachteten das Kind und warteten gespannt, was als Nächstes geschehen würde.

„Wo ist meine Puppe?" Der Mund des Mädchens bewegte sich nicht, während es sprach. Die Stimme schien von irgendwoher zu kommen und hörte sich nicht menschlich an.

„Ich wollte sie dir wiedergeben, aber sie war auf einmal verschwunden!", plapperte Rosemarie drauflos. „Sie konnte ja so viel! Vielleicht ist sie auch einfach davongelaufen?" Rosemarie sah das Kind freundlich an, aber es beachtete sie gar nicht. Es fixierte Christine Herberg. Diese begann sich zu konzentrieren und sandte eine stumme Nachricht, von der die anderen nichts mitbekamen.

„Was willst du? Lass mich in Ruhe! Verschwinde von hier!"

Einen Moment später empfing sie ebenso lautlos die Antwort: „Du kannst mir nichts befehlen! Ich bin stärker als du!"

Bevor Christine Herberg reagieren konnte, warf Greta ihre Serviette auf den Tisch und sprang von ihrem Stuhl auf. „So, jetzt reicht es aber!", rief sie genervt. „Wir müssen uns nicht von dieser Göre den Abend verderben lassen!" Zielstrebig rannte sie zum Tresen und verlangte, Pietro Moretti zu sprechen. Der Italiener kam aus der Küche geeilt und dachte zunächst, es wolle sich ein Gast über das Essen beschweren. Er machte ein betrübtes Gesicht, als er die aufgebrachte Frau am Tresen stehen sah.

„Ist etwas mit dem Essen nicht in Ordnung?", fragte er sogleich besorgt.

„Nein, nein, machen Sie sich darüber keine Gedanken! Das Essen ist hervorragend wie immer!", beschwichtigte sie ihn zunächst. „Aber wir haben ein Problem mit diesem Kind an unserem Tisch!"

„Luca?" Irritiert sah Pietro Moretti hinüber zu dem Tisch, den Greta gerade verlassen hatte.

„Nein! Nicht Luca. Er war zwar vorhin kurz da, aber er stört uns nicht. Er ist ein lieber Junge! Ich meine das kleine Mädchen. Es war neulich schon einmal hier. Es trägt ein Nachthemd und scheint irgendwo aus der Nachbarschaft zu sein. Aber niemand weiß, woher es kommt. Es steht an unserem Tisch und bedroht uns! Bitte sorgen Sie dafür, dass sich seine Eltern um es kümmern. Wir möchten hier in Ruhe essen!" Damit nickte Greta dem Italiener zu und wollte sich zurück zu ihrem Platz begeben.

„Einen Moment!", rief Pietro Moretti und blickte sich in seinem Lokal um. „Wo ist das Kind jetzt?"

Greta folgte seinem Blick. Am Tisch stand es nicht mehr.

„Ich sehe es gerade auch nicht. Dann ist es zum Glück wohl inzwischen gegangen", vermutete sie. „Mein Essen dürfte inzwischen kalt sein", bemerkte sie ungehalten.

„Wir bringen Ihnen sofort ein neues Gericht", bot Pietro Moretti zuvorkommend an.

„Nein, nein. Es ist schon gut. Sie können dafür ja auch nichts!"

Greta kam missgestimmt an den Tisch zurück und setzte sich. Die anderen Frauen wirkten seltsam versteinert. Greta wollte gerade fragen, weshalb sie so bedrückt aussahen, als sie das kleine Mädchen am Tisch stehen sah.

„Wo kommt sie denn jetzt wieder her? Die war doch eben gar nicht mehr da!", polterte sie los.

„Doch. Sie stand die ganze Zeit hier. Und sie ist nicht sehr freundlich", sagte Anneliese grimmig, ohne ihren Blick von dem unheimlichen Kind abzuwenden.

„Das gibt es nicht! Ich schwöre euch, man konnte sie vom Tresen aus nicht sehen", sagte Greta leise.

Wieder führte Christine Herberg einen stummem Dialog mit dem Ding, das sich hinter der Fassade des kleinen Mädchens verbarg.

„Du hast mir noch immer nicht gesagt, was du von mir willst!"

„Ich will die Herrschaft über das Dorf!"

„Das ist doch albern!"

„Du wirst sehen, dass es nicht albern ist!"

„Was soll das? Du hast keinen Anspruch auf das Dorf!"

„Doch. Ich war zuerst hier! Es ist mein Areal!"

„Was habe ich damit zu tun?"

„Du bist die Einzige, mit der ich kommunizieren kann. Du musst den anderen klarmachen, dass sie von hier verschwinden sollen. Ich könnte das ganze Dorf auslöschen, aber sie würden es nicht begreifen."

Für die anderen Frauen sah es so aus, als würden sich Christine Herberg und das kleine Mädchen mit Blicken bekämpfen. Als das Kind sich plötzlich umdrehte und davonschwebte – ja, es sah tatsächlich so aus, als ob es schwebte –, dachten sie, Christine Herberg hätte das stumme Duell gewonnen.

„Endlich!", rief Greta erleichtert. „Das haben Sie gut gemacht!"

„Ich glaube, so einfach ist es leider nicht. Die Sache ist noch nicht ausgestanden", bemerkte Christine Herberg düster. Mehr wollte sie nicht sagen. Sie konnte es ja selbst nicht begreifen, was hier gerade vor sich ging.

Die köstlichen Nudelgerichte waren inzwischen kalt geworden, aber es hätte auch niemand mehr Appetit gehabt. Als Sofia Moretti die halb vollen Teller abräumte, fragte sie erschrocken, ob es den Damen nicht geschmeckt hätte.

„Wir sind beim Essen gestört worden. Es hat nichts mit der Qualität zu tun", beeilte sich Anneliese zu beschwichtigen. Sofia Moretti konnte zwar damit nichts anfangen, aber sie kam kurz darauf mit einem Tablett wieder und stellte vor jede Dame ein Glas Wein. „Der geht aufs Haus", sagte sie freundlich.

Die kleine Fatma hatte sich inzwischen gut eingewöhnt. Es gefiel ihr sehr gut bei ihrer Mama, die sich rührend um sie kümmerte. Oft gingen sie zusammen auf den Spielplatz oder in das schöne Schwimmbad. Auch beim Einkaufen in dem kleinen Markt, der sich im Dorf befand, war Fatma immer dabei. Die Leute kannten sie inzwischen fast alle und fanden sie sehr lieb und höflich. Ab und zu begleitete Amir die beiden, und man munkelte bereits, dass er mit Silvia Turan ein Verhältnis hatte. Das Kind mochte ihn offenbar. Man sah, dass es seine kleine Hand vertrauensvoll in die große Männerhand legte und immer wieder mit ihm lachte und scherzte. Silvia Turan war glücklich, dass es ihrem Kind hier so gut ging.

Die Kleine wuchs schnell und brauchte neue Kleidung. Da es im Dorf kein Bekleidungsgeschäft gab, beschloss Silvia Turan, mit Fatma in die Stadt zu fahren. Amir hätte sie gern begleitet, aber er lag gerade mit Fieber im Bett. Silvia versorgte ihn mit Tee, Zwieback und Suppe. Sie fragte, ob sie ihm Medikamente aus der Stadt mitbringen sollte. Er sagte, das wäre nett, aber sie solle sich keine Umstände machen.

Fröhlich plaudernd stieg sie mit Fatma die Treppe hinunter, die zu der großen Tiefgarage führte, um ihr Auto zu holen. Sie schnallte die Kleine auf dem Rücksitz in ihrem Kindersitz an, stieg ein und fuhr langsam aus der Garage. An der Ausfahrt registrierte der Pförtner, dass sie das Dorf verließ. Freundlich nickte er ihr zu, als sie auf die Straße bog.

Silvia Turan hatte noch nicht vergessen, dass ihr auf der Landstraße bereits schon einmal aufgelauert worden war. Angespannt beobachtete sie den Fahrbahnrand. Die Situation kam ihr nun noch gefährlicher vor, da sie ihr Kind bei sich hatte. Sie hoffte inständig, dass man es aufgegeben hatte, sie zu verfolgen. Erst als sie einige Kilometer gefahren war, entspannte sie sich allmählich. Es schien keine Gefahr zu drohen.

Fatma spürte instinktiv die Nervosität der Mutter. Sie verhielt sich ganz still und sprach kein Wort.

Nach einer Weile versuchte Silvia, möglichst ungezwungen mit dem kleinen Mädchen ein Gespräch zu beginnen.

„Schau doch mal, wie schön die Landschaft hier ist", sagte sie. „Es wird Frühling! Alles wird grün, und die Bäume und Büsche blühen ganz herrlich!"

Fatma sah aus dem Fenster. Es stimmte. Der Winter war vorüber. Ein Grund zur Freude! Aber sie bemerkte genau, dass ihre Mutter sich nicht auf sie oder auf die Landschaft konzentrierte. Sie spürte eine für sie unbestimmbare Gefahr.

„Mama, ich habe Angst", sagte sie plötzlich leise.

„Aber warum denn, mein Schatz?", fragte Silvia bestürzt. Sie hatte sich solche Mühe gegeben, sich nichts anmerken zu lassen, doch das Kind ließ sich nicht täuschen. „Wir sind gleich in der Stadt. Dort kaufen wir ein paar hübsche Kleider für dich. Das wird dir bestimmt gefallen", sagte sie so gelassen wie möglich.

Silvia Turan war so darum bemüht, ihre Tochter nicht zu beunruhigen, dass sie den Kleinwagen, der ihnen seit kurzer Zeit folgte, nicht bemerkte.

In der Innenstadt fand sie einen Parkplatz in der Nähe des Bekleidungsgeschäftes, in dem sie für Fatma einkaufen wollte. Es gab hier viele Geschäfte, und die Umgebung war sehr belebt. So fiel auch das kleine Auto nicht auf, das ihr gefolgt war. Es hielt kurz, als Silvia ihr Auto abstellte. Ein südländisch aussehender Mann stieg schnell aus, verbarg sich hinter einer Werbetafel und folgte ihr dann unauffällig, als sie mit Fatma an der Hand das Geschäft ansteuerte, während der Kleinwagen langsam weiterfuhr. Er parkte auf dem nächsten freien Platz. Der Fahrer verließ hastig das Auto und lief in die gleiche Richtung, in die Silvia Turan gegangen war.

Fatma war ganz entzückt, als sie die vielen schönen Sachen entdeckte. Sie war schon lange nicht mehr in solch einem Geschäft gewesen. Immer hatte man sie von allem abgeschirmt. Ohne auf ihre Mama zu achten, wuselte sie durch die Gänge, um sich alles anzuschauen.

„Hallo, ich glaube, deine Mutter sucht dich schon", sprach sie plötzlich ein fremder Mann an. Erschrocken sah sie zu ihm hoch. Er lächelte sie jedoch freundlich an, und er sah ein bisschen so aus wie Amir, fand sie. Das flößte ihr sofort Vertrauen ein.

„Weißt du, du musst schon bei deiner Mama bleiben", sagte der Mann. „Komm', ich bringe dich zu ihr. Sie wartet auf dich!" Er nahm sie bei der Hand, und gehorsam ging Fatma mit ihm mit. Er führte sie in ein Treppenhaus, über das man nach draußen gelangen konnte. Es war der Notausgang.

„Wo ist denn meine Mama?" Suchend blickte sich Fatma um.

„Sie ist irgendwo hier draußen. Sie dachte sicher, du wärst schon zum Auto gelaufen." Der fremde Mann nickte ihr aufmunternd zu, sah sich aber dabei vorsichtig nach allen Seiten um. Das kleine Mädchen wurde plötzlich misstrauisch. Vergeblich versuchte es, seine Hand aus der des Mannes zu befreien. Der Mann ließ jedoch nicht locker. Fest umklammerte er das Handgelenk. „Nicht wieder davonlaufen!", ermahnte er das Kind mit strengem Blick. Fatma wollte schreien, aber der Mann legte sofort seine große Hand auf ihren Mund und erstickte jeden Laut. Als sie sich sträubte weiterzugehen, hob er sie kurzerhand hoch und rannte mit ihr über den Parkplatz.

Silvia Turan schaute an einem Kleiderständer nach Oberteilen für Fatma. Sie zog ein hübsches rosafarbenes heraus und wollte ihre Tochter gerade fragen, ob es ihr gefiele. Sie drehte sich um, aber Fatma, die eben noch neben ihr gestanden hatte, war nicht mehr da! Panik überflutete sie. Sie ließ das Kleidungsstück achtlos zu Boden fallen und rannte die schmalen Gänge des Geschäftes entlang. Immer wieder rief sie nach Fatma, aber sie bekam keine Antwort. Die Menschen, die dort auch gerade einkauften, sahen sie verständnislos an, doch sie bemerkte es gar nicht. Wo, um Himmels willen, war ihr Kind? Sie hatte die schlimmsten Befürchtungen und brach in Tränen aus. Weinend rannte sie weiter durch den Laden und suchte Fatma.

Der Geschäftsführer wurde schließlich aufmerksam. Er lief hinter Silvia Turan her und fragte, was geschehen sei.

„Mein Kind ist plötzlich verschwunden!", rief sie verzweifelt.

„Wir werden es finden! Bitte regen Sie sich nicht so auf!", bemühte er sich, sie zu beruhigen. Vor allem wollte er kein Aufsehen erregen. Die anderen Kunden sahen bereits neugierig zu ihnen herüber. Er griff zu seinem Mobiltelefon und rief den Hausdetektiv an. Dieser war im nächsten Moment bei ihnen. Leise schilderte er ihm die Lage. Silvia Turan wurde befragt, wie das Kind aussah und welche Kleidung es trug. Zu dritt schwärmten sie aus und suchten Fatma. Eine freundliche Durchsage gab bekannt, dass sich ein kleines Mädchen verirrt hätte und von seiner Mutter gesucht wurde. Wer es zufällig sah, sollte sich an der Rezeption melden.

Als man Fatma innerhalb des Geschäftes nicht fand, suchte man auch im Treppenhaus und auf dem Parkplatz nach ihr.

Nirgendwo war das kleine Mädchen zu sehen. Draußen fuhr ein unauffälliger Kleinwagen direkt an ihnen vorbei. Niemand konnte ahnen, dass man Fatma darin gefangen hielt! Sie konnte sich nicht bemerkbar machen, da ihr der fremde Mann im Auto einen Wattebausch mit einer eklig riechenden Substanz auf das Gesicht gedrückt hatte. Das kleine Kind konnte sich nicht wehren und wurde ohnmächtig. Unter einer Decke versteckt, lag es bewegungslos auf dem Rücksitz des Fahrzeugs, das langsam den Parkplatz vor den Geschäften verließ.

Nach dem misslungenen Abend traf man sich missgestimmt in der Wohnküche der Villa. Da niemand zu Ende gegessen hatte, waren alle noch hungrig. Glücklicherweise hatte Anneliese am Nachmittag einen leckeren Apfelkuchen gebacken, den sie nun auf den Esstisch stellte. Es war schon spät, und die Damen waren bereits im Nachtgewand. Darüber trugen sie schicke, seidene Morgenmäntel. Der Kaffee lief aus dem Automat, und Rosemarie räumte Tassen und Teller aus dem Küchenschrank.

Zunächst schaufelten sie schweigend den köstlichen Kuchen in sich hinein, bis Greta schließlich das Gespräch begann.

„Das war vielleicht wieder gruselig heute", bemerkte sie und verzog das Gesicht.

„Meinst du die Talentshow im Fernsehen?", fragte Rosemarie naiv. „Ich hätte mir auch gewünscht, dass der andere Kandidat gewinnt. Er war viel besser!" Ernsthaft nickte sie den anderen zu. „Wer weiß, welche Leute da in der Jury sitzen. Die haben keine Ahnung! Ich habe auch einmal bei einem Wettbewerb mitgemacht. Dabei ging es um die Intelligenz! Ihr werdet es nicht glauben, aber man hat mich noch nicht einmal unter die ersten drei gewählt!" Sie schüttelte den Kopf, als könne sie es noch immer nicht glauben.

Greta und Anneliese warfen sich heimlich einen Blick zu und mussten sich das Lachen verbeißen.

„Das ist wirklich kaum zu glauben", sagte Anneliese schließlich trocken und blickte dabei fest auf ihren Teller, um nicht laut loszuprusten.

„Hast du denn alles gewusst, was gefragt wurde?", fragte Greta scheinheilig.

„Nein, aber ich habe geantwortet, was ich mir gedacht habe! Und das war bestimmt nicht verkehrt!", war Rosemarie überzeugt.

„Sicher nicht! Aber ich meinte vorhin eigentlich die Szene in der Pizzeria." Greta nahm sich ein weiteres Stück Apfelkuchen. „Das war wirklich gruselig!"

„Meinst du das kleine Mädchen, das wieder an unserem Tisch stand?", fragte Rosemarie ratlos. „Es wollte doch nur seine Puppe wiederhaben!"

„Nein. Es ist ein Ungeheuer!"

„Aber nein! Es ist doch nur ein kleines Kind!"

„Man müsste einmal Christine Herberg fragen, was sie davon hält", überlegte Anneliese. „Sie war auf dem Rückweg sehr wortkarg. Ich bin mir sicher, dass sie mehr weiß."

Die anderen dachten darüber nach. Es war tatsächlich so gewesen. Sie hatten Christine Herberg zu ihrem Häuschen begleitet, aber sie hatte kein Wort über die Vorkommnisse im Lokal verloren. Es hatte fast so ausgesehen, als hätte sie es eilig gehabt, von ihnen wegzukommen.

„Ist euch eigentlich aufgefallen, dass sie es vermeidet, uns in ihr Haus zu bitten?", fragte Greta nachdenklich.

„Ja." Anneliese sah es genauso. „Sie hat etwas zu verbergen."

Christine Herberg war froh, nach Hause zu kommen. Vorsichtig versuchte sie festzustellen, ob das Böse im Haus oder in der Nähe war. Sie konnte nichts spüren. Erleichtert ließ sie sich auf die Couch fallen.

„Es ist nicht hier, oder?", fragte sie in den Raum.

„Nein", dröhnte es in ihrem Kopf.

„Es hat mich wieder bedroht!"

„Ich weiß. Es ist gefährlich. Du musst aufpassen!"

„Was soll ich denn machen? Es erhebt Ansprüche auf das Dorf. Ich soll den Leuten klarmachen, dass sie hier wegmüssen! Die sperren mich in die Klapsmühle, wenn ich davon auch nur ein Wort erwähne!"

„Was ist eine Klapsmühle?"

Sie seufzte. „Eine Irrenanstalt."

Er schwieg. Anscheinend konnte er mit der Information nichts anfangen.

„Sie würden mir nicht glauben!", versuchte sie noch einmal, es ihm zu erklären.

„Es war zuerst hier, und es ist stärker als ihr alle!", hörte sie seine Stimme in ihrem Kopf. „Es wird auch mich vertreiben. Es hasst mich!"

„Was hast du mit ihm zu schaffen, und warum hasst es dich? Kennst du es schon länger? Und was meinst du damit? Könnte es dich tatsächlich vertreiben? Wäre es dir überhaupt möglich, diesen Ort zu verlassen?"

„So viele Fragen!" Er war offenbar nicht gewillt, ihr Auskunft zu geben.

„Bitte hilf mir! Es behauptet, es könne das ganze Dorf auslöschen!"

„Die Macht dazu hätte es!"

Sie hegte den Verdacht, dass er mit dem Ding in Verbindung stand und nicht ganz unschuldig an der Situation war. „Dann sag' mir doch bitte, was du weißt!", flehte sie. Er schwieg. Statt zu antworten, streichelte er ihr behutsam über die Wange.

Die alten Herrschaften von gegenüber kamen wieder nicht zur Ruhe. Während des Abendessens hatten sie beobachtet, wie Christine Herberg mit den drei Witwen aufbrach. Auch ihnen war aufgefallen, dass sie es vermied, die Damen ins Haus zu bitten.

„Die lässt keinen rein!", sagte Joachims Vater missbilligend.

„Die weiß genau, dass sie eine Anzeige kriegt, wenn bekannt wird, dass dort illegal einer wohnt!"

„Das weißt du doch gar nicht genau", rügte seine Frau ihn.

„Ihr werdet euch noch wundern, was dabei herauskommt", mutmaßte er.

Nachdem Christine Herberg in Begleitung der drei Witwen gegangen war, warteten die alten Leute selbstverständlich auf ihre Rückkehr. Die Frauen schliefen bereits, aber die alten Herren hielten Wache und beobachteten durch das große Fenster die Straße und das gegenüberliegende Häuschen.

Als die Damen schließlich zurückkamen, fiel den Männern sofort auf, dass sich Christine Herberg rasch verabschiedete und in ihrem Häuschen verschwand. Normalerweise zog sie abends immer die Jalousien herunter, aber heute hatte sie es wohl vergessen. Durch die erleuchteten Fenster konnte man sehr gut beobachten, was drinnen vor sich ging.

„Sie unterhält sich offenbar mit jemandem", stellte Monikas Vater fest.

Neugierig sahen die beiden alten Frauen, die inzwischen von ihren Männern geweckt worden waren, aus dem Fenster.

„Es scheint tatsächlich noch jemand anderes anwesend zu sein", sagte Joachims Mutter ungläubig.

„Ja, sie spricht und gestikuliert", gab ihr Monikas Mutter verwundert recht.

„Wie ich es gesagt habe! Sie hat einen illegalen Untermieter!", behauptete Joachims Vater triumphierend.

Als man Fatma auch auf dem Parkplatz nicht fand, wurde die Polizei gerufen. Nach kurzer Zeit erschienen die Beamten und sahen sich zunächst um. Anschließend befragten sie den Inhaber des Geschäftes, den Hausdetektiv und erst zuletzt Silvia Turan. Nachdem sie sich ein Bild von der Situation gemacht hatten, verlangten sie, die Aufzeichnungen der Überwachungskameras in Augenschein nehmen zu dürfen. Der Detektiv führte sie in einen kleinen Raum, in dem mehrere Bildschirme standen. Silvia Turan wurde dazu gebeten, da sie ihr Kind identifizieren musste, falls es von den Kameras aufgenommen worden war.

Schließlich saßen oder standen alle um einen der Monitore herum, auf dem die Aufzeichnungen abgespielt wurden.

„Da ist sie!", rief Silvia Turan plötzlich und deutete auf die kleine Gestalt auf dem Bildschirm. Alle beobachteten gespannt, was als Nächstes geschehen würde. Man sah einen Mann, der scheinbar ohne Eile herbeischlenderte. Vor dem kleinen Mädchen blieb er stehen und sprach es offenbar an. Man konnte ihn nur von hinten sehen. Er vermied es augenscheinlich, in die Kamera zu blicken.

Fatma schien zunächst erschrocken, aber im nächsten Moment lächelte sie und hörte dem Mann zu.

„So ein Drecksack!", rief der Detektiv erbost. „Wer weiß, was er dem armen Kind erzählt hat!"

„Nun mal langsam", rügte ihn einer der Polizeibeamten überheblich. „Erst einmal abwarten. Wir wissen noch nicht, was passiert ist!"

Im nächsten Moment nahm der Mann Fatma bei der Hand und führte sie weg. Wohin er mit ihr ging, konnte man in der Kameraeinstellung nicht sehen.

„So, jetzt wissen wir, was passiert ist!", ereiferte sich der Hausdetektiv, ohne Rücksicht auf die schluchzende Mutter zu nehmen. Der Polizist machte ein genervtes Gesicht. „Sie halten sich jetzt einmal zurück mit Ihren Mutmaßungen!", wies er den Detektiv aggressiv zurecht.

„Ach! Da will mir doch tatsächlich die Polizei den Mund verbieten!" Der Detektiv verschränkte die Arme vor der Brust. Nun kam er in Fahrt. Er hatte es schon öfter erlebt, dass die Polizisten ihn nicht für voll nahmen, weil er „nur" ein Hausdetektiv war. Diese Arroganz brachte ihn regelmäßig auf die Palme! „Sehen Sie lieber zu, dass Sie das Kind finden!", brüllte er den Polizeibeamten an. Dieser wollte ihm gerade die Leviten lesen, aber sein Kollege hielt ihn zurück. „Dazu haben wir jetzt keine Zeit", murmelte er leise und wandte sich an Silvia Turan. „Haben Sie den Mann erkannt?", fragte er in dienstlichem Ton.

„Nein. Wie denn? Man konnte ihn doch nur von hinten sehen!" Silvia Turan schüttelte den Kopf. Sie war völlig fertig mit den Nerven und weinte die ganze Zeit.

„Bitte beruhigen Sie sich. Wir werden Ihre Tochter schon finden", sagte der Polizist beschwichtigend.

„Wie denn? Sicherlich nicht, indem Sie hier herumstehen und ordentlichen Bürgern und Steuerzahlern, die übrigens Ihr Gehalt bezahlen, den Mund verbieten!", giftete der Detektiv weiter.

Es half alles nichts, Silvia Turan musste mit auf die Dienststelle, um eine Vermisstenmeldung zu protokollieren. Erst dort rückte sie mit ihrem Verdacht heraus, dass ihr Ehemann das Kind entführen ließ, um es ins Ausland zu schaffen. „Warum, um Himmels willen, haben Sie das denn nicht gleich gesagt?", fragte sie der Beamte entgeistert. „Hoffentlich ist es noch nicht zu spät!" Schnell griff er zum Telefon und führte mehrere hastige Gespräche. Silvia Turan konnte ihnen entnehmen, dass man versuchen wollte, ihr Kind am Flughafen abzufangen.

Das Erlebnis im Schwimmbad hatte Martin Holler geprägt. Es war zwar nicht so, dass er dort nicht mehr hingehen wollte, aber er bestand nun nicht mehr darauf, sein knappes Badehöschen zu tragen, worüber seine Frau heilfroh war. Wenn ihm zufällig eine Badeschönheit begegnete, wurde er sofort misstrauisch und machte einen Bogen um sie. Trotz allem blieb er eitel und zog den Bauch ein, während er den künstlichen Sandstrand entlanglief. Dabei blickte er sich ständig nach allen Seiten um, da er noch immer glaubte, dass die Frauen ihn unwiderstehlich fanden und ihn beobachteten.

Sabine Holler war das sehr peinlich. Gerade sah sie, wie er einer jungen Dame zulächelte, die zufällig in seine Richtung schaute. In der Nähe saßen die Kinder von Naumanns mit anderen Jugendlichen zusammen und blickten ebenfalls dorthin. Sie schienen sich köstlich zu amüsieren. Sabine Holler konnte zwar nicht verstehen, was sie sagten, aber offenbar machten sie sich über ihren Mann lustig. Als wäre das nicht schon genug gewesen, betraten nun auch noch die drei Witwen den Strandbereich des Schwimmbads. Martin Holler erblickte die Damen und eilte sofort auf sie zu.

Sabine Holler wäre am liebsten aufgestanden und gegangen. Sie hatte die Nase voll! Sie musste mit ansehen, wie ihr Gatte um die alten Schachteln herumbalzte, die anscheinend noch Öl ins Feuer gossen. Sie lachten und plauderten mit ihm. Er war in seinem Element und fühlte sich bestätigt.

Als sich die Damen schließlich in ihrer Nähe niedergelassen hatten und Martin Holler zu seiner Frau zurückkehrte, war sie sehr wortkarg und blickte düster in eine andere Richtung. Er bemerkte es gar nicht. Immer wieder sah er zu den Frauen hinüber und lächelte ihnen zu. Sabine Holler beschloss, schwimmen zu gehen. Sie konnte das Gebaren ihres Mannes nicht mehr ertragen. Ohne ein Wort zu sagen, stand sie auf und lief durch den Sand zum Wasser. Sie kühlte sich ein wenig ab und begann zu schwimmen. Neben ihr tauchte plötzlich ein junger Mann auf. Er lachte sie mit einem blendenden Zahnpasta-Gebiss strahlend an und kraulte neben ihr her. Sie fand das total albern. Was wollte der Schnösel von ihr? Schließlich erkannte sie in ihm den Rettungsschwimmer, der normalerweise ruhig auf dem Turm saß und die Schwimmer beobachtete. Das war merkwürdig. Er tauchte unter dem Wasserfall hindurch, kam wieder zu ihr und schoss an die Wasseroberfläche. Lachend schüttelte er das Wasser aus seinen schwarzen Locken und kam näher. Er war ein sehr gut aussehender, sportlicher junger Mann mit starken Muskeln. Wahrscheinlich war er es gewohnt, dass sich die Frauen sofort zu ihm hingezogen fühlten. Sabine Holler fand ihn jedoch affig. So ein Blödmann! Sie war eine verheiratete Frau. Was versprach er sich davon? Sie ignorierte ihn und schwamm zurück zum Strand. Er folgte ihr jedoch sofort. Am Ufer packte er auf einmal ihren Arm und hielt sie fest.

„Was soll das? Lassen Sie mich sofort los!", herrschte sie ihn wütend an.

„Ich möchte dir etwas zeigen! Los, komm' mit!", säuselte er.

„Sie sind ja wohl nicht ganz dicht! Das wird ein Nachspiel haben!", drohte sie und versuchte, sich loszureißen.

„Sei doch froh, dass du ein solches Angebot bekommst", sagte er frech. Seine Augen verengten sich gefährlich. Sabine Holler wurde panisch und versuchte, ihm die Faust in das schöne Gesicht zu schlagen. Er war jedoch stärker und lachte gemein. „Stell' dich nicht so an!", zischte er. Hilfesuchend sah sich Sabine Holler nach ihrem Mann um, doch dieser schien nichts mitzubekommen. Völlig entspannt saß er in seinem Liegestuhl und blickte in die Gegend.

„Es reicht jetzt! Lassen Sie mich sofort los, oder ich schreie!", fauchte sie ihn böse an und schlug wieder nach ihm. Geschickt wich er aus und lachte höhnisch dabei. Irgendwie kam ihr das Lachen seltsam vor. Es hört sich nicht menschlich an, dachte sie, als sie im selben Augenblick spürte, wie sich sein fester Griff an ihrem Arm plötzlich schwammig anfühlte. Ungläubig sah sie, wie seine Hand sich aufzulösen begann und als gallertartige Masse in den Sand tropfte. Erschrocken blickte sie in sein Gesicht. Es war merkwürdig verzerrt.

„Pass' auf, mit wem du dich anlegst!", hörte sie seine böse Stimme, aber der Mund bewegte sich nicht, während er sprach. Die Augen blickten sie scharf und bedrohlich an. Jetzt schrie sie. Sie wollte es eigentlich gar nicht und war selbst darüber erstaunt, ihren eigenen Schrei zu hören. Endlich wurde ihr Mann aufmerksam und eilte herbei. Auch die drei Witwen waren aufgesprungen und rannten durch den Sand.

„Was ist passiert?", fragte Greta, die als Erste bei ihr war.

„Ich bin bedroht worden! Man hat mich festgehalten und wollte mich wegzerren!"

„Das gibt es doch gar nicht!", behauptete ihr Mann, der sie inzwischen auch erreicht hatte. „Wer soll das denn gewesen sein?" Suchend blickte er sich um.

„Der Rettungsschwimmer!", platzte sie heraus.

„Das kann nicht sein", mischte sich Rosemarie ein, „er war die ganze Zeit auf seinem Turm!" Alle blickten nach oben. Dort stand ein junger Mann mit schwarzen Locken und blickte zu ihnen hinunter, da er offenbar den Schrei gehört hatte. „Ist alles in Ordnung bei Ihnen?", rief er hinab.

Sabine Holler wurde blass. Begann sie, den Verstand zu verlieren? Gerade eben hatte der Kerl noch neben ihr gestanden und sie bedroht. Was ging hier vor?

„Vielleicht irre ich mich", räumte sie schließlich vorsichtig ein.

„Warum hast du denn so geschrien? Du hättest ihm bloß eine kleben zu brauchen", meinte Martin Holler verständnislos und schüttelte den Kopf. Dass die Weiber immer alles so dramatisieren mussten!

„Das können Sie aber jetzt auch nicht sagen!" Rosemarie war empört. „Niemand schreit ohne Grund!"

„Ich bin auf einen scharfkantigen Gegenstand getreten und habe mir wehgetan", log Sabine Holler. Der Rettungsschwimmer kletterte die Leiter hinunter und gesellte sich zu ihnen. „Was ist passiert? Kann ich helfen?", fragte er freundlich.

Sabine Holler betrachtete ihn misstrauisch und trat instinktiv ein paar Schritte zurück.

„Meine Frau hat sich an einem spitzen Gegenstand im Sand verletzt", behauptete Martin Holler. Sofort griff der Mann nach Sabines Fuß, den sie etwas entlastet hatte. Ekel stieg in ihr hoch, als sie an die sich auflösende Hand dachte. Automatisch sah sie auf ihren Arm, weil sie befürchtete, dass dort Rückstände der gallertartigen Masse klebten. Zu sehen war nichts. Allerdings war die Haut an dieser Stelle etwas gerötet. Also habe ich es mir doch nicht eingebildet, dachte sie, während der Rettungsschwimmer noch immer ihren Fuß untersuchte.

„Ich kann nichts feststellen", meinte er schließlich schulterzuckend. „Haben Sie Schmerzen?" Er richtete sich auf und sah ihr in die Augen. Er war es! Daran gab es keinerlei Zweifel. Jedoch war sein Blick nun ganz anders. Offen und normal.

„Nein", sagte sie. „Es ist schon gut, danke."

Der Mann begann, den Sand nach dem scharfkantigen Gegenstand abzusuchen. Es war genau die Stelle, an der die sich auflösende Hand auf den Boden getropft war. Schaudernd versuchte Sabine Holler, Spuren davon zu entdecken, aber es war nichts zu sehen. Ihr Mann half dem Rettungsschwimmer, den Sand zu durchsuchen. Die drei Witwen standen in ihren schicken Badeanzügen um sie herum und gaben gute Ratschläge.

Natürlich fanden sie nichts. Dennoch meinte der Bademeister, dass immer mal wieder Kinder ihre Spielzeuge vergaßen oder es vorkam, dass Gäste ein Glas fallen ließen, ohne sich weiter darum zu kümmern.

Sabine Holler beobachtete seine Hände. Sie konnte nicht anders. Immer wieder musste sie an den Griff an ihrem Arm denken, der plötzlich so weich wurde. Ihr wurde übel. Aber seine Hände sahen völlig normal und gesund aus. Sie musste sich dieses grauenvolle Erlebnis tatsächlich eingebildet haben!

Silvia Turan saß noch immer auf der Polizeiwache, als nach ihrem Kind gesucht wurde. Der Flughafen war alarmiert worden, und die Sicherheitskräfte überprüften bereits alle Leute, die Kinder bei sich hatten. Es dauerte nicht lange, bis man einen südländisch aussehenden Mann mit einem kleinen Mädchen ausfindig machte, der gerade beim Einchecken war. Er machte sich zwar durch sein Auftreten nicht verdächtig, aber den geschulten Beamten fiel er sofort auf. Zu dritt umstellten sie ihn, als er gerade die gefälschten Pässe abgegeben hatte. Trotzdem gelang es ihm, blitzschnell durch die Menschenmenge zu flüchten. Sofort wurde ein Alarm ausgelöst. Die Ausgänge des Areals wurden durch Sicherheitspersonal besetzt.

Ängstlich blickte Fatma um sich. Was wollten die Leute von ihr? Und warum war der Mann davongelaufen, von dem sie dachte, er wäre ihr Freund?

Einer der Beamten ging vor ihr in die Hocke und lächelte sie an. „Hallo, kleines Mädchen, bist du Fatma?", fragte er freundlich. Mit großen Kinderaugen betrachtete sie ihn. Sie verstand nicht, was hier geschah. Der andere Mann hatte gesagt, er würde sie zu ihrer Mama bringen. Dann hatte sie tief geschlafen und war in diesem Gewirr auf dem Flughafen wieder aufgewacht. Ihre Mama hatte sie noch immer nicht gesehen.

Sie gab keine Antwort. Sie glaubte den Menschen nicht mehr. Als der Beamte sie behutsam bei der Hand nehmen wollte, wehrte sie sich und schlug nach ihm.

„Es wird alles gut! Du brauchst keine Angst zu haben!", redete er ihr zu und griff nach seinem Telefon. Er wählte kurz eine Nummer. „Wir haben sie", sagte er ruhig. „Die Mutter soll kommen. Sie traut mir nicht."

Eine Polizeibeamtin stieß schließlich zu ihnen und brachte für Fatma ein Eis mit. „Schau mal!", sagte sie freundlich zu dem kleinen Mädchen. „Magst du das?"

Fatma nickte stumm und nahm von der Frau das Eis entgegen. Sie war noch immer misstrauisch, aber sie hatte Hunger. Immer wieder nervös um sich blickend, verschlang sie das Eis. Als Silvia Turan die erlösende Nachricht erhielt, dass man Fatma gefunden hatte, brach sie in einen Jubelschrei aus. Sie fiel dem wachhabenden Polizeibeamten um den Hals, was sehr unschicklich war, aber der ältere Mann war sehr verständnisvoll. Er schob sie vorsichtig von sich und lächelte. „Sie müssen sofort zu ihr. Sie weigert sich, mit meinen Kollegen mitzugehen."

„Wie komme ich dorthin?", fragte sie ratlos.

„Keine Sorge, wir fahren Sie natürlich."

Draußen fuhr ein Polizeiauto vor. Der ältere Beamte nickte Silvia Turan zu. „Gehen Sie nur! Ihr kleines Mädchen wartet auf Sie!" Er zwinkerte ihr noch einmal zu und wünschte ihr alles Gute. Silvia Turan stürzte aus dem Gebäude und stieg schnell in das Auto. In halsbrecherischer Fahrt ging es mit Blaulicht und Martinshorn Richtung Flughafen.

Obwohl Christine Herberg die Vorkommnisse im Schwimmbad nicht mitbekommen hatte, spürte sie, dass dort etwas nicht in Ordnung war. Sie legte ihre Hände an die Schläfen und konzentrierte sich. Sie überkam das unheilvolle Gefühl, dass das Böse wieder aktiv war. Sie stöhnte. „Weißt du etwas darüber, was gerade im Erlebnisbad vor sich geht?", fragte sie leise.

„Es bedroht Sabine Holler!", hörte sie sofort die Antwort in ihrem Kopf.

„Ist es schlimm? Ist sie verletzt?"

„Nein. Es ist nichts passiert. Es war nur eine Drohung!"

„Woher weißt du das?"

Er antwortete nicht mehr. Es war offensichtlich, dass er ihr nicht mitteilen wollte, in welchem Verhältnis er zu dem merkwürdigen Ding stand. Sie überlegte, ob sie zum Schwimmbad gehen sollte, um sich Gewissheit zu verschaffen.

„Lass' es!", vernahm sie im selben Moment seine Stimme. „Du provozierst es nur!"

„Wie kannst du so etwas annehmen?", fragte sie erbost. „Ich tue nichts, um dieses Wesen herauszufordern!"

„Doch! Du legst dich mit ihm an. Das kann nicht gut gehen. Es ist stärker als du!" Irgendwo im Haus polterte es laut. Er wollte offenbar seiner Meinung Nachdruck verleihen. Sie reagierte nicht darauf. Sie kannte das von ihm. Hoffentlich war nichts zu Bruch gegangen, dachte sie kurz, aber es war ihr eigentlich egal. Sie hatte gerade wirklich andere Sorgen.

Die kleine Fatma stürzte in die Arme ihrer Mama, als sie endlich da war. Alle um sie herum lächelten und waren froh, dass alles gut ausgegangen war.

Niemand wusste, wie er es geschafft hatte, aber der Mann, der Fatma entführt hatte, blieb verschwunden. Irgendwie musste es ihm gelungen sein, durch die Sicherheitskontrollen zu entwischen. Keiner konnte ahnen, dass er sich noch immer innerhalb des Areals aufhielt. Er war ein Profi. Er wusste genau, dass es im Moment keinen Sinn hatte, den Flughafen zu verlassen.

Im Dorf wurde eine Krisensitzung einberufen. Matthias Steinbach hatte über undurchsichtige Kanäle erfahren, dass das Kind einer Bewohnerin seines Dorfes entführt worden war. Obwohl Silvia Turan mit ihrer Tochter inzwischen wieder zu Hause war, wollte er unbedingt klären, wie und weshalb es zu dieser Entführung gekommen war.

„Ich bin erschüttert", sagte er in vertrautem Kreis und machte ein bekümmertes Gesicht. „Wie konnte es dazu kommen?"

Alle anderen schienen jedoch noch erschütterter als er selbst zu sein, denn sie blickten schweigend zu Boden, als hätte jeder von ihnen persönlich an der Entführung Schuld.

„Es ist außerhalb des Dorfes passiert", wagte schließlich der Leiter des Sicherheitsdienstes einzuwenden. „Darauf haben wir leider keinen Einfluss!"

Wenn Blicke töten könnten, wäre er nun auf der Stelle gestorben. Matthias Steinbach schob die Unterlippe vor, als wolle er ihn im nächsten Augenblick anspucken. Seine Augen musterten ihn geringschätzig. Der Mann kroch in sich zusammen. „Wer sagt das? Man kann alles beeinflussen, wenn man nur will und die Macht dazu hat! Und die habe ich. Ich dulde eine solche Kriminalität in meinem Dorf nicht!" Seine Stimme war immer lauter geworden, und sein Gesicht nahm eine beängstigend dunkelrote Farbe an. „Was weiß man über die Frau?" Einer der Männer erhob sich. Wie zum Schutz hielt er ein Blatt Papier vor sich, von dem er ablas. „Sie ist verheiratet, und ihr Mann erhebt anscheinend Anspruch auf das Kind! Vermutlich wurde es in seinem Auftrag entführt. Woher sie die Gesichtsverletzung hat, sagt sie nicht. Wir denken, dass ein Säureattentat durch ihren Mann oder in seinem Auftrag verübt worden ist. Das Kind war bisher bei ihrer Mutter, also der Großmutter des Mädchens. Silvia Turan war anscheinend der Meinung, dass ihre Tochter nun hier sicher wäre und hat sie vor Kurzem ins Dorf geholt. Es gibt einen Nachbarn, mit dem sie freundschaftlich beziehungsweise nachbarlich verkehrt. Mehr wissen wir zurzeit nicht."

„Ich will aber wissen, was da los ist!", rief Matthias Steinbach erbost und schlug mit der Faust auf die Tischplatte. Alle zuckten nervös zusammen. „Zwei von euch befragen die Frau und zwei andere den Nachbarn! Muss man euch denn alles vorkauen?"

Amir ahnte nichts Gutes, als die beiden Wachmänner der Immobiliengesellschaft vor seiner Tür standen. Misstrauisch beäugten sie ihn und begannen, ihm Fragen über Silvia Turan zu stellen. Er beteuerte, sie erst hier im Dorf kennengelernt zu haben und nichts mit ihrer Vergangenheit zu tun zu haben. Mit dieser Antwort mussten sich die Herren zufriedengeben. Ohne neue Erkenntnisse gewonnen zu haben, zogen sie wieder ab.

„Ich glaube ihm nicht", meinte der eine.

„Man kann ihm aber nichts nachweisen! Er wurde überprüft wie alle anderen. Somit ist er ein ganz normaler Mieter. Wir müssen abwarten, was diese Frau Turan dazu sagt", erwiderte der andere.

„Der macht uns zur Schnecke, wenn wir nichts erfahren", befürchtete der Erste missmutig und verzog das Gesicht. Die anderen beiden, die Silvia Turan befragen sollten, waren auch nicht erfolgreicher. Sie erzählte ihnen einfach nichts. Ihr war zwar klar, dass man ihr nur helfen wollte, aber sie traute einfach niemandem mehr. Egal, was sie sagte, sie musste damit rechnen, dass es ihr Ehemann erfuhr. Es war so schon gefährlich genug für sie.

Sie hatte beschlossen, das Dorf mit ihrer Tochter zunächst nicht mehr zu verlassen. Erst wenn Fatma schulpflichtig wurde, würde sie mit dem Schulbus in die Stadt fahren müssen. Aber bis dahin war noch etwas Zeit, und sie wollte sich jetzt darüber noch nicht den Kopf zerbrechen.

Sie hatte eine Anstellung für wenige Stunden am Vormittag in dem kleinen Kaufhaus gefunden, das sich im Dorf befand. Das Geld, das sie dort verdiente, reichte aus, um die Miete für das Appartement zu bezahlen. Das Wenige, das Fatma und sie brauchten, konnte sie davon außerdem bestreiten. Davor hatte sie von ihren Ersparnissen gelebt und war zusätzlich von ihrer Mutter unterstützt worden. Auf Dauer war das aber keine Lösung, deshalb war sie froh, den kleinen Job im Supermarkt bekommen zu haben. Während sie arbeitete, brachte sie Fatma in der dorfeigenen Kindertagesstätte unter. Dort wurde das kleine Mädchen gut betreut und konnte mit den anderen Kindern spielen.

Wenn sie Fatma nach der Arbeit abholte, sprudelte das Kind nur so über von den Erlebnissen, die es ihr erzählen wollte. Meist ging es um die anderen Kinder und die Erzieherin. Silvia Turan hörte ihrer Tochter lächelnd zu und freute sich darüber, dass es ihr dort so gut gefiel. So wurde sie auch nicht stutzig, als Fatma von einem Mädchen erzählte, das sie noch nie gesehen hatte. Fatma sagte, das Mädchen wäre so merkwürdig gewesen. Es hätte komisch gesprochen und wäre frech zu der Kinderbetreuerin gewesen. Angeblich hatte es die Frau sogar gebissen, was Silvia Turan jedoch nicht glaubte. Sicherlich war das nur der Fantasie ihres Kindes zuzuschreiben, dachte sie bei sich.

Fatma plapperte weiter. Das Mädchen wäre so komisch gekleidet gewesen, sagte sie. Es hätte keine Jeans angehabt, sondern ein Nachthemd!

„Das kann ich mir nicht vorstellen", meinte die Mutter. „Das
war sicher ein Kleidchen."

„Nein! Glaub es mir doch! Die anderen haben auch gesagt,
es wäre ein Nachthemd", widersprach Fatma. „Sie sah aus, als
wäre sie gerade morgens aufgestanden. Sie war noch nicht einmal gekämmt!"

Silvia Turan schüttelte lächelnd den Kopf. Sie konnte nicht
ahnen, welch böse Kreatur nun dort bei den Kindern ihr Unwesen trieb.

Christine Herberg spürte es. „Es bedroht die Kinder!", rief
sie verzweifelt. „Kann dieses Ding nicht wenigstens die Kinder
verschonen?"

„Es hat kein Gewissen. Es ist abgrundtief böse!", hörte sie
seine Stimme in ihrem Kopf. „Es will, dass du einschreitest. Es
fordert dich heraus! Es glaubt, dass du jetzt reagieren wirst!"

„Aber was soll ich denn machen? Du sagst doch selbst, dass
es stärker ist als ich."

„Es erwartet, dass du mit ihm verhandelst."

„Worüber? Ich kann ihm das Dorf nicht zurückgeben!"

„Das glaubt es aber."

„Woher weißt du das?"

Schweigen. Sobald sie ihn etwas fragte, womit er seine Be-
teiligung an dieser Geschichte verraten konnte, gab er einfach
keine Antwort mehr.

Als Silvia Turan Fatma am nächsten Morgen in die Kindertagesstätte brachte, fiel ihr sofort der Verband auf, den die Erzieherin um ihren Arm trug. War tatsächlich geschehen, was ihre
Tochter ihr erzählt hatte? Sie mochte es nicht glauben.

„Was ist denn mit Ihrem Arm passiert?", fragte sie die nette Betreuerin freundlich.

„Es ist etwas merkwürdig, aber gestern war hier ein Kind,
das niemand zu kennen scheint. Es kam einfach hierher, aber

wir wissen nicht, zu wem es gehört. Ich habe versucht, es herauszubekommen, aber das Mädchen stürzte sich plötzlich auf mich und biss mich in den Arm!" Die freundliche junge Frau konnte es noch immer nicht begreifen. Fassungslos schüttelte sie den Kopf.

„Haben denn die Eltern sich inzwischen um das Kind gekümmert?", fragte Silvia Turan entsetzt.

„Ich weiß es nicht. Es war auf einmal verschwunden. Und wir wissen bis jetzt immer noch nicht, wo es eigentlich herkam." „Das ist aber wirklich sehr eigenartig", meinte Silvia Turan nachdenklich. „Meine Tochter hat mir davon etwas erzählt, aber ich habe ihr nicht geglaubt. Hatte das Mädchen tatsächlich ein Nachthemd an?"

„Ja! Das war sehr verwunderlich. Es sah aus, als würde es schlafwandeln."

Unvermittelt tauchte plötzlich Christine Herberg in der Einrichtung auf. Sie wusste eigentlich selbst nicht so genau, was sie dort wollte, aber sie dachte, dass es nicht schaden könne, wenn sie sich einmal umschaute. Eigentlich hatte sie hier nichts verloren, da sie kein Kind hatte und für Fremde der Zutritt verboten war.

„Kann ich Ihnen helfen?" Die Betreuerin vertrat ihr resolut den Weg.

„Ach, ich weiß nicht. Entschuldigen Sie bitte, dass ich einfach so hier hereinplatze. Aber ich habe gehört, dass hier ein kleines Mädchen war, das niemand zu kennen scheint. Ich habe dieses Mädchen bereits mehrmals gesehen und wollte nur fragen, ob es stimmt, dass es hier war und ob man inzwischen weiß, zu wem es gehört." Christine Herberg gab sich betont harmlos und etwas besorgt.

„Woher wissen Sie das?", fragte die Erzieherin alarmiert.

„Das ist eine Nachbarin. Wir kennen uns", beschwichtigte Silvia Turan sie.

„Haben Sie es ihr erzählt?" Die Betreuerin runzelte die Stirn.

„Nein. Aber vielleicht meine Tochter", meinte Silvia Turan leichthin, obwohl sie wusste, dass Fatma der Nachbarin inzwischen nicht begegnet war. Warum sie jetzt log, konnte sie selbst nicht sagen. Es geschah aus einem Gefühl heraus. Christine Herberg nickte ihr unauffällig zu. Sie mussten sich miteinander unterhalten. Aber nicht hier. Gemeinsam verließen sie die Kindertagesstätte. Solange sie in Sichtweite waren, gingen sie nur nebeneinander her und sprachen kein Wort. Die beiden Frauen ahnten nicht, dass sie von etwas Unsichtbarem verfolgt wurden. Selbst Christine Herberg spürte die Anwesenheit der unheilvollen Kreatur diesmal nicht. Sie blickte sich zwar einmal irritiert um, als hätte sie etwas bemerkt, aber sie dachte, sie hätte sich getäuscht.

Als sie um die nächste Ecke gebogen waren, blieb Silvia Turan stehen. „Ich muss zwar zur Arbeit, aber vielleicht können Sie mir kurz sagen, was es mit dem merkwürdigen Mädchen auf sich hat? Meine Tochter erzählte mir gestern davon. Ich verstehe überhaupt nicht, was hier los ist! Die Erzieherin ist verletzt worden, aber sie hat sich sehr reserviert verhalten, als Sie aufgetaucht sind. Kam Ihnen das auch so vor?"

„Erst einmal danke, dass sie mich gedeckt haben. Ich habe in der Einrichtung eigentlich nichts zu suchen, deshalb hat die Frau schon richtig gehandelt, als sie mich nicht hereinließ. Was mit dem Mädchen ist, versuche ich gerade herauszufinden. Es erscheint immer wieder irgendwo und richtet Unheil an. Trotz aller Sicherheitsvorkehrungen scheint niemand zu wissen, zu wem es gehört. Immer wenn man der Sache auf den Grund gehen will, ist das Kind plötzlich verschwunden." Christine Herberg kam sich etwas albern vor, als sie Silvia Turan diese Geschichte auftischte. Sie wusste es schließlich besser. Aber das konnte sie Fatmas Mutter nun wirklich nicht erzählen!

In vertrauter Runde saß man am Abend in der Villa und verspeiste genüsslich die hervorragende Schwarzwälder Kirschtorte, die Anneliese am Nachmittag liebevoll gebacken hatte. Sie hatte sich wieder einmal selbst übertroffen. Vorher hatte man bereits ein köstliches Mahl verspeist, das Rosemarie gekocht hatte: Wildgulasch mit Rosenkohl und Knödeln.

„Wenn wir so weiteressen, sehen wir bald selbst aus wie Knödeln!", gab Greta missmutig zu bedenken, während sie sich ein großes Stück Torte auf den Teller lud.

„Dann müssen wir eben mehr Sport treiben!", schlug Anneliese vor.

„Was heißt denn ‚mehr'? Wir müssten erst einmal damit anfangen, Sport zu treiben!", erwiderte Greta düster und runzelte die Stirn.

„Ja, warum eigentlich nicht?", meinte Rosemarie und lachte. „Fangen wir doch gleich morgen damit an!"

„Was schlägst du vor?", fragte Greta, wenig überzeugt.

„Wir könnten Leichtathletik machen!" Rosemarie war voller Begeisterung. „Laufen, Werfen und Weitsprung! Ich habe das früher oft trainiert, weil ich in die Olympia-Mannschaft aufgenommen werden wollte!"

„Und woran scheiterte es?", fragte Greta in gelangweiltem Ton.

„Das weiß ich auch nicht so genau. Ich glaube, eine andere Frau war besser als ich!", erwiderte Rosemarie bekümmert. „Mir hat man eine Absage erteilt, obwohl ich mich so angestrengt habe!" Ernst nickte sie den anderen beiden zu.

Anneliese verzog das Gesicht. „Na ja, wir könnten vielleicht morgen früh mit dem Laufen anfangen", überlegte sie. „Ich müsste aber erst einmal in meinem Kleiderschrank nachsehen, ob ich dafür etwas Passendes zum Anziehen finde."

„Oh, ich habe meine Trainingssachen von früher noch!", freute sich Rosemarie. Darauf erwiderten die anderen beiden nichts, aber sie überlegten, wie diese Kleidung wohl aussah.

Am nächsten Morgen trafen sich die drei Witwen tatsächlich im Sportdress in der Küche. Stumm musterten sie sich gegenseitig. Greta trug einen modernen Jogginganzug und einfache Turnschuhe. Anneliese hatte eine Laufhose mit einem langärmligen Shirt kombiniert, dazu trug sie teure Markensportschuhe. Um ihr Haar hatte sie ein Stirnband gebunden. Alle drei Damen waren bereits perfekt geschminkt und gestylt. Den Vogel schoss allerdings Rosemarie ab. Sie trug ein schrilles Aerobic-Outfit aus den Achtzigerjahren. Es bestand aus neongrünen Leggings, einem schillernden Oberteil in Orange, hellblauen Stulpen, mehreren leuchtenden Schweißbändern und quietschbunten Gymnastikschuhen.

Da sie mit den Jahren fülliger geworden war, saß alles etwas knapp, und man konnte das eine oder andere Speckröllchen deutlich durch den dünnen Stoff quellen sehen. Greta zog die Brauen hoch, und Anneliese musste sich ein Grinsen verkneifen. Rosemarie bemerkte es jedoch nicht. Sie fühlte sich rundum wohl. „Wollen wir?", fragte sie unternehmungslustig und lachte.

Silvia Turan sortierte in dem kleinen Supermarkt gerade die Waren in die Regale, als wenige Meter von ihr entfernt ein Turm mit Dosensuppen, der als Aktionsware dort aufgebaut worden war, in sich zusammenstürzte. Zunächst dachte sie, ein unvorsichtiger Kunde hätte den Stand mit seinem Einkaufswagen gerammt, aber da war niemand! Sie eilte näher, aber es war weit und breit niemand zu sehen. Das war seltsam! Seufzend begann sie, die Dosen, die über den Boden kullerten, aufzusammeln und wieder zu platzieren. Der Marktleiter kam herbei und fragte, wie denn das passieren konnte und ob etwas beschädigt worden war.

„Ich weiß es nicht. Die Dosen sind von selbst heruntergefallen", sagte Silvia Turan und merkte selbst, wie komisch sich das anhörte.

„Das hatten wir ja noch nie!" Der Marktleiter schüttelte den Kopf. „Bringen Sie das in Ordnung!", wies er sie unnötigerweise an und entfernte sich rasch.

Silvia Turan ärgerte sich zwar ein wenig, arbeitete aber unverdrossen weiter. Als sie den Stand etwa zur Hälfte wieder aufgebaut hatte, begannen die Dosen zu wackeln, obwohl niemand sie berührte. Das gibt es nicht, dachte sie und hielt inne. Ungläubig sah sie, wie im nächsten Moment alle Dosen, die sie gerade mühsam aufeinandergestellt hatte, erneut zu Boden polterten.

Dummerweise kam der Marktleiter gerade wieder zurück und bekam das mit. „Sie müssen sich schon etwas geschickter anstellen!", herrschte er sie an. „Schauen Sie mal hier." Er hob eine der Dosen vom Boden auf und hielt sie ihr hin. „Die sind total verbeult, so können wir sie nicht mehr verkaufen!"

„Ich war ganz vorsichtig. Ich weiß nicht, weshalb die Dosen umfallen! Vielleicht ist der Verkaufsstand instabil?", suchte Silvia Turan verzweifelt nach einer Erklärung.

„Ja, sicher. Vielleicht war es auch ein Erdbeben!" Der Mann wurde langsam wütend. „Soll ich den Turm neu aufbauen?"

„Nein, aber vielleicht könnten Sie einen Moment dabeibleiben und es sich anschauen. Ich befürchte, es wird beim nächsten Mal wieder passieren!"

Der Marktleiter fragte sich, ob sie das tatsächlich ernst meinte, aber er besann sich und half ihr tatsächlich, den Stand wieder herzurichten. Diesmal passierte nichts.

Silvia Turan begann, an ihrem Verstand zu zweifeln. Sie musste sich jetzt beeilen, um mit ihrer Arbeit fertig zu werden, wenn sie Fatma pünktlich aus der Kindertagesstätte abholen wollte. Sie glaubte, ein hämisches Kichern aus dem benachbarten Gang zu hören. Genervt rannte sie um die Regalwand herum, um zu sehen, wer sie da verspottete. Aber da war niemand!

Die drei Witwen erregten durchaus Aufmerksamkeit, als sie am frühen Morgen durch das verschlafene Dorf joggten. Sabine und Martin Holler waren bereits mit ihrem Dackel unterwegs, als ihnen das seltsame Trio entgegenlief.

„Was kommt denn da jetzt?", fragte Sabine Holler entgeistert. Tommy, der kleine Hund, wurde aufmerksam. Am liebsten wäre er zwischen die Frauen gerannt, aber sein Herrchen führte ihn vorsorglich an der Leine. Freundlich grüßend liefen die Damen an ihnen vorüber, ohne auch nur einen Moment anzuhalten.

„Das finde ich aber jetzt unhöflich", bemerkte Martin Holler entrüstet.

„Wieso? Sie müssen doch nicht jedes Mal mit dir ein Gespräch anfangen, wenn sie dich sehen!", erwiderte seine Frau mit leicht giftigem Unterton. Tommy sah den dreien schwanzwedelnd nach. Für ihn war es eine willkommene Abwechslung am frühen Morgen, und er wäre gerne mitgelaufen. Leider hatten seine Besitzer dafür kein Verständnis. Während sie miteinander zeterten, zog sein Herrchen ihn einfach weiter. Tommy sah das nicht ein. Er ließ sich nun erst recht Zeit, jede Ecke genau zu beschnüffeln und überall seine Marke zu setzen.

Auch die alten Herrschaften bemerkten das bunte Treiben, das sich vor ihrem großen Fenster abspielte. Zufällig trafen die drei Damen gerade dort mit den Hollers aufeinander. Interessiert schauten die alten Leute dabei zu, wie die Witwen an dem Ehepaar mit dem Dackel vorbeitrabten und sich das Paar daraufhin offensichtlich stritt.

„Ein Ehekrach!", rief Joachims Vater begeistert.

„Was freut dich denn daran so?", rügte ihn seine Frau pikiert.

„Endlich ist mal wieder etwas los hier! Die Holler ist eifersüchtig auf die drei aufgetakelten Schnepfen!"

„Herr Holler benimmt sich aber auch unmöglich", fand Monikas Mutter.

„Warum?", fragte ihr Mann ahnungslos.

„Ach!" Sie winkte ab. Die Männer hatten einfach keine Ahnung!

„Habt ihr gesehen, wie bunt die eine angezogen war?", lästerte Monikas Vater und grinste.

„Ja. Ich denke, das ist heutzutage sicher nicht mehr modern", meinte Joachims Mutter. „Aber wenn es ihr gefällt?" Sie zuckte die Schultern.

„Vielleicht ist es ja jetzt wieder modern", überlegte Monikas Mutter. „Wir kriegen ja von der Mode nicht mehr so viel mit!"

So ging es noch eine Weile weiter, ehe Monika die Treppe herunterkam, um das Frühstück herzurichten. Erstaunt sah sie, dass ihre Eltern und Schwiegereltern bereits hellwach in ihren Betten saßen. „Ist etwas passiert?", fragte sie sogleich besorgt.

„Nein, nein. Wir haben nur schon ausgeschlafen!", antwortete ihr Vater und blinzelte den anderen verschwörerisch zu. Monika würde doch nur wieder meckern, wenn sie ihr erzählten, was sie beobachtet hatten!

Die drei Witwen hatten ihre Villa fast erreicht, als Rosemarie, die an der Spitze gelaufen war, abrupt stehenblieb. Anneliese und Greta konnten so schnell nicht abbremsen und rannten gegen sie. Alle drei gerieten ins Taumeln. Anneliese stieß vor Überraschung einen leisen Schrei aus.

„Sag' einmal, was denkst du dir eigentlich dabei?", herrschte Greta Rosemarie ärgerlich an, als sie ihr Gleichgewicht wiedergewonnen hatte.

„Seid ruhig!" Rosemarie hob beschwörend beide Hände. „Da ist etwas hinter der Hecke!"

Verblüfft lauschten Anneliese und Greta. Tatsächlich vernahmen sie ein heiseres Knurren und Schnarchen.

„Das wird ein Feldhamster sein", meinte Greta grimmig.

„Vielleicht auch eine Katze auf Mäusejagd", schlug Annemarie vor. „Sicher kein gefährliches Tier."

„Und wenn es ein Werwolf ist?" Rosemarie blickte ängstlich zum Himmel. Obwohl es bereits hell wurde, konnte man deutlich den Vollmond erkennen. Sie glaubte an solche Dinge. Immer wieder sah sie sich nachts Dokumentationen darüber im Fernsehen an, während die anderen beiden längst schliefen.

„Das ist doch Unsinn", behauptete Greta resolut. „Du hast einfach zu viel Fantasie!"

Entschlossen marschierte sie um die Hecke herum. Die anderen beiden blieben hinter ihr und folgten vorsichtig. Sie sahen es alle gleichzeitig. Das Bild, das sich ihnen bot, ließ sie entsetzt zurückschrecken.

Eine schwarze, zottige Bestie saß mit gebleckten Zähnen hinter der Hecke und gab schauerliche Töne von sich.

„Es ist ein Werwolf", flüsterte Rosemarie bestürzt und begann, langsam rückwärts zu gehen. Auch Anneliese und Greta traten den Rückzug an. Was immer das auch war, es sah nicht sehr freundlich aus. Ob es sich tatsächlich um einen Werwolf handelte, wollten sie gerade nicht diskutieren. Außerdem wusste ja auch niemand so genau, wie eine solche Kreatur aussah.

Als sie vorsichtig zurückwichen, folgte ihnen das gruselige Wesen drohend in derselben Geschwindigkeit. Dicker Speichel lief ihm in langen Fäden von den Lefzen. Es beobachtete sie lauernd. Alle Muskeln waren angespannt, als würde es im nächsten Moment zum Sprung ansetzen. Das Knurren wurde lauter und steigerte sich zu einem grauenhaften Geheul. Die Bestie kam immer näher. Wenn sie jetzt davonliefen, würde sie sicher sofort angreifen! Deutlich sahen sie bereits die entblößten, fürchterlichen Reißzähne der Kreatur vor sich.

„Verhalten Sie sich ganz still und entfernen Sie sich gemächlich", sagte jemand leise hinter ihnen. Wie aus dem Nichts stand plötzlich Christine Herberg dort. Mit unbewegter Miene schob sie sich an den Frauen vorbei und bildete eine Barriere zwischen ihnen und der unheilvollen Gestalt. Sie blickte sich nicht mehr nach ihnen um und hoffte, sie würden ihr Folge leisten und sofort verschwinden. Sie musste ihre ganze Aufmerksamkeit nun dem Bösen widmen, das sich ihr entgegenstellte.

Sie baute sich vor der Kreatur auf und streckte ihr eine Hand entgegen. Bis hierher und nicht weiter! Merkwürdigerweise schien sofort alle Spannung aus dem Wesen zu weichen. Es setzte sich und wirkte auf einmal wie ein großer, verwahrloster Hund. Dazu begann es, sich mit der Hinterpfote am Ohr zu kratzen. Doch Christine Herberg ließ sich von dem friedlichen Bild nicht täuschen. Sie wusste, womit sie es zu tun hatte!

„Lass die Leute im Dorf in Ruhe", vermittelte sie der Kreatur stumm. Dabei blickte sie es aus starren Augen böse an.

„Ich hatte dich gewarnt!", vernahm sie als Antwort. Das Wesen legte sich entspannt auf den Rücken. Offenbar nahm es sie nicht ernst.

„Und ich hatte dir gesagt, dass es nicht in meiner Macht steht, die Leute aus dem Dorf zu vertreiben!"

„Das ist mein Dorf!"

„Das sagtest du schon! Aber so kommen wir nicht weiter! Kannst du nicht versuchen, mit den Menschen gemeinsam hier zu existieren?"

„Nein."

„Warum nicht?"

„Ich will die hier nicht haben!"

„Du hast nicht zu bestimmen, wer in diesem Dorf lebt!"

„Doch! Ich hätte die Frauen getötet, wenn du nicht gekommen wärst. Die anderen wären dann von selbst gegangen!"

„Töten! Ist das alles, was dir dazu einfällt?", fragte Christine Herberg verächtlich. Am liebsten hätte sie diesem Ding eine übergebraten, aber sie wusste inzwischen, dass sie es hier nur mit einer Erscheinung zu tun hatte, die jederzeit in anderer Gestalt wieder auftauchen konnte.

Die drei Witwen hatten sich tatsächlich schnell entfernt, wie es ihnen Christine Herberg empfohlen hatte. In der Villa angekommen, taten sie jedoch das Schlimmste, was sie in diesem Moment tun konnten: Sie riefen sofort den Wachdienst an. Aus ihrer Sicht war es logisch, da sie Christine Herberg mit der gefährlichen Kreatur allein zurückgelassen hatten und sie sich große Sorgen um sie machten. Sie konnten selbstverständlich nicht ahnen, in welche Gefahr sie sie damit brachten.

Greta war am Telefon. „Wir sind von einem großen, gefährlichen Tier bedroht worden", sagte sie. „Frau Herberg ist noch dort draußen und befindet sich in großer Gefahr! Bitte schicken Sie sofort jemanden, der ihr hilft!"

„Was ist das für ein Tier?", fragte der Pförtner ruhig.

„Das weiß ich nicht. Es sah aus wie ein Wolf oder ein großer Hund!"

„Vielleicht auch wie ein Bär?"

„Hören Sie! Das ist kein Spaß! Kümmern Sie sich bitte darum!" Greta hatte das Gefühl, dass der Pförtner sie nicht ernst nahm. Sie beendete grußlos das Gespräch.

Christine Herberg bemerkte plötzlich, dass sich die Aufmerksamkeit des Wesens nicht mehr auf sie konzentrierte. Sie hatte nicht mitbekommen, dass hinter ihr mehrere Wachleute aufgetaucht waren. Die Kreatur wurde auf einmal sehr aggressiv. Sie richtete sich auf und setzte zum Sprung an. Sie fixierte ihre Kehle.

„Du hast mich verraten!", hörte Christine Herberg die Stimme noch, als sie die große Gestalt bereits auf sich zurasen sah. Im selben Moment ertönte ein Schuss. Mitten im Sprung sank das Wesen, von der Gewehrkugel getroffen, in sich zusammen. Überdeutlich konnte Christine Herberg sehen, wie das Blut aus der Schusswunde strömte. Trotzdem erreichte sie der schwere Körper noch. Er prallte gegen sie und brachte sie zu Fall. Sie spürte, wie sich die scharfen Krallen in ihre Schultern bohrten, als das Wesen sie unter sich begrub. Die messerscharfen Zähne trafen ihren Hals. Sie roch den ekelerregenden Atem der Kreatur. Zum ersten Mal in ihrem Leben hatte sie Todesangst. Das war es jetzt, dachte sie, während sie bewegungslos unter dem zottigen Körper liegen blieb. Nichts rührte sich mehr. Alles war plötzlich geisterhaft still.

Christine Herberg glaubte, bereits tot zu sein, als jemand den stinkenden, blutenden Körper von ihr herunterwälzte. Sie sah drei Wachmänner, die sich besorgt über sie beugten. „Bleiben Sie ruhig liegen! Der Krankenwagen ist gleich da", sagte einer von ihnen leise.

„Nein! Ich brauche keinen Krankenwagen! Mir geht es gut!", rief Christine Herberg und schnellte empor. Sie suchte nach der Kreatur, konnte sie jedoch nicht mehr sehen. „Wo ist das Tier?", fragte sie aufgeregt und blickte um sich.

Die Männer wandten sich um. „Es ist weg!", rief einer von ihnen verblüfft.

„Oh, Mist! Es ist nicht tot! Es ist davongelaufen. Das wird jetzt verdammt gefährlich. Ein angeschossenes Tier ist besonders aggressiv!"

„Wir müssen die Blutspur verfolgen!", meinte ein anderer und begann, den Boden abzusuchen. „Ich kann kein Blut finden!", sagte er ungläubig. Auch die anderen beiden versuchten, Spuren des Tieres zu entdecken, aber da war nichts! Nur Christine Herberg sah etwas, was den Wachmännern entging: Ein feiner Nebel befand sich genau an der Stelle, an der vorher das zottige Tier gelegen hatte.

Die Wachmänner riefen Verstärkung und schwärmten aus, um das Tier zu suchen. Als sich niemand mehr um sie kümmerte, rappelte Christine Herberg sich hoch und machte sich auf den Heimweg. Finden würden die Männer sowieso nichts, dachte sie bei sich.

Zu Hause angekommen, betrat sie sofort das Badezimmer, um sich ihre Wunden anzusehen. Merkwürdigerweise hatte sie unterwegs keinerlei Schmerzen verspürt. Als sie sich entkleidete, erlebte sie die nächste Überraschung: Es war absolut nichts zu sehen! Kein Blut, keine Kratzspuren an den Schultern, und auch ihr Hals wies keine Verletzungen auf! Sie konnte es kaum glauben, aber man sah noch nicht einmal eine Rötung oder Schwellung. Unter normalen Umständen wäre das völlig unmöglich gewesen, da sie ja erlebt hatte, dass die Bestie sie voll erwischt hatte. Nachdenklich brühte sie sich eine Kanne Tee auf. Wo war eigentlich ihr Mitbewohner? Seit sie zu Hause war, hatte er sich noch nicht bemerkbar gemacht. Vielleicht war er beleidigt, vermutete sie. Als sie vorhin aus dem Haus gestürzt war, um den drei Witwen zu Hilfe zu eilen, hatte er sie nicht gehen lassen wollen. Sie hatte sich aber gegen ihn durchgesetzt. Soweit kam es noch, dass er glaubte, ihr sagen zu können, was sie zu tun und zu lassen hatte! Sie wunderte sich aber nun doch ein wenig darüber, dass er sich nicht nach ihrem Befinden erkundigte. Da er ja offenbar alles mitbekam, was sie dachte und was dieses böse Wesen trieb, musste er wissen, dass sie sich gerade eben noch in Lebensgefahr befunden hatte. Egal, dachte sie, sollte er doch machen, was er wollte! Mit ihrem heißen Tee ließ sie sich im Wohnzimmer auf ihr Sofa sinken und schaltete den Fernseher ein.

Der kleine Luca Moretti hatte sich in der Kindertagesstätte mit Silvia Turans Tochter Fatma angefreundet. Sie spielten zusammen und waren sich meistens einig. Die beiden Mütter verstanden sich ebenfalls gut, und als sie sich zufällig auf dem Spielplatz trafen, kamen sie auf die Idee, sich beim Abholen der Kinder von der Tagesstätte abzuwechseln. Wenn Silvia Turan länger arbeiten musste, würde Sofia Moretti die kleine Fatma mit zu sich nach Hause nehmen, und im Gegenzug konnte Silvia Turan an anderen Tagen beide Kinder abholen.

Sie fragten die Kleinen, ob sie damit einverstanden wären. Fatma war es sofort recht. Luca überlegte einen Augenblick. „Darf ich dann mit zu euch, wenn du uns abholst?", fragte er Silvia

Turan. Sie lachte. „Na klar, wenn es deine Mama erlaubt! Dann könntet ihr noch ein bisschen zusammen spielen."

„Sie können ihn aber auch gern gleich nach Hause bringen!", bremste Sofia Moretti ihren Sohn. Sie hatte Angst, dass Luca lästig fallen könnte.

„Ich denke, wir tauschen uns da kurzfristig aus und machen es so, wie es gerade am besten passt!", schlug Silvia Turan vor. „Einverstanden!", sagte Sofia Moretti. Die beiden Frauen nickten sich lächelnd zu. Jede von ihnen hoffte, in der anderen vielleicht eine Freundin gefunden zu haben.

Bereits am nächsten Tag war Silvia Turan heilfroh, diese Abmachung mit Sofia Moretti getroffen zu haben.

Während sie in dem kleinen Supermarkt an der Kasse saß und die Waren der Kunden scannte, hörte man plötzlich einen durchdringenden Schrei. Da sie die Kasse nicht einfach verlassen konnte, rief sie den Marktleiter. Er sollte nachschauen, was geschehen war. Von Weitem konnte sie zunächst nur aufgeregte Stimmen vernehmen. Als sie schließlich alle Kunden bedient hatte, schloss sie schnell die Kasse und eilte in den Gang, aus dem das Stimmengewirr drang. Dort stand Monika Naumann, die hier fast jeden Tag Lebensmittel für ihre Familie und die alten Eltern einkaufte. Sie wirkte ziemlich aufgelöst und hielt ihre rechte Hand hoch, die verletzt zu sein schien. Um sie herum standen neben dem Marktleiter noch ein paar andere Kunden, die sich für das Geschehen interessierten.

„Was ist denn passiert?", fragte Silvia Turan und betrachtete sich die kleine Wunde, aus der nur wenig Blut sickerte.

„Eine Schlange hat mich gebissen, als ich etwas aus dem Regal nehmen wollte!", behauptete Monika Naumann, konnte es aber selbst kaum glauben.

„Sind Sie sicher?" Der Marktleiter zweifelte die Geschichte offenbar an.

„Ich weiß, dass sich das komisch anhört", sagte Monika Naumann, „aber ich habe den Kopf der Schlange gesehen! Das Tier schoss plötzlich zwischen den Reispackungen hervor und biss sofort zu!"

Die anderen Kunden wurden unruhig. Wenn das stimmte, musste sich die Schlange noch irgendwo hier aufhalten! Silvia Turan überlegte kurz. Falls es sich um eine Giftschlange handelte, konnte die Sache sehr gefährlich werden. Sie zog den Marktleiter beiseite und sprach leise auf ihn ein. „Die Frau muss zum Arzt, und Sie müssen die Kunden evakuieren!" Stur schüttelte der Marktleiter den Kopf. „So ein Unsinn! Als gäbe es hier im Laden Schlangen!"

„Wollen Sie es darauf ankommen lassen? Wenn es eine Giftschlange war, spielen Sie mit dem Leben der Menschen!" Entsetzt starrte er sie an. Auf die Idee war er noch gar nicht gekommen. „Gut", sagte er schließlich, „machen wir es so!" Er bat die noch anwesenden Kunden, den Markt unverzüglich zu verlassen. Silvia Turan forderte den Rettungsdienst an und berichtete von einem Biss einer unbekannten Schlange, von der man nicht wusste, ob sie giftig war, da man sie bisher noch nicht gefunden hatte.

Monika Naumann wollte den Laden mit den anderen Kunden verlassen, aber der Marktleiter hinderte sie daran. „Warten Sie bitte! Gleich ist ein Arzt hier, der Ihre Wunde untersucht!", bat er sie.

„Ich muss nach Hause! Ich kann meine Eltern nicht so lange allein lassen! Es ist sonst niemand im Haus." Sie war es gewohnt, die alten Leute ständig zu umsorgen, sodass sie sich überhaupt nicht vorstellen konnte, wie es ohne sie gehen sollte. Deshalb kaufte sie auch nur im Dorf ein. So war sie nach spätestens einer halben Stunde wieder zu Hause.

„Notfalls schicken wir jemanden vom Wachdienst, der nach den Leuten schaut! Aber Sie müssen sich erst einmal untersuchen lassen! Das kann sonst böse ausgehen!", redete Silvia Turan auf sie ein.

Kurz darauf traf der Rettungsdienst ein. Der Notarzt untersuchte die Hand und gab Entwarnung. Keine Anzeichen einer Vergiftung! Monika Naumann war erleichtert und eilte nach Hause. Unterwegs überlegte sie bereits, welche Vorräte sie noch im Haus hatte und womit sie die alten Herrschaften zufriedenstellen konnte, da sie ja ihren Einkauf notgedrungen abbrechen musste und nun nichts mit nach Hause bringen konnte.

Der Marktleiter sprach danach noch mit dem Arzt. „Können Sie mir sagen, ob es sich bei der Verletzung tatsächlich um einen Schlangenbiss handelt?", fragte er.

„Ehrlich gesagt, nein. Die Wunde ist unspezifisch und könnte von allem Möglichen stammen. Trotzdem würde ich Ihnen empfehlen, den Markt abzusuchen." Der Notarzt zuckte mit den Schultern. „Wer weiß, was da passiert ist!"

So kam es, dass Silvia Turan den ganzen Nachmittag damit verbrachte, sämtliche Waren aus den Regalen zu räumen, um nach der Schlange zu suchen. Selbstverständlich konnte sie nicht ahnen, dass sich das Tier längst in einen feinen Nebel aufgelöst hatte und verschwunden war.

Wenigstens brauchte sie sich nicht um ihre Tochter zu sorgen. Sofia Moretti hatte die kleine Fatma mit nach Hause genommen. Dort war sie gut aufgehoben und spielte mit Luca im Kinderzimmer.

Christine Herberg hatte gespürt, dass sich etwas im Supermarkt des Dorfes tat. Sie wollte nachsehen, ob sie helfen konnte. Als sie jedoch das Haus verlassen wollte, ließ sich die Tür nicht öffnen, obwohl sie sie nicht abgeschlossen hatte. Sicher klemmte sie nur. Sie rüttelte mit aller Kraft an der Haustür, doch diese rührte sich nicht. Sie rannte zum Hinterausgang und erlebte dort dasselbe! Auch diese Tür bekam sie nicht auf.

„Wo bist du?", rief sie ahnungsvoll. „Mach sofort die Türen auf! Ich muss hinaus!"

Keine Antwort.

Schließlich versuchte sie, aus einem der Fenster im Erdgeschoss zu steigen, aber selbst die Fenster ließen sich auf einmal nicht mehr öffnen. Sie war in ihrem eigenen Haus gefangen! Wütend fragte sie in den Raum hinein, ob er das komisch fände. Er schwieg weiterhin. Er ignorierte sie einfach, was sie erst richtig sauer werden ließ. Immer wieder versuchte sie erfolglos, die Türen und Fenster zu öffnen. Notfalls werfe ich eine

Scheibe ein, dachte sie gerade, als sie bemerkte, dass sie aus dem Haus gegenüber beobachtet wurde. Die alten Herrschaften klebten förmlich an ihrem großen Wohnzimmerfenster und starrten zu ihr herüber. Sie setzte eine freundliche Miene auf und winkte ihnen zu. Auf gar keinen Fall wollte sie, dass die Nachbarn etwas bemerkten.

„Der Kerl, der da bei ihr wohnt, hat sie eingesperrt", behauptete Joachims Vater.

„Wie kommst du denn darauf?", fragte seine Frau ungläubig und schüttelte den Kopf.

„Kommt und seht es euch an!" Joachims Vater kniff die Augen zusammen und winkte die anderen herbei. Die alten Leute mühten sich aus ihren Betten und schlurften zu ihm. Tatsächlich sahen sie, wie Christine Herberg versuchte, verschiedene Fenster im Erdgeschoss zu öffnen.

„Sie kriegt die Fenster nicht auf! Wahrscheinlich hat er sie abgeschlossen. So etwas gibt es ja heutzutage", meinte Monikas Vater.

„Aber warum sollte jemand so etwas tun?", fragte seine Frau.

„Die werden Krach miteinander haben! Er verbietet ihr jetzt, das Haus zu verlassen. Wer weiß, wo sie sich sonst herumtreibt", mutmaßte Joachims Vater gehässig.

Christine Herberg winkte ihnen von drüben scheinbar fröhlich zu.

„Sie hat uns gesehen", flüsterte Monikas Mutter schuldbewusst, als könne Christine Herberg sie hören.

„Die spielt uns etwas vor", sagte Joachims Vater instinktiv. „Da stimmt etwas nicht. Da könnt ihr sagen, was ihr wollt!"

Monika Naumann kam vom Einkaufen zurück. „Na, ihr Lieben, gibt es etwas zu sehen?", fragte sie freundlich, als sie ihre Eltern und Schwiegereltern am Fenster stehen sah.

Schuldbewusst sahen sich die alten Herrschaften nach ihr um. Sie hatten sie nicht kommen hören. Monikas Mutter stutzte. „Was ist mit deiner Hand passiert?", fragte sie besorgt. Der Arzt hatte Monikas Hand verbunden, was ihr gar nicht recht war.

„Ach, nichts weiter. Ich habe sie mir im Supermarkt irgendwo aufgeschrammt", sagte sie leichthin. Um abzulenken, lief nun auch sie zum Fenster und sah hinaus. „Was seht ihr denn dort draußen?", fragte sie scheinbar interessiert.

„Gar nichts! Frau Herberg hat uns nur von drüben gegrüßt!" Joachims Vater zwinkerte den anderen zu. Monika half ihnen wieder in ihre Betten, wobei sie monierte, dass sie ihre Bademäntel nicht angezogen hatten.

„Wo hast du denn die Einkäufe?", fragte Monikas Vater irritiert und blickte in den Flur und zur Küchenzeile, die sich im Raum befand.

„Ich konnte leider nichts besorgen, weil man so ein Tamtam um die kleine Verletzung an der Hand gemacht hat. Es tut mir leid. Aber wir haben noch genug Vorräte zu Hause. Notfalls könnte vielleicht Claudia später noch etwas besorgen."

Dazu sagten die alten Herrschaften nichts. Aus Erfahrung wussten sie, dass ihre Enkel kaum dazu zu bewegen waren, einzukaufen oder sich sonst irgendwie am Haushalt zu beteiligen. Die jungen Leute waren der Meinung, dass das Monikas Aufgabe war, da sie ja schließlich nicht arbeiten ging.

„So, jetzt muss ich mich aber um das Mittagessen kümmern", sagte Monika. „Was haltet ihr von Salzkartoffeln mit Rahmspinat und Spiegeleiern?"

Die alten Leute nickten zustimmend. Das war zwar ein einfaches Essen, aber sie mochten es alle recht gern.

Christine Herberg versuchte, eine Scheibe an einem der hinteren Fenster einzuwerfen. Dazu benutzte sie einen schweren Kerzenständer, aber es fühlte sich an, als würde sie ihn gegen eine Gummiwand schlagen. Es erklang noch nicht einmal ein Laut.

„Verdammt noch mal, rede endlich mit mir!", schrie sie wutentbrannt. „Du kannst mich nicht hier einsperren!"

„Doch." Endlich vernahm sie seine Stimme.

„Lass' mich sofort hier heraus, oder ich werde wahnsinnig!"

„Es ist besser, wenn du ab sofort hierbleibst!"

Sie glaubte, ihren Sinnen nicht mehr trauen zu können. Sie war es ja gewohnt, seine Stimme nur in ihren Gedanken wahrzunehmen, aber das, was jetzt gerade bei ihr ankam, hörte sich total hoffnungslos und gleichgültig an.

„Warum?", fragte sie ihn. „Was ist los?"

„Du darfst nicht mehr hinaus!"

„Ich muss aber!"

„Nein!"

„Es wird Menschen töten, wenn ich nicht mit ihm kommuniziere!"

„Ich darf dich nicht mehr nach draußen lassen!"

„Warum? Hat es das angeordnet?"

Schweigen. Er antwortete nicht mehr. Es war zum Verzweifeln!

Silvia Turan revanchierte sich bereits am folgenden Tag und holte die beiden Kinder von der Tagesstätte ab. Sie nahm Luca zunächst mit zu sich nach Hause, da Sofia Moretti einen Termin in der Stadt wahrnahm. Der kleine Luca war hocherfreut, dass er mit zu Fatma durfte. Unterwegs alberten die Kinder herum und rannten die Straße auf und ab, was gefahrlos möglich war, da hier keine Autos fuhren. Als sie die Eingangstür des Appartements erreichten, sah Silvia Turan erstaunt, dass jemand Süßigkeiten dort abgelegt hatte. Sie vermutete, dass Amir sie vor die Tür gelegt hatte, wunderte sich aber schon ein wenig, dass er sie ihr nicht persönlich übergeben hatte. Die Kinder waren begeistert.

„Dürfen wir gleich etwas davon essen?", fragte die kleine Fatma strahlend.

„Oh ja! Daheim darf ich immer nur nach dem richtigen Essen Süßigkeiten haben!" Luca rollte mit den Augen und lachte.

„Na ja, ich weiß nicht." Silvia Turan zögerte. „Wir wissen doch gar nicht, von wem die Sachen kommen", meinte sie nachdenklich. Sie besah sich die Leckereien genauer. Es war keine Grußkarte dabei. Nicht einmal ein Zettel mit einer Nachricht. Ihr kam das merkwürdig vor. Die Kinder konnten es kaum erwarten, etwas Süßes zu bekommen, aber sie ließ sich nicht darauf ein. Als sie in die großen, enttäuschten Kinderaugen blickte, tat es ihr leid.

„Ich weiß, was wir machen", sagte sie schließlich freundlich zu den Kleinen. „Wir schauen einmal, was ich noch zum Naschen im Haus habe, und davon bekommt ihr jeder etwas. Das hier", sie wies auf die Packungen, die vor der Tür gelegen hatten, „heben wir erst einmal auf, bis wir wissen, von wem es ist. Man darf das nicht einfach essen, wenn man nicht weiß, woher es kommt. Okay? Machen wir es so?"

Die Kinder nickten zufrieden. Silvia Turan gab jedem ein Stück Schokolade, obwohl sie das Mittagessen gleich auf den Tisch bringen wollte. Sicher würden sie es trotzdem essen, dachte sie. Es gab gebackene Fischstäbchen mit Kartoffelbrei und dazu Apfelmus. Sie hatte sich nicht getäuscht. Da es den Kindern in Gesellschaft sowieso meist besser schmeckte, vertilgte zu ihrer Freude jedes eine große Portion. Als Nachtisch gab es Schokoladenpudding.

„Den Pudding könnt ihr aber bestimmt jetzt nicht auch noch essen, nachdem ihr vorhin schon Schokolade hattet?", sagte sie mit gespielt ernster Miene.

„Aber Mama!", rügte ihre kleine Tochter sie. „Schokoladenpudding geht doch immer!" Luca nickte strahlend und pflichtete ihr bei.

„Na gut, wenn ihr meint!" Silvia Turan stellte lächelnd die Schüsselchen mit dem selbst gemachten Pudding auf den Tisch, und die beiden machten sich darüber her, ohne dass man sie dazu extra auffordern musste.

Die Süßigkeiten unbekannter Herkunft hatte sie sicherheitshalber ganz oben auf einen der Schränke gestellt, wo die Kinder nicht dran kamen. Erst wollte sie wissen, wo die Sachen herkamen. Womöglich versuchte jemand, sie zu vergiften? Ihr wurde ganz anders bei dem Gedanken.

Auch die Hollers fanden zwei Packungen mit Süßigkeiten vor ihrer Eingangstür.

„Das ist aber nett!", freute sich Martin Holler und trug die Schachteln ins Wohnzimmer.

„Von wem ist das denn?", fragte Sabine Holler und begutachtete die Sachen.

„Ich weiß nicht, sicher von der Immobiliengesellschaft als kleine Aufmerksamkeit!"

„Ist denn keine Karte dabei?"

„Nein, sieht nicht so aus." Martin Holler drehte und wendete die Packungen, konnte aber nichts finden.

„Mir kommt das komisch vor. Iss lieber nichts davon, solange wir nicht wissen, wer die Sachen vor die Tür gestellt hat!"

„Ach, du findest immer alles komisch! Freu dich doch einfach darüber. Das sind hochwertige Pralinen! Die sind bestimmt lecker und haben mit Sicherheit eine Stange Geld gekostet!"

„Darum geht es doch gar nicht! Du kannst die doch nicht einfach essen, wenn du nicht weißt, von wem sie stammen!"

„Doch! Du wirst sehen, es wird nichts passieren. Sei nicht immer so misstrauisch!"

Herr Holler war bereits dabei, die erste Schachtel zu öffnen. Seine Frau schüttelte ungläubig den Kopf. „Du bist unbelehrbar! Du benimmst dich schlimmer als jedes kleine Kind!"

„Das ist doch Unsinn! Glaubst du etwa, es wolle uns jemand vergiften?" Er lachte und schob sich genüsslich die erste Praline in den Mund. „Schmeckt hervorragend!", sagte er kauend.

Christine Herberg saß machtlos in ihrem Häuschen und konnte nichts tun. Längst hatte ihr geheimnisvolles Gespür ihr gesagt, dass die Menschen im Dorf in großer Gefahr waren. Sie musste unbedingt eingreifen!

„Lass mich endlich hinaus!", rief sie wütend. „Ich muss den Leuten helfen! Es bringt sie um!"

„Es wird auch dich töten, wenn du dich ihm in den Weg stellst!", vernahm sie die Antwort ihres Mitbewohners. Immerhin antwortet er, dachte sie böse.

„Das lässt du mal meine Sorge sein! Du hast kein Recht, mich hier einzusperren!"

„Ich muss es tun."

„Und was passiert, wenn du mich gehen lässt? Tötet es dich dann auch?"

„Das kann es nicht."

„Warum nicht?"

„Weil ich nicht lebe."

„Hör zu! So kommen wir nicht weiter. Wenn wir das, was dort draußen sein Unwesen treibt, nicht aufhalten, werden wir nur noch eine Geisterstadt vorfinden!"

„Was ist eine Geisterstadt?"

„Eine Stadt, in der alle tot sind!"

„Dann ist es so, wie es früher einmal hier war!"

Sie fror plötzlich vor Grauen. Er kam ihr seltsam emotionslos vor. Es schien ihn überhaupt nicht zu interessieren, was mit den Menschen im Dorf passierte.

Es dauerte nicht lange, bis Martin Holler seine Fröhlichkeit und seine Überlegenheit verlor. Er wurde auf einmal blass und drückte beide Hände gegen seinen Magen.

„Was ist?", fragte seine Frau besorgt. Sie dachte sofort, dass mit den Pralinen etwas nicht stimmte, doch er wollte es immer noch nicht wahrhaben.

„Es wird bestimmt gleich besser", meinte er und legte sich auf die Wohnzimmercouch, wobei er schmerzhaft das Gesicht verzog.

„Ich rufe einen Arzt!" Sabine Holler hatte das Telefon bereits in der Hand.

„Nein! Mach' doch nicht immer aus allem so ein Drama! Wegen einem bisschen Bauchweh ruft man keinen Arzt!", sagte Martin Holler ärgerlich. Doch im nächsten Moment begann er, stoßweise zu atmen. Sein Körper überzog sich mit kaltem Schweiß und verfärbte sich gelblich.

Sabine Holler hatte inzwischen den Pförtner erreicht und schilderte ihm die Situation. Ohne ihr ins Wort zu fallen, hörte er ruhig zu. „Ich schicke sofort einen Notarzt", sagte er knapp und legte auf.

Als sich Sabine Holler über ihren Mann beugte, sah sie, dass er das Bewusstsein verloren hatte. Sein Gesicht wirkte merkwürdig fahl und spitz. Er atmete nur noch ganz schwach. Der Tod griff bereits nach ihm.

Auch die drei Witwen fanden Süßigkeiten vor ihrer Haustür. „Schaut einmal!", rief Rosemarie, als sie die Packungen ins Haus brachte. „Da hat uns jemand etwas vor die Tür gestellt!" „Das kann nichts Gutes sein", meinte Greta sofort grimmig. „Aber warum denn? Ich finde das sehr nett!." Rosemarie war ganz aus dem Häuschen. „Das sind Pralinen!" „Vielleicht von einem Verehrer?", fragte Anneliese amüsiert. „Es ist keine Nachricht dabei", sagte Rosemarie. „Dann ab in die Mülltonne damit", bestimmte Greta resolut. „Aber nein! Sicher will uns jemand eine Freude machen!" Rosemarie war empört, dass Greta das Geschenk einfach wegwerfen wollte.

„Hört mal! Das ist kein Spaß! Dieses Dorf ist in mancher Hinsicht merkwürdig, und ich würde ganz bestimmt nichts essen, was irgendjemand vor die Haustür gestellt hat!" Greta sah die anderen beiden ernst an.

„Meinst du?" Rosemarie wurde unsicher. „Sollen wir die Sachen erst einmal aufheben?"

„Nein. Wegwerfen. Schmeiß sie in die Mülltonne!"

„Greta hat recht", meinte Anneliese. „Wer weiß, was sonst wieder passiert! Erlebt haben wir ja hier nun schon genug unheimliche Dinge!"

Schweren Herzens trug Rosemarie die Schachteln hinaus und warf sie in die Mülltonne, obwohl sie so gern ein paar Pralinen genascht hätte.

Auch Monika Naumann fand Pralinenschachteln vor der Tür. Ihr kam das sofort komisch vor, und sie brachte sie erst gar nicht ins Haus. Sie fühlte sich sowohl für die alten Herrschaften als auch für ihre Kinder verantwortlich. Niemals hätte sie ihnen etwas gegeben, von dem sie nicht sicher war, dass es unbedenklich war. Ohne zu zögern warf sie die Süßigkeiten in den Müll.

Hätte sie sie erst einmal mit hineingenommen, wären Diskussionen darüber unvermeidbar gewesen. Die alten Leute waren der Meinung, dass man Lebensmittel niemals wegwerfen durfte. Sie kannten das von früher her so, da sie Zeiten erlebt hatten, in denen man für alles dankbar sein musste, was man bekam. Monika Naumann konnte das durchaus nachvollziehen und war selbst nicht verschwenderisch, aber sie wollte in diesem Fall kein Risiko eingehen und auch nicht darüber diskutieren.

Tommy spürte, dass es mit seinem Herrchen zu Ende ging. Vorsichtig legte er sich zu seinen Füßen nieder und verhielt sich ganz still. Immer wieder blickte er traurig zu Sabine Holler, die neben ihrem Mann saß und seine Hand hielt. Sie ließ den kleinen Hund gewähren. Auch sie ahnte, dass es keine Rettung mehr gab. Martin Holler starb in ihren Armen. Als schließlich der Notarzt eintraf, konnte er nur noch den Tod feststellen.

Christine Herberg bekam alles mit. Vor ihrem geistigen Auge sah sie das Bild des sterbenden Martin Holler, seine verzweifelte Frau, die an seiner Seite saß und den kleinen Hund, der zu seinen Füßen lag und jämmerlich winselte. Es brach ihr fast das Herz. Sie bedeckte ihr Gesicht mit beiden Händen, während ihr die Tränen über die Wangen strömten.

„Die Bestie hat Herrn Holler ermordet", schluchzte sie leise.

„Ich weiß."

„Was kommt als Nächstes? Willst du warten, bis die Kinder dran sind? Oder die alten Leute gegenüber?"

„Du kannst nichts tun."

„Ich will es aber versuchen! Ich kann Kontakt mit dem bösen Ding aufnehmen."

„Es wird nichts nützen!"

„Verdammt noch mal! Das kannst du doch gar nicht wissen! Lass mich endlich hier raus, damit ich etwas unternehmen kann! Ich will nicht erleben, wie einer nach dem anderen umgebracht wird! Das sind alles liebe Nachbarn, Freunde und Bekannte! Ich muss ihnen helfen!"

„Dann geh! Aber ich habe dich gewarnt!"

Christine Herberg war erstaunt, dass er plötzlich doch mit sich reden ließ. Sie hörte, wie sich die Verriegelung der Haustür löste. Schnell rannte sie hinaus, damit er keine Zeit hatte, es sich noch einmal anders zu überlegen.

Wohin zuerst? Kurz überlegte sie, die Wachleute der Immobiliengesellschaft zu alarmieren. Somit wäre eine schnelle Warnung aller Dorfbewohner am einfachsten möglich. Ihr kam aber in den Sinn, dass sie sich verdächtig machen würde, da sie von den vergifteten Süßigkeiten eigentlich nichts wissen konnte. Sie beschloss, zunächst ihre Nachbarn zu warnen und steuerte auf das Haus von Naumanns zu.

„Sie kommt raus!" Joachims Vater setzte sich gespannt in seinem Bett auf. „Entweder hat sie den Kerl jetzt erschlagen, oder sie hat ihn anderweitig überzeugt!"

„Du wirst frivol!", empörte sich seine Frau und schüttelte peinlich berührt den Kopf.

Ihr Mann grinste jedoch nur belustigt und beobachtete Christine Herberg, wie sie die Straße überquerte.

„Die kommt zu uns", bemerkte Monikas Vater erstaunt.

„Was wird sie denn wollen?", überlegte seine Frau.

Es klingelte. Aufmerksam hörten die alten Leute, wie Monika die Treppe herunterkam und öffnete. Angestrengt horchten sie, aber sie konnten nicht verstehen, was an der Haustür gesprochen wurde.

„Die reden extra leise, damit wir nichts mitkriegen", vermutete Joachims Vater erbost. Er machte Anstalten, aus seinem Bett zu steigen, als die Tür bereits wieder geschlossen wurde.

„Monika!", rief er laut.

„Was ist denn?" Monika sah um die Ecke und blickte in die erwartungsvollen Gesichter der alten Herrschaften.

„Was wollte die Herberg?"

„Ach, nichts Besonderes. Sie wollte sich nur ein Ei leihen", log Monika.

„Sie hat aber keins dabei", bemerkte ihre Mutter spitz und sah aus dem Fenster, „außerdem geht sie nicht nach Hause!"

„Seid nicht immer so neugierig", sagte Monika. „Sie wird es eingesteckt haben. Außerdem kann sie tun und lassen, was sie möchte."

Sabine Holler musste den Dackel in die Küche sperren, als der Leichnam ihres Mannes abgeholt wurde. Der kleine Hund wollte niemanden an ihn heranlassen. Er wurde richtig böse und fletschte die Zähne, als man sich seinem Herrchen näherte. Die Polizei war im Haus, und die Staatsanwaltschaft ordnete eine Obduktion der Leiche an. Sabine Holler stand unter Schock. Als man sie befragte, was sie zum Ableben ihres Mannes sagen konnte, schilderte sie weinend ihren Verdacht, dass er vergiftet worden war. Sie übergab den Polizeibeamten die beiden Pralinenschachteln. Eine davon war geöffnet, und es fehlten daraus drei Pralinen, die Martin Holler offenbar gegessen hatte. Die andere Schachtel war noch original verpackt.

Christine Herberg klingelte bei verschiedenen Nachbarn, doch die meisten waren nicht zu Hause. Als sie schließlich im Vorgarten der Villa stand, wurde sie höflich von Rosemarie hereingebeten. Sie erzählte, dass sie gehört hätte, es wären im Dorf Süßigkeiten vor den Haustüren vorgefunden worden, und man solle sie nicht essen, da niemand wusste, woher sie kamen. Sie sagte, sie hätte auch welche bekommen, obwohl das nicht stimmte. Von Gift sagte sie kein Wort. Auch nicht darüber, dass Herr Holler bereits ein Opfer des Anschlags geworden war. Sie musste vorsichtig sein. Falls sie Dinge preisgab, von denen sie normalerweise nichts wissen konnte, würde man sie sofort verdächtigen.

„Wir haben das Zeug sofort im Müll entsorgt", sagte Greta.

„Das stimmt doch, nicht wahr, Rosemarie?"

„Ja, natürlich." Rosemarie nickte. „Ich hatte nur kurz überlegt, etwas davon zu probieren. Die Pralinen sahen so lecker aus."

„Gut, dass du es nicht getan hast", meinte Anneliese. „Wer weiß, was dahintersteckt."

„Ich wollte Sie nur warnen. Ich bin froh, dass es Ihnen gut geht", sagte Christine Herberg erleichtert und verabschiedete sich rasch. Sie musste weiter. Vielleicht konnte sie jemanden retten. Sie horchte in sich hinein, ob sie eine unmittelbare Gefahr spüren konnte. Sie sah die Kinder bei Silvia Turan zu Hause, wie sie auf einem Stuhl standen und versuchten, die Süßigkeiten zu erreichen, die auf einem hohen Schrank standen. Um Himmels willen! Sie rannte die Straße hinunter, um möglichst schnell das Appartementhaus zu erreichen, in dem Silvia Turan wohnte.

„Irgendwie spinnt die Frau", meinte Greta kopfschüttelnd, nachdem Christine Herberg grußlos davongestürzt war.

Luca war ein kleiner Schelm. Als Fatmas Mama kurz im Bad verschwand, zerrte er sofort einen Stuhl zu dem Schrank, auf den sie die Packungen mit den Süßigkeiten gelegt hatte.

„Das darfst du nicht!", rief Fatma empört. „Mama hat gesagt, dass wir das nicht essen dürfen!"

„Schnell, bevor sie wiederkommt!" Luca lachte und zog Fatma auf den Stuhl, damit sie ihm half.

„Nein, Luca! Mama hat es verboten!" Fatma sah ängstlich zur Badezimmertür. Die Mama würde schimpfen, wenn sie sie dabei erwischte. Luca interessierte das herzlich wenig. Mit seinen kleinen Händchen grapschte er nach den Schachteln und zog eine davon herunter. Sofort riss er die Verpackung auf und schob sich eine Praline in den Mund.

„Mama!", schrie Fatma laut. Im selben Moment klingelte es an der Tür Sturm.

Silvia Turan erfasste mit einem Blick, was geschehen war. Ehe Luca reagieren konnte, war sie bei ihm und zwang ihn, die Praline auszuspucken.

„Fatma, mach bitte die Tür auf", sagte sie zu ihrer Tochter. Sie bemühte sich, ruhig zu bleiben. Im nächsten Moment stand Christine Herberg in der Wohnung.

„Ist alles in Ordnung?", fragte sie besorgt.

„Ich weiß nicht. Vor der Tür lagen Süßigkeiten, die ich sofort weggeräumt habe. Luca hat sich etwas davon genommen, obwohl ich es verboten hatte. Er hat es gerade ausgespuckt. Hoffentlich passiert nichts!"

Draußen fuhr ein Auto vorbei, was sofort allen auffiel, da man die Straßen nur im Ausnahmefall befahren durfte. Dann hörte man die Lautsprecherdurchsage: „Achtung! Bitte essen Sie nichts, was Sie vor Ihrer Haustür vorfinden! Es hat bereits einen Unglücksfall gegeben!" Mehr wurde zunächst nicht bekanntgegeben. Silvia Turan blickte Christine Herberg entsetzt an. „Deshalb sind Sie hier, nicht wahr?"

„Ja! Ich hatte bereits davon gehört und habe mir um die Kinder Sorgen gemacht. Sie sind die Schwächsten, und sie sind so arglos."

„Ich rufe Lucas Mutter an. Vielleicht sollte Luca besser ins Krankenhaus. Ich weiß nicht, ob bereits winzige Spuren ausreichen, um ein Kind zu vergiften!" Silvia Turan machte sich große Vorwürfe. Sie war für die Kinder verantwortlich und hatte nicht genug aufgepasst.

„Tun Sie das", sagte Christine Herberg sicherheitshalber, obwohl sie nicht das Gefühl hatte, dass Luca noch in Gefahr war.

Wenig später, als Christine Herberg auf dem Heimweg war, spürte sie ganz deutlich, dass sich das Böse in der Tiefgarage befand. Ohne zu zögern stieg sie die nächste Treppe hinab, die dorthin führte.

In einiger Entfernung sah sie eine kleine Gestalt vorüberhuschen. Da war es!

Sicher war sie längst bemerkt worden. Trotzdem folgte sie dem Wesen unauffällig. Sie spürte, wie sich die Wut darüber in ihr anstaute, dass dieses Ding glaubte, es könne sich alles erlauben. Es drangsalierte die Menschen im Dorf und begann nun sogar, sie zu töten. Sie musste etwas unternehmen!

Zielstrebig rannte sie auf die Stelle zu, an der sie das Wesen gesehen hatte. Es war scheinbar verschwunden. Dennoch spürte sie seine Anwesenheit.

„Komm heraus und rede mit mir!", rief sie böse. „Es ist keine Lösung, die Leute im Dorf heimtückisch umzubringen! Was willst du damit erreichen?"

„Das weißt du ganz genau", wisperte es in einer Ecke der Garage.

„Ich weiß nicht, was das soll! Und ich will auch nicht dir helfen, sondern den Menschen, die hier friedlich leben!" Christine Herberg strengte sich an, das Wesen zu orten, aber es schien sich um sie herum zu bewegen.

„Du stehst auf meinem Grab!", hörte sie seine düstere Stimme.

„Was soll das heißen? Hier ist kein Friedhof!" Obwohl sie nicht wusste warum, glaubte sie es sofort. Unwillkürlich trat sie ein paar Schritte zur Seite.

„Hier war aber mal einer. Vor langer Zeit ..." Langsam schob sich das kleine, unheimliche Mädchen um einen Stützpfeiler herum und stand plötzlich vor ihr. Christine Herberg fuhr erschrocken zusammen. Der Anblick war grauenvoll. Hatte das Kind beim letzten Mal, als sie es gesehen hatte, nur etwas verwahrlost und blass gewirkt, so sah sie nun in das Antlitz einer verwesten Leiche.

Das Mädchen trug noch immer dasselbe Nachthemd, aber es war nun fleckig und zerfetzt. Es schien genauso zu zerfallen wie das Kind selbst.

Christine Herberg begriff, dass sie das tote Mädchen nun in einem späteren Stadium sah. Sie musste den Anblick ignorieren, um weiterzukommen. Sie durfte sich nicht davon beeindrucken lassen. Das war aber selbst für sie, die so einiges gewohnt war, nicht einfach. Sie schluckte und schloss für einen Moment die Augen.

„Es hat also etwas mit diesem alten Friedhof zu tun?", fragte sie leise.

„Ja."

„Wie heißt du?", fragte Christine Herberg, einer Eingebung folgend.

„Raphaela."

„Was ist damals passiert?"

„Ich bin gestorben."

„Woran bist du gestorben?"

„Das weiß ich nicht. Ich wurde an der Stelle begraben, an der du eben gestanden hast."

„Liegt der Mensch, dessen Geist in meinem Haus lebt, auch hier begraben?"

„Ja. Nur wenige Meter entfernt."

„Kennst du ihn?"

„Ja. Er war mein Freund."

„Wie heißt er?"

„Amadeus."

Christine Herberg spürte, dass sie der Lösung des Rätsels noch nie so nahe gekommen war wie jetzt gerade im Augenblick.

„Seid ihr gemeinsam gestorben?"

„Nein. Er wurde später begraben als ich."

„Kannst du mir den Zusammenhang erklären? Ich meine, weshalb die Menschen, die jetzt, zu dieser Zeit, hier leben, sterben sollen. Sie haben niemandem etwas getan!"

„Diesen Zusammenhang gibt es. Aber ich kann ihn dir nicht erklären. Frag Amadeus. Er weiß mehr darüber."

Christine Herberg spürte, dass dieses böse Wesen plötzlich ganz ruhig wurde. Es schien sich verstanden zu fühlen. Sie glaubte, dass momentan von ihm keine Gefahr mehr ausging. Sicher konnte sie sich aber nicht sein. Eine weitere Kommunikation war jedoch nicht möglich, da sie deutlich fühlte, dass es nicht mehr für sie greifbar war. Es entfernte sich von ihr. Offenbar wollte es zunächst nichts mehr mit ihr zu tun haben.

Die Obduktion von Martin Hollers Leiche ergab, dass sich keinerlei fremde Substanzen in seinem Körper nachweisen ließen. Das gerichtsmedizinische Institut konnte kein Fremdverschulden am Tode des Mannes feststellen.

Die Pralinen, die man von Hollers mitgenommen hatte, waren analysiert worden, da man annahm, ein Gift in ihnen finden zu können. Aber auch hier war nichts Außergewöhnliches festzustellen. Auch alle anderen Bewohner des Dorfes waren aufgefordert worden, die Schachteln zu Untersuchungszwecken abzugeben. Die Wachleute waren herumgegangen und hatten die Pralinen eingesammelt. Merkwürdigerweise waren nirgendwo Unregelmäßigkeiten zu entdecken. Die Süßigkeiten bestanden ausschließlich aus den Zutaten, die auf der Verpackung deklariert waren und entsprachen vollständig den Gesetzmäßigkeiten. Es gab demzufolge überhaupt keinen Grund, weiter zu ermitteln.

Die alten Herrschaften hatten erfahren, dass Martin Holler gestorben war, was zu allerlei Mutmaßungen Anlass gab. Von den Pralinen, die verteilt worden waren, hatten sie von den Wachleuten erfahren, die per Lautsprecherdurchsage verkündet hatten, man solle sie nicht essen.

„Wieso haben wir keine bekommen?", empörte sich Joachims Vater sofort.

„Sei doch froh! Vielleicht würdest du dann jetzt auch nicht mehr leben!", sagte seine Frau.

„Monika hat sie bestimmt gleich entsorgt, falls bei uns welche vor der Tür gelegen haben sollten", meinte Monikas Mutter, die ihre Tochter gut kannte.

„Sie hätte uns wenigstens informieren müssen!", ereiferte sich Joachims Vater.

In diesem Moment kam Monika die Treppe herunter.

„Monika?", rief ihr Vater sie.

„Ja, was ist denn?", fragte Monika und blickte in den Raum.

„Hatten wir Pralinen vor der Tür?"

„Ja, wie wohl die meisten hier. Aber niemand, außer Herr Holler, hat davon gegessen."

„Das hättest du uns sagen müssen!"

„Wozu? Ich fand es nicht der Rede wert."

„Herr Holler ist tot."

„Ich weiß, aber man hat die Todesursache noch nicht gefunden. Es ist unklar, ob die Pralinen damit in Zusammenhang stehen. Gift hat man wohl keines entdeckt, soweit ich weiß." Nun musste sich Monika Naumann doch auf diese fruchtlose Diskussion einlassen, die sie gern vermieden hätte. „Dann hätten wir die Pralinen auch essen können! So etwas wirft man doch nicht einfach weg!", sagte nun ihre Mutter in anklagendem Ton.

„Doch! Ich wollte vermeiden, dass euch etwas passiert! Wenn ihr Pralinen haben wollt, kaufe ich euch welche!"

„Darum geht es doch gar nicht!", fing Joachims Vater wieder an. „Du kannst nicht einfach Geschenke, die für uns bestimmt sind, in den Müll werfen!"

Monika fiel langsam nichts mehr ein. „Wenn ich sie euch gegeben hätte, würdet ihr jetzt vielleicht auch nicht mehr leben", sagte sie leise. „Denkt einmal darüber nach. Ich wollte euch bestimmt nichts wegnehmen." Damit verließ sie resolut das Zimmer und ließ die alten Leute allein. Es verletzte sie zutiefst, dass sie ihr misstrauten. Als würde sie ihnen etwas nicht gönnen! Sie hätte ihr letztes Hemd für die alten Leute gegeben und musste sich nun diese ungerechtfertigten Vorwürfe anhören!

Christine Herberg hatte es eilig, nach Hause zu kommen. Sie musste dringend ihren unsichtbaren Mitbewohner sprechen. Sie beschloss, diesmal hartnäckig zu bleiben und ihn nicht so leicht davonkommen zu lassen.

„Amadeus?", rief sie sofort, als sie das Haus betrat.

„Ach, du hast mit Raphaela gesprochen!", kam es matt zurück.

„Ja, habe ich." Sie zog sich Jacke und Schuhe aus und setzte sich in die Küche.

„Bitte rede mit mir!", sagte sie sanft. „Warum hast du mir nicht gesagt, dass sie es ist, die das Böse verkörpert?"

„Weil ich mich geschämt habe." Die Stimme, die sie vernahm, wirkte irgendwie gebrochen. Sie war erstaunt, dass er überhaupt zu einer solchen Regung fähig war.

„Was ist damals passiert?", fragte sie.

„Raphaela wurde bestialisch ermordet.“

„Das ist schrecklich! Was hast du dann getan?“

„Ich habe ihren Mörder gesucht. Raphaela war meine beste Freundin, und ich konnte nicht begreifen, wie ein Mensch zu einer solch grausamen Tat fähig war.“

„Hast du ihren Mörder gefunden?“

„Ja.“

„Was ist dann geschehen?“

„Kannst du dir das nicht denken?“

„Du hast ihn getötet?“

„Ja.“

Christine Herberg lief es kalt über den Rücken. Sie wollte gar nicht wissen, wie er das gemacht hatte. „Woran bist du gestorben?“, fragte sie knapp.

„Seine Familie hat sich gerächt. Ich hatte keine Chance.“

Christine Herberg war fassungslos. Es war furchtbar, was sich ihr da gerade offenbarte.

„Amadeus, es tut mir so leid“, sagte sie. „Aber was können die Leute dafür, die hier im Dorf leben? Weshalb müssen sie dafür büßen?“

„Raphaela kann Gut und Böse nicht mehr unterscheiden. Sie hat auch mich angegriffen, als du in das Haus gezogen bist. Vorher haben wir uns gut verstanden. Sie glaubte, ich gehöre ihr allein. Als du begonnen hast, mit mir zu kommunizieren, war das für sie eine Katastrophe! Zunächst hat sie sich in die Kellerräume verzogen, aber nachdem du gemerkt hast, dass sich dort unten etwas aufhält, hat sie das Haus verlassen und fing an, im Dorf ihr Unwesen zu treiben. Sie wollte, dass die Leute Angst bekommen und das Dorf verlassen.“

„Was hätte sie davon? Willst du auch, dass das Dorf zur Geisterstadt wird?“

Es folgte ein langes Schweigen. Sie dachte schon, er hätte sich wieder einmal aus der Affäre gezogen. Aber schließlich vernahm sie doch seine Antwort. Sie war sehr beunruhigend.

„Der Betreiber des Dorfes hat die Totenruhe gestört. Er hat den alten Friedhof ausgegraben und unsere Gebeine im Müll entsorgt. Die Toten haben ihn nicht im Geringsten interessiert. Es war ihm wichtiger, dort eine Tiefgarage zu bauen."

Nun war es heraus! Christine Herberg war sehr betroffen. Aber was konnte sie tun?

„Wo sind die anderen?", fragte sie leise.

„Fort."

„Warum seid ihr noch hier?"

„Wir können nicht fort."

„Warum nicht?"

„Weil wir unseren Frieden noch nicht gefunden haben."

„Was müsste geschehen, damit ihr euren Frieden findet?"

„Die Schandtat müsste gerächt werden. Es muss eine Vergeltung geben. Sonst wird es immer so weitergehen." Er klang sehr bedrückt.

Die drei Witwen saßen spät in der Nacht bei Kaffee und Käsekuchen in ihrer schicken Wohnküche und diskutierten die Geschehnisse im Dorf.

„Woran wohl Martin Holler gestorben ist?", begann Anneliese das Gespräch.

„Anscheinend nicht an den Pralinen. Offenbar waren sie doch nicht vergiftet", sagte Greta stirnrunzelnd.

„Dann hätten wir sie ja auch essen können", meinte Rosemarie naiv.

„Hör' auf damit!" Greta wurde wütend. „Als ob wir uns es nicht leisten könnten, uns selber welche zu kaufen! Martin Holler ist tot, und wir leben noch. Wer weiß, was da passiert ist!"

„Vielleicht hat seine Frau ihn umgebracht?", überlegte Anneliese.

„Warum sollte sie?" Greta schüttelte den Kopf.

„Na ja, Gründe für so etwas gibt es ja immer." Rosemarie sinnierte vor sich hin. „Ich kannte einmal ein Ehepaar, von dem man dachte, alles wäre in bester Ordnung. Dem war aber nicht so. Eines Tages taumelte der Mann aus der Haustür und breitete die Arme weit aus. Dabei sah er zum Himmel." Rosemarie machte eine Pause.

„Und dann?", fragte Greta ungeduldig.

„Alle, die ihn so sahen, dachten, er sei betrunken, da bekannt war, dass er öfter mal Alkohol trank." Rosemarie machte wieder eine Pause.

„Komm jetzt endlich zum Punkt! Hat die Geschichte irgendeinen Hintergrund?" Anneliese rollte entnervt mit den Augen.

„Aber ja! Als man sich den Mann näher betrachtete, stellte man fest, dass in seinem Rücken ein Messer steckte!" Rosemarie nickte und sah die anderen beiden ernst an.

„Geht die Geschichte noch weiter?", fragte Greta gelangweilt.

„Na ja, die eine Hälfte der Dorfbewohner glaubte, seine Frau habe ihm das Messer in den Rücken gestoßen." Rosemarie sah auf ihren Teller. Sie nippte an ihrer Kaffeetasse.

„Und die andere Hälfte?" Anneliese hätte sie am liebsten geschüttelt. „Entweder erzählst du die Sache jetzt zu Ende, oder du hältst die Klappe!", rief sie aufgebracht. „Das ist doch nicht zu glauben!"

Rosemarie tat beleidigt. Schließlich setzte sie jedoch ihre Erzählung fort. „Die anderen glaubten, es wäre der Geist eines Verstorbenen gewesen, der vor langer Zeit dort gelebt haben soll!" Rosemaries Stimme wurde immer leiser und geheimnisvoller. „Es deutete einiges darauf hin." Sie nickte und schwieg wieder.

„Was deutete darauf hin? Um Himmels willen, lass dir doch nicht alles aus der Nase ziehen! Erzähle es jetzt ordentlich zu Ende, oder ich will nie wieder so eine bescheuerte Geschichte von dir hören!" Anneliese war mittlerweile stinksauer.

„Ja, ist ja schon gut." Rosemarie schob sich gemächlich ein Stück Käsekuchen auf den Teller. „Also, es war so: Man erzählte sich, dass in dem Haus, in dem das Ehepaar lebte, vor langer Zeit jemand unter mysteriösen Umständen ums Leben gekommen sei. Niemand wusste etwas Genaues, aber es hieß, dass der Geist dieser Person dort sein Unwesen trieb. Des Nachts hörte man oft ein schauerliches Heulen, das man diesem Geist zuschrieb. Aber die anderen behaupteten, es wäre nur der Wind, der durch das Häuschen zog und diese Geräusche verursachte. Niemals wurde die Sache aufgeklärt. Die Witwe zog nach dem

Tode ihres Mannes sofort in ein anderes Dorf. Man sagte, sie hätte dort schnell wieder geheiratet." Rosemarie verbreitete eine gespenstische Stimmung, die jedem anderen aufs Gemüt geschlagen wäre, aber nicht Greta. „Und das gibt dir nicht zu denken?", fragte sie mit hochgezogenen Brauen.

„Was denn?" Rosemarie war irritiert.

„Na, dass sie nach dem Tod ihres Gatten gleich weggezogen ist und sich neu verheiratet hat. Das stinkt doch zu Himmel!"

„Ach, du meinst, sie hätte ihn deswegen umgebracht?"

„Nein, Rosemarie. Sicher hat sie auf den Geist gewartet!"

Greta sah fassungslos hinüber zu Anneliese, die auf ihrem Teller herumstocherte und sich das Lachen verbiss. „Natürlich, was denn sonst?" Greta hatte genug. Sie erhob sich. „Ich gehe jetzt schlafen", sagte sie. „Gute Nacht!"

Christine Herberg versuchte herauszufinden, was es mit dem alten Friedhof auf sich hatte. Da die Existenz des Friedhofes offenbar sehr lange zurücklag, würde es schwierig werden. Sie fuhr zunächst in die Stadt. Sie suchte nacheinander das Gemeindeamt, die Kirche und die Stadtbibliothek auf. Überall war man freundlich und beflissen, ihr zu helfen, jedoch wusste niemand von einem Friedhof, der sich vor langer Zeit auf diesem Gelände befunden haben sollte.

Schließlich hatte Christine Herberg in der Bibliothek Glück. Eine Mitarbeiterin von dort erinnerte sich, vor einiger Zeit in einem alten Buch etwas über den Friedhof gelesen zu haben. Sie suchte das Buch und wurde fündig. „Schauen Sie, hier ist etwas darüber beschrieben", sagte sie und überreichte Christine Herberg das Buch. „Bitte seien Sie vorsichtig damit, es fällt fast auseinander", bat die Frau.

„Ja, keine Sorge, vielen Dank!" Behutsam blätterte Christine Herberg die Seiten um und versuchte die Stelle zu finden, an der der Friedhof beschrieben worden war. Als sie sie fand, stockte ihr der Atem. Das war mehrere hundert Jahre her, dass dort Tote begraben worden waren! Kein Wunder, dass sich niemand mehr daran erinnerte!

Sie vergaß alles um sich herum und begann zu lesen. Aufgrund ihrer geheimnisvollen Gabe, Dinge zu sehen, tauchte sie völlig in diese längst vergangene Welt ein. Es war eine düstere Zeit. Die Menschen waren abergläubisch und taten Unvorstellbares. Sie glaubten an Hexen und brachten Frauen, die unter Verdacht standen, auf grausame Weise zu Tode. Sie glaubten auch an untote Menschen, weshalb Leichen wieder ausgegraben wurden und man ihnen einen Pfahl ins Herz stieß. Christine Herberg sah furchtbare Bilder. Irgendwann kam sie zu einer Stelle, an der ein kleines Mädchen erwähnt wurde. Es hieß Raphaela! Sofort sah sie das Kind fröhlich in einem Garten spielend. Es war ein hübsches kleines Mädchen – und es trug eine Art Nachthemd. Sie sah auch Amadeus, der einige Jahre älter als das Mädchen war. Amadeus schien die Kleine zu beaufsichtigen, aber nach einiger Zeit entfernte er sich. Plötzlich änderte sich das Bild. Christine Herberg sah, wie sich ein großer, dunkel gekleideter Mann näherte und das Kind durch ein Gebüsch hindurch beobachtete. Er hatte offenbar nichts Gutes im Sinn. Entsetzt musste Christine Herberg mit ansehen, wie er sich von hinten anschlich und das kleine Mädchen ins Gebüsch zerrte. Sie hörte sein hämisches Lachen und schrie auf.

Erst als die Dame, die in der Bibliothek arbeitete, sie sanft an der Schulter berührte, kam sie wieder zu sich. Müde blickte sie auf. Alle, die sich zu diesem Zeitpunkt dort befanden, starrten sie an.

„Entschuldigung", sagte sie leise, „aber ich war gerade so von dem Buch gefangen genommen". Tränen flossen über ihre Wangen, ohne dass sie etwas dagegen tun konnte. Sie gab der Frau das Buch zurück und erhob sich. Sie nickte einen Gruß und verließ den Laden. Nachdenklich lief sie durch die Straßen des Dorfes. Was konnte sie jetzt unternehmen?

Das Leben in dem kleinen Dorf ging scheinbar ganz normal weiter. Zwar gab es hin und wieder Mutmaßungen über die ungewöhnlichen Vorkommnisse, aber die Leute waren fast froh, dass sie etwas zu erzählen hatten, da im Ort nicht viel los war.

Niemand konnte schließlich ahnen, in welcher Gefahr sie sich alle befanden. Christine Herberg machte sich große Sorgen. Sie war sich ganz sicher, dass Raphaela keine Ruhe geben würde.

Sofia Moretti hatte sich mit Silvia Turan verabredet. Sie wollten mit den Kindern ins Schwimmbad gehen. Die Kinder konnten es kaum erwarten, und auch die beiden Frauen freuten sich auf einen entspannten Nachmittag in diesem herrlichen Urlaubsparadies. Sie rückten ihre Liegestühle, die frei für alle verfügbar waren, in die Nähe des Kinderbeckens, um die Kleinen zu beaufsichtigen. Wenn eine der beiden schwimmen ging, blieb jeweils die andere bei den Kindern, damit nichts passierte. Als sie gerade eine Weile miteinander schwatzten, während sich die Kinder im Wasser vergnügten, bekamen sie nicht sofort mit, dass sich ein kleines Mädchen zu ihren Kindern gesellte. Als sie es sahen, dachten sie sich zunächst nichts dabei. Es waren außerdem noch mehr Kinder am Strand und im Wasser, die miteinander spielten. Plötzlich war jedoch Gekreische zu hören, und die Kleinen schienen sich zu zanken. Noch immer kam den beiden Frauen das nicht ungewöhnlich vor. Warum auch? Kinder stritten sich halt auch manchmal.

Schließlich kamen Luca und Fatma zu ihren Müttern gerannt. Sie wirkten irgendwie verstört.

„Na, ihr beiden? Ist alles in Ordnung?", fragte Silvia Turan alarmiert.

„Da war eben wieder dieses Mädchen. Wir haben es schon einmal im Kindergarten gesehen. Es ist so eklig!" Luca schüttelte sich.

„Aber hör' mal! Wieso meinst du, dass das Mädchen eklig ist?", fragte ihn seine Mutter irritiert.

„Die sieht im Gesicht so komisch aus. Und die hatte überall Käfer!" Luca zog eine Grimasse.

„Ja, das stimmt!", schaltete sich nun auch Fatma ein. „Und sie hatte Würmer im Gesicht! Total eklig!"

Die beiden Frauen sahen sich ratlos an. Sie wussten nicht so recht, was sie davon halten sollten.

„Wollt ihr uns nur ein Märchen erzählen, um uns zu erschrecken?", fragte Sofia Moretti vorsichtig.

„Nein, es ist wahr!", beteuerte Luca. „Da drüben ist sie!", sagte er und deutete hinüber zum Kinderbecken. Alle sahen in die Richtung, wohin er zeigte, aber das unheimliche Mädchen war längst verschwunden.

Raphaela hatte erreicht, was sie wollte: die Menschen in Angst und Schrecken zu versetzen und zu verunsichern. Diesmal hatte es die Kinder getroffen, aber für Raphaela machte es keinen Unterschied. Sie war damals nicht viel älter gewesen, als ihr kurzes Leben auf so grausame Weise beendet worden war.

Christine Herberg beschloss, mit dem Betreiber des Dorfes zu sprechen. Sie musste herausfinden, ob er etwas über den alten Friedhof gewusst hatte, als er die Tiefgarage bauen ließ. Wenn es stimmte, was Amadeus sagte, und danach sah es aus, war er für die grauenhaften Vorkommnisse im Dorf verantwortlich. Aber sicherlich war ihm dies gar nicht bewusst, dachte sie bei sich.

Sie rief im Büro von Matthias Steinbach an und bat um einen Gesprächstermin. Als seine Sekretärin sie fragte, worum es sich handle, erfand sie schnell eine Ausrede. Sie konnte ja schlecht die Wahrheit erzählen. Sie sagte, es ginge um ein Anliegen der Dorfgemeinschaft, welches überaus wichtig sei. Das stimmte sogar irgendwie. Die Sekretärin hakte nach: „Und worum geht es genau?"

„Das kann ich Ihnen am Telefon leider nicht sagen. Ich müsste mit Herrn Steinbach selbst sprechen. Bitte! Es ist wirklich sehr wichtig!"

„Ich werde es ihm ausrichten", sagte die Sekretärin in geschäftsmäßigem Ton. „Wie kann ich Sie erreichen?"

Christine Herberg wollte nicht von ihr erreicht werden. Das war zu gefährlich, da sie nicht wusste, was in der Zwischenzeit passieren würde. „Ich bin gerade nicht erreichbar. Würden Sie bitte mit Herrn Steinbach wegen eines Termins sprechen? Ich rufe dann später noch einmal an."

„Ja, das werde ich tun, aber ich kann Ihnen nichts versprechen!", erwiderte Steinbachs Sekretärin und legte auf.

Christine Herberg war sich noch nicht darüber im Klaren, was das Gespräch mit dem Geschäftsführer der Immobiliengesellschaft ihr bringen sollte. Sicherlich würde er alles abstreiten. Als sie wieder anrief, wurde ihr überraschenderweise gesagt, sie könne gern sofort vorbeikommen.

Sie rannte in die Tiefgarage, um ihr Auto zu holen. Bevor sie es erreichte, wurde ihr der Weg von Raphaela verstellt. Christine Herberg erschrak. Das kleine Mädchen sah noch schlimmer als beim letzten Mal aus, als sie es gesehen hatte, falls dies überhaupt möglich war. Wieder war das Stadium der Verwesung weiter fortgeschritten. Für einen normalen Menschen wäre dieser Anblick unerträglich gewesen. Für Christine Herberg war er auch schrecklich, aber sie wusste, womit sie es zu tun hatte.

„Wohin willst du?", fragte das Kind scheinbar arglos, wobei sich das, was von seinem Mund übrig geblieben war, nicht bewegte. Die Stimme kam von woanders her. Es wäre auch für einen in diesem Stadium verwesten Menschen nicht mehr möglich gewesen zu sprechen, wenn er noch gelebt hätte, da keine Stimmbänder mehr vorhanden waren.

„Ich versuche, dir und Amadeus zu helfen", sagte Christine Herberg leise. „Ich fahre jetzt in die Stadt. Bitte mach' mir keinen Kummer und lass' die Menschen hier in Ruhe!"

„Wie willst du uns helfen?", fragte Raphaela in merkwürdig blechernem Ton. Obwohl die Stimme keinen Klang hatte, hörte sie sich höhnisch und böse an.

„Ich rede mit dem Mann, der für das Dorf verantwortlich ist!"

„Hat er den Friedhof zerstört?"

„Das weiß ich noch nicht."

„Wirst du ihn fragen?"

„Ja, natürlich. Vielleicht finden wir eine Lösung."

„Welche Lösung soll das sein?"

„Ich weiß es auch nicht. Aber vielleicht gibt es eine Möglichkeit, damit ihr endlich eure Ruhe finden könnt!" Christine hob beschwörend beide Hände. „Bitte gib mir ein bisschen Zeit!"

„Es ist schon genug Zeit vergangen!" Raphaela kam drohend auf sie zu. „Ich warte nicht länger. Das Sterben im Dorf hat bereits begonnen!"

„Bitte lass' es! Es hilft weder dir noch Amadeus!" Obwohl Christine Herberg vor Grauen am liebsten davongelaufen wäre, ging sie einen Schritt auf das kleine, verweste Mädchen zu. Raphaela rührte sich nicht von der Stelle. Christine blickte direkt in die toten Augen. Ein fürchterlicher Geruch stieg ihr in die Nase. So etwas hatte sie noch nie gerochen. Fast hätte sie sich übergeben. Raphaela schien es bemerkt zu haben. Ein böses, leises Kichern kam von irgendwoher.

„Ich muss jetzt los! Bitte warte, bis ich wieder da bin! Vielleicht gibt es eine Chance für euch beide", sagte Christine Herberg und stieg hastig in ihr Auto, ohne Raphaela weiter zu beachten.

Matthias Steinbach wirkte zunächst sehr freundlich. Ohne sie warten zu lassen, ließ er sie von seiner Sekretärin hereinführen und kam ihr leutselig entgegen. Er packte ihre Hand und drückte sie kräftig, wobei er ihr tief in die Augen sah.

„Was haben Sie auf dem Herzen, junge Frau?", fragte er fröhlich. „Aber bitte, nehmen Sie doch Platz!", sagte er und wies auf eine lederbezogene Sitzgruppe in seinem Büro. Bevor sie etwas sagen konnte, schneite wieder die Sekretärin herein und servierte Kaffee und Gebäck.

Es dauerte eine Weile, bis sie schließlich saßen, der Kaffee eingeschenkt war und die Sekretärin den Raum verlassen hatte.

„Ich weiß nicht, ob Sie schon etwas darüber gehört haben, aber es gibt gewisse Unruhen im Dorf", begann Christine Herberg vorsichtig.

Steinbach schob die Unterlippe vor. „Nicht, dass ich wüsste! Worum geht es? Und von wem gehen diese Unruhen aus?" Seine Augen verengten sich minimal. Nur wer ihn gut kannte, wusste, dass dies ein Alarmzeichen war.

„Das kann ich Ihnen leider auch nicht so genau sagen." Christine Herberg mimte die Unwissende. „Es soll um einen alten

Friedhof gehen, der früher genau dort war, wo jetzt die Tiefgarage ist. Wissen Sie etwas darüber?" Steinbach rührte in seiner Kaffeetasse herum, obwohl er keinen Zucker genommen hatte. Er wollte Zeit gewinnen. Christine Herberg konnte in ihm lesen wie in einem Buch. Natürlich wusste er davon! Als er aufblickte, begriff er, dass es wenig Sinn hatte, ihr etwas vorzumachen. Auch er konnte Menschen gut einschätzen.

„Also gut", sagte er nach einer Weile. „Die Baufirma hat beim Ausgraben ein paar Totenköpfe und Knochen gefunden. Aber was soll's? So ist das halt. Kein Friedhof besteht ewig! Wer hat damit ein Problem?" Lauernd beugte er sich ein wenig nach vorn. Er musste wissen, wer ihm da Ärger machen wollte.

„Hätten Sie das nicht melden müssen?", fragte Christine Herberg leichthin und bereute es sofort. Steinbach verzog schmerzlich das Gesicht. „Wem hätte ich das melden sollen und weshalb? Wieso interessiert Sie das überhaupt? Was wollen Sie eigentlich von mir?" Er erhob sich, als sei das Gespräch für ihn bereits beendet.

Christine Herberg blieb ungerührt sitzen. Es war ungeschickt von ihr gewesen, ihn so direkt zu kompromittieren, aber sie glaubte, noch etwas retten zu können.

„Ach, entschuldigen Sie, ich mache Ihnen doch gar keine Vorwürfe", sagte sie harmlos. „Aber es gibt halt dieses Problem im Dorf, von dem Sie wissen sollten!" Sie beschloss, sich weiterhin bedeckt zu halten.

„Sie haben mir aber immer noch nicht gesagt, worum es sich eigentlich handelt", beharrte Steinbach und setzte sich wieder. „Es ist etwas schwierig. Ich selbst weiß leider auch nicht alles. Auf jeden Fall hängt es mit dem alten Friedhof zusammen. Soweit ich gehört habe, fühlt sich jemand gekränkt, dessen Vorfahren dort beerdigt worden waren. Man behauptet, die Gräber seien rücksichtslos zerstört worden."

„Wer fühlt sich gekränkt? Und wer behauptet, die Gräber wären zerstört worden?" Steinbach wurde beängstigend rot im Gesicht, während seine Stimme immer lauter wurde.

Aha, ein Choleriker, dachte Christine Herberg ruhig bei sich. „Wenn ich das wüsste, würde ich es Ihnen ja sagen, aber es ist unklar. Fakt ist aber, dass die Menschen im Dorf ihres Lebens nicht mehr sicher sind."

„Sie meinen die Geschichte mit Martin Holler?" Steinbach fuhr sich nervös durch sein schütteres Haar.

„Ja, auch. Aber es gab auch vorher schon einen Todesfall."

„Das war ein Unfall!"

„Tatsächlich?"

„Ja. Der Mann ist hingefallen und hat sich am Kopf verletzt."

„Ach so!" Sie spürte, dass er wirklich davon überzeugt zu sein schien und wunderte sich darüber.

„Und Martin Holler ist auch nicht ermordet worden, falls Sie das glauben!" Steinbach lehnte sich gemütlich zurück und faltete die Hände, als wolle er beten. Er wähnte sich auf sicherem Terrain. Niemand konnte ihm irgendetwas anhaben!

„Woran ist Herr Holler denn gestorben?", fragte Christine Herberg scheinbar völlig unwissend.

„Wer weiß das so genau? Jedenfalls hat man kein Gift gefunden", antwortete Matthias Steinbach und hätte sich im nächsten Augenblick am liebsten die Zunge abgebissen. Es war ihm so herausgerutscht.

Also weiß er von den vergifteten Süßigkeiten, dachte Christine Herberg, schwieg aber darüber. „Was auch immer geschehen sein mag", sagte sie schließlich in versöhnlichem Ton. „Man muss etwas unternehmen, damit wieder Ruhe einkehrt!"

„Was schlagen Sie vor?", fragte Steinbach vorsichtig.

„Vielleicht könnte man eine Art Gedenkstätte für die Toten des ehemaligen Friedhofes errichten. Das wäre zumindest eine versöhnliche Geste, auch wenn ich mir nicht sicher bin, ob wir damit Erfolg hätten." Christine Herberg war der Gedanke erst soeben gekommen, und sie fand ihn gut. „Einen Versuch wäre es zumindest wert", redete sie auf Steinbach ein und sah ihn zum ersten Mal etwas freundlicher an.

Matthias Steinbach erhob sich und begann, im Zimmer auf und ab zu gehen, was seine innere Erregung verriet. Christine

Herberg ließ ihn gewähren. Er musste erst einmal mit der Situation klarkommen und überlegen, dachte sie.

Schließlich blieb er abrupt stehen. „Vielleicht haben Sie recht", sagte er stirnrunzelnd. „Auch wenn ich mich ungern erpressen lassen würde."

„Aber Herr Steinbach, das ist doch keine Erpressung!", beschwichtigte sie ihn. „Niemand hat irgendwelche Forderungen gestellt!" Das stimmte zwar nicht ganz, aber sie konnte ihm ja schlecht etwas über Raphaela erzählen. Er würde sie für verrückt halten. „Es geht doch nur um eine freundliche Geste und ein Entgegenkommen."

Matthias Steinbach sah zur Zimmerdecke. Offenbar rechnete er gerade aus, was ihn der Spaß kosten würde, wenn er einwilligte. „Billig wird das sicher nicht", sagte er dann auch prompt. „Ich muss mir das überlegen."

„Bitte denken Sie daran, was Ihnen der Frieden im Dorf wert ist", erinnerte ihn Christine Herberg und stand auf. „Ich hoffe, dass wir eine Lösung finden und danke Ihnen für Ihre Gastfreundschaft", sagte sie und reichte ihm zum Abschied die Hand.

„Sie kommt zurück!", posaunte Joachims Vater, als er Christine Herberg auf ihr Häuschen zugehen sah.

„Wo mag sie wohl gewesen sein?", rätselte Monikas Vater.

„Das geht uns doch gar nichts an", meinte seine Frau.

„Irgendwas ist im Busch! Ich spüre das in meinen Knochen!" Joachims Vater stieg schwerfällig aus seinem Bett und begab sich zu dem großen Fenster, von dem man das Nachbarhaus sehr gut sehen konnte. Auch die anderen hielt es nicht mehr in ihren Betten. Schließlich standen alle am Fenster und sahen hinaus.

Christine Herberg schloss gerade die Haustür auf. Selbstverständlich wusste sie, dass sie beobachtet wurde. Sie drehte sich um und winkte freundlich zu den Nachbarn hinüber, bevor sie ihr Häuschen betrat.

„Habt ihr das gesehen?" Joachims Mutter war bestürzt.

„Wir sind zwar alt, aber nicht blind", raunzte ihr Mann sie an.

„Sie muss uns entdeckt haben!", rief Monikas Mutter schuldbewusst.

„Nein. Auf gar keinen Fall! Sie hat vorher nicht einmal herübergesehen!", behauptete ihr Mann.

„Aber warum hat sie uns dann gegrüßt?", fragte Joachims Mutter irritiert.

„Sie kann nicht gewusst haben, dass wir hier stehen und sie beobachten", beharrte ihr Mann. „Wahrscheinlich geht sie einfach davon aus, dass wir uns für sie interessieren." Er sagte das so, als sei es völlig abwegig.

Monika, die gerade hereinkam und den Rest des Gespräches mitbekommen hatte, musste schmunzeln. „Zieht euch wenigstens eure Bademäntel an, damit ihr euch nicht verkühlt", sagte sie freundlich.

„Brauchen wir nicht! Wir gehen wieder ins Bett. Es gibt nichts zu sehen!", bestimmte Joachims Vater. Die anderen nickten und stiegen wieder in ihre Betten. Monika half ihnen dabei. Sie schüttelte die Kissen und Decken ein wenig auf und schaute, dass es jeder bequem hatte. „Ich bereite jetzt das Abendbrot zu", sagte sie beiläufig. „Hat jemand einen besonderen Wunsch?"

„Nein, nein. Alles wie immer", antwortete ihr Vater uninteressiert. Die anderen nickten.

Während Monika das Essen vorbereitete, beobachteten die alten Leute weiter verstohlen das kleine Hexenhäuschen. Sicherlich würde gleich noch etwas geschehen. Sie mussten nicht lange warten.

Als Christine Herberg ihr Auto in der Tiefgarage geparkt hatte, hielt sie sofort Ausschau nach Raphaela. Sie schien jedoch nicht mehr hier zu sein. Hoffentlich trieb sie nicht wieder irgendwo ihr Unwesen, dachte Christine Herberg besorgt. Sie eilte zu ihrem Häuschen und öffnete die Tür, nicht ohne den neugierigen alten Leuten einen Gruß zugewinkt zu haben. Sie mochte diese alten Menschen. Sie interessierten sich zwar über Gebühr für sie, aber sie meinten es nicht böse.

In keiner Weise war sie darauf vorbereitet, was sie in ihrem Haus erwartete.

Als sie den Wohnraum betrat, blieb sie überrascht stehen. Auf der Couch saß ein wunderschönes Mädchen mit blonden, geflochtenen Zöpfen und schaute ihr erwartungsvoll entgegen. „Raphaela?", fragte sie nach einer Weile leise. „Bist du das?" „Ja." Das kleine Mädchen sah frisch und lebendig aus. Es trug ein hübsches Kleidchen und hatte eine Puppe im Arm. Christine Herberg verschlug es für einen Moment die Sprache. Offenbar hatte sie Raphaela zu Lebzeiten vor sich. Plötzlich betrat ein junger Mann den Raum.

Christine Herberg fühlte sich überrumpelt. Was war hier los? Wer war der Mann, und wie war er hier hereingekommen?

„Wer sind Sie, und was haben Sie in meinem Haus zu suchen?", fragte sie auch sofort und trat dem jungen Kerl energisch entgegen.

„Erkennst du mich denn nicht?" Der Mann lächelte.

Es durchfuhr sie wie ein Schlag. Diese Stimme! Das konnte doch nicht ...? Aber natürlich! Erst jetzt bemerkte sie die altmodische Kleidung, die er trug.

„Amadeus?", fragte sie ungläubig.

„Ja! Ich bin es." Er strahlte sie an.

Sie wurde nicht fertig damit, ihn zu betrachten. Schließlich lebte sie seit einiger Zeit mit ihm unter einem Dach, ohne ihn jemals gesehen zu haben. Er war ein hübscher junger Mann. Kaum älter als siebzehn oder achtzehn Jahre. Am liebsten hätte sie ihn umarmt, aber sie traute sich nicht. Sie hatte Angst, ins Leere zu fassen. „Wie kommt es, dass ich dich plötzlich sehen kann?", fragte sie erstaunt.

„Das weiß ich eigentlich auch nicht", antwortete er nachdenklich. „Vielleicht hat es etwas mit dem zu tun, was du heute für uns getan hast?"

„Aber ich habe doch noch gar nichts erreicht", widersprach Christine Herberg und setzte sich in einen Sessel. Es war für sie noch immer kaum zu begreifen, was sie sah. Raphaela wiegte ihre Puppe im Arm und schaute sie aus großen, blauen Augen fragend an. Erschrocken stellte sie fest, dass es sich um die Gruselpuppe handelte, die in der Villa der Witwen unter den Schrank gekrochen war. Sie zog die Schultern entsetzt hoch und starrte auf die Puppe. Raphaela schien ihre Gedanken zu erraten. Sie lächelte, aber es war keine Bosheit in ihrer Miene zu erkennen. Die Puppe schien zu sein wie jede andere. Sie sah sehr neu aus und hatte saubere, niedliche Puppenkleidung an. Amadeus lächelte Raphaela liebevoll an und reichte ihr die Hand. „Komm!", sagte er und zog sie von der Couch hoch. Christine wurde nicht weiter beachtet. Sie stand dabei, als würde sie nicht dazugehören. Als Amadeus mit Raphaela zur Haustür ging, läuteten bei ihr alle Alarmglocken. „Wo wollt ihr denn hin?", fragte sie und versuchte, sich ihnen in den Weg zu stellen. Damit hatte sie jedoch wenig Erfolg. Als Amadeus' Arm sie streifte, war es, als würde ein Nebel sie berühren.

„Wir gehen zum alten Friedhof", bestimmte Amadeus.

„Nein, das geht doch nicht! Wenn euch jemand sieht! Bleibt um Himmels willen hier!", rief Christine Herberg. Im selben Augenblick wurde ihr jedoch klar, dass sie keine Macht über die beiden hatte und sie tun würden, was sie für richtig hielten.

„Es wird nichts passieren", beschwichtigte Amadeus sie leichthin. „Es ist bereits dunkel, und es wird uns niemand sehen."

Christine Herberg konnte nicht verhindern, dass die beiden das Haus verließen.

Gegenüber hatte man noch immer das Hexenhäuschen im Blick. Das Abendessen war inzwischen beendet worden, und Monika hatte sich nach oben in ihren Wohnbereich begeben.

„Achtung! Es geht los!", meldete Joachims Vater sofort, als sich die Haustür öffnete. „Was ist denn das?", rief er irritiert, als Raphaela und Amadeus gemeinsam aus dem Haus traten. Die anderen drei Herrschaften konnten kaum schnell genug aus ihren Betten kommen, um noch einen Blick auf die beiden zu erhaschen, die nun rasch die Straße hinuntermarschierten.

„Was sind denn das für Leute?", fragte Monikas Vater überrascht. „Die habe ich ja noch nie hier gesehen!"

„Und wie komisch die angezogen sind!", ließ sich seine Frau vernehmen. „Sie sehen aus, als kämen sie aus einem anderen Jahrhundert!"

„Ach was! Das wird die neueste Mode sein!" Joachims Vater sah den beiden geringschätzig nach. „Ich habe es gewusst!" Er hob den Zeigefinger und schüttelte den Kopf. „Die Herberg hat illegale Untermieter!"

„Na ja, bis jetzt war ja nur immer von einem die Rede!", bemerkte seine Frau spitz.

„Umso schlimmer!", ereiferte sich Joachims Vater. „Wer weiß, was in diesem Haus vor sich geht!"

„Das kleine Mädchen ist doch völlig harmlos", schaltete sich Monikas Mutter ein. „Vielleicht ist sie eine Verwandte."

„Und der junge Mann? Wahrscheinlich auch ein Verwandter?", überlegte ihr Mann.

„Am besten wäre, wir fragen Frau Herberg einfach einmal, welche Leute da in ihrem Haus wohnen."

„Um Himmels willen!", rief Joachims Mutter aus. „Das geht uns doch gar nichts an! Die zeigt uns einen Vogel!"

„Oder sie lügt", meinte Monikas Mutter. „Monika kriegt Schnappatmung, wenn wir uns da einmischen!"

„Und wenn schon!" Ihr Mann zuckte gleichgültig die Schultern.

Raphaela und Amadeus stiegen gemeinsam die Treppe zur Tiefgarage hinab. Wer genau hinsah, konnte beobachten, dass sie sich nicht wie normale Menschen bewegten. Ihre Füße schienen über dem Boden zu schweben. Aber außer den alten Leuten – und ihnen fiel es nicht auf – sah sie niemand.

Sie suchten die Stellen auf, an denen sie selbst, ihre Eltern und ihre Großeltern beerdigt worden waren. Still standen sie jeweils eine Weile an den verschiedenen Orten, an denen sich die Gräber befunden haben mussten, und hielten sich bei den Händen. Raphaela blickte Amadeus aus großen, blauen Kinderaugen vertrauensselig an. Er erwiderte ihren Blick und erschrak. Sie begann, sich zu verändern. Er schaute auf ihre Puppe, die sie noch immer fest im Arm hielt. Die Puppe wirkte plötzlich grau und feindlich. Als er Raphaela wieder ins Gesicht sah, bemerkte er ihre unruhigen, flackernden Augen, die sich in ihre Höhlen zurückzuziehen schienen.

„Raphaela! Tu mir das nicht an! Bleib bei mir!", flehte er sie an. „Lass uns zum Haus gehen! Dort warten wir, bis alles vorbei ist!" Aber er erreichte sie nicht mehr. Sie begann bereits, sich von ihm zu entfernen.

„Bitte, komm zurück!", rief er noch einmal, aber es war sinnlos. Wie aus weiter Ferne hörte er ihre Stimme: „Ich kann nicht anders!"

Er versuchte, nach ihr zu greifen, aber er sah gleichzeitig den feinen Nebel, der sie umgab und in dem sie sich schließlich auflöste.

Christine Herberg machte sich große Sorgen. Sie wusste, dass die alten Nachbarn Raphaela und Amadeus gesehen hatten. Sie hoffte inständig, dass sie nicht beim Pförtner nachfragten, ob sie angemeldeten Besuch hatte. Sie würde die größten Probleme bekommen! Händeringend saß sie in ihrem Wohnzimmer und wartete auf die Rückkehr der beiden. Sie hatte kein gutes Gefühl dabei.

Als Amadeus allein zurückkam, wusste sie sofort, dass ihr Gefühl sie nicht getrogen hatte.

Sie sprang auf. „Was ist passiert?", fragte sie und stürzte ihm entgegen. Er machte ein trauriges Gesicht. „Sie hat sich wieder verwandelt", sagte er müde. Mit hängenden Schultern tappte er in den Flur hinaus. Christine Herberg folgte ihm sofort, aber sie konnte ihn plötzlich nicht mehr sehen.

„Wo bist du? Und was ist mit Raphaela?", rief sie und suchte ihn in ihrer Wohnung. Sie konnte ihn jedoch nirgendwo entdecken, und er gab ihr auch keine Antwort mehr. Es war zum Verzweifeln!

Als sie zurück ins Wohnzimmer kam, erstarrte sie. Auf der Couch, genau dort, wo sie gerade eben noch gesessen hatte, lag Raphaelas Puppe mit verrenkten Gliedern. Es sah irgendwie anklagend aus. Oder wie eine Drohung. Die Puppe wirkte alt und schmuddelig, und die Puppenkleidung war total verschlissen. Christine Herberg war sich nicht sicher, ob sich Raphaela im Raum befand. Sie hielt es jedoch für sehr wahrscheinlich. „Raphaela, bist du hier?", rief sie in das leere Zimmer, doch sie antwortete nicht. Vorsichtig näherte sie sich der Puppe. Sie wirkte auf sie nicht wie ein toter Gegenstand. Sie glaubte, eine Art Leben in dem Spielzeug festzustellen, aber es konnte auch sein, dass sie es sich nur einbildete.

Sabine Holler trauerte sehr um ihren Mann. Sie fühlte sich im Dorf nicht mehr wohl. Alles erinnerte sie an ihn, und es kam ihr so vor, als wollten die Leute nichts mehr mit ihr zu tun haben. Sie hatte das Gefühl, dass sie überall, wohin sie kam, komisch angesehen wurde. Auch Tommy, der Dackel, litt offenbar unter dem Verlust seines Herrchens. Obwohl Sabine Holler das Sofa, auf dem ihr Mann gestorben war, durch ein Neues ersetzt hatte, lag der kleine Hund immer wieder auf derselben Stelle, an dem er sein Herrchen verloren hatte. Er hatte sehr an ihm gehangen und konnte nicht verstehen, weshalb er nun nicht mehr da war. Sabine Holler konnte es kaum noch mit ansehen. Schweren Herzens entschloss sie sich, das Dorf zu verlassen. Hier konnte sie nicht mehr glücklich werden.

So einfach war es aber leider nicht. Wenn sie nun mit dem Dackel spazieren ging, fühlte sie sich plötzlich beobachtet. Sie konnte es sich nicht erklären, aber sie hatte das Gefühl, dass es irgendjemand auf sie abgesehen hatte. Sie war froh, das Häuschen bereits gekündigt zu haben. Sie hatte auch bereits einen Mietvertrag für eine kleine Erdgeschosswohnung in einem weiter entfernten Ort. Für Tommy würde sie ideal sein, da er dort keine Treppen laufen musste. Außerdem lag die Wohnung direkt am Ortsrand, sodass sie jederzeit mit ihm ins Feld gehen konnte. Aber bis sie dort einziehen konnte, dauerte es leider noch ein paar Wochen.

Als sie einsam ihre Abendrunde mit dem kleinen Hund drehte, blieb er plötzlich abrupt stehen und sträubte das Nackenfell. Sabine kannte das. Irgendwo lauerte eine Gefahr. Sonst war immer ihr Mann dabei gewesen und hatte sich schützend vor sie gestellt. Aber nun war sie ganz allein. Sie bekam es mit der Angst. Hastig sah sie sich um, ob sie irgendwo Leute sah, die ihr im Notfall zur Hilfe kommen konnten, aber die Straße war menschenleer. Tommy begann, dunkel zu knurren. Sabine Holler wurde es ganz unheimlich, aber sie konnte nirgendwo etwas entdecken. Sie redete beruhigend auf den kleinen Hund ein und versuchte, ihn weiterzuziehen. Doch Tommy stemmte die kurzen Dackelbeine fest in den Boden und weigerte sich, ihr zu folgen. Plötzlich sah sie es. Im Zaun hing eine alte, gruselige Puppe, die offenbar jemand dort befestigt hatte. Sabine Holler war zunächst erleichtert, dass es sonst nichts war, und sie schüttelte den Kopf darüber, welch merkwürdigen Humor manche Leute wohl hatten. Sie nahm Tommy schließlich auf den Arm, um an dieser komischen Puppe vorbeizukommen. Der Dackel gebärdete sich jedoch wie wild und drohte sogar, sie zu beißen. Sie setzte ihn wieder auf die Straße. Im nächsten Moment hörte sie schauerlich gurgelnde Laute, die offenbar von dieser merkwürdigen Puppe ausgestoßen wurden. Als sie näher hinsah, bemerkte sie voller Entsetzen, dass die Gruselpuppe einen Strick um den Hals trug, an dem man sie am Gartenzaun erhängt hatte! Die Augen der Puppe schienen aus den Höhlen zu quellen, und die röchelnden Laute wurden immer furchtbarer. Voller Panik erwischte sie den Dackel und wollte mit ihm davonrennen.

Der Zaun gehörte zum Anwesen der drei Witwen. Greta jätete gerade das Unkraut in ihrem Steingarten und dachte an den ehemaligen Gärtner, der darunter lag, als sie Sabine Holler mit dem widerstrebenden Dackel vorbeihasten sah. Sie kam an den Zaun und lehnte sich darüber. „Frau Holler, was ist denn passiert?", rief sie.

„Da hängt eine Puppe an Ihrem Zaun und gibt fürchterliche Laute von sich!" Sabine Holler blieb zitternd stehen. Sie war völlig durcheinander.

„Das haben wir gleich!", meinte Greta grimmig. Mit ein paar Schritten war sie bei der Puppe. Mit der Gartenschere, die sie noch in der Hand hielt, schnitt sie die Schnur durch. Selbstverständlich wusste sie, dass es sich um diese merkwürdige Puppe handelte, die bereits in ihrem Haus gewesen war und Rosemarie gebissen hatte. Sie trug jedoch noch die dicken Arbeitshandschuhe, die sie sich zur Gartenarbeit angezogen hatte. Somit fühlte sie sich gut geschützt. Sie packte die Puppe im Genick, trug sie zur Mülltonne, pfefferte sie mit Wucht hinein und schloss den Deckel mit einem Knall. „So, das wäre erledigt", sagte sie gelassen und lächelte Sabine Holler liebenswürdig an. Diese hatte alles mit großen Augen beobachtet und fuhr im nächsten Moment erschrocken zusammen. Aus der Tonne war ein Ton zu hören, der ihr durch Mark und Bein fuhr. Es hörte sich an wie der Todesschrei einer gequälten Kreatur.

„Machen Sie sich darüber keine Gedanken", meinte Greta unbeeindruckt. „Das ist bloß ein Spielzeug! Da will uns wohl jemand ärgern! Möchten Sie noch auf eine Tasse Tee mit hereinkommen?", lud sie Sabine Holler ein.

„Nein, nein, vielen Dank", stammelte Sabine Holler, noch immer völlig entsetzt. Sie wollte nur noch nach Hause. Die drei Damen waren ihr unheimlich. Es wurde auch viel geredet im Dorf ...

Später am Abend saßen die drei Witwen in der großen Wohnküche ihrer Villa und verspeisten eine leckere Schokoladentorte, die Anneliese wieder einmal vortrefflich gelungen war. Rosemarie hatte Greta mit Sabine Holler am Gartenzaun beobachtet und wollte nun wissen, worum es dort gegangen war.

„Hat Frau Holler etwas über ihren Mann erzählt?", fragte sie neugierig.

„Wieso? Der ist doch tot." Greta goss sich in aller Ruhe eine Tasse Kaffee ein.

„Und was wollte sie?", ließ Rosemarie nicht locker.

„Nichts Besonderes. Es hatte nur jemand etwas in unseren Zaun gehängt. Darüber hat sie mich informiert." Gelassen schaufelte Greta sich ein großes Stück Torte auf ihren Teller.

„Was hing denn im Zaun?" Rosemarie bekam große, runde Augen.

„Die doofe Puppe, die neulich hier war."

„Um Himmels willen!" Anneliese sprang auf. „Was hast du mit ihr gemacht?"

„Ich habe sie entsorgt. Und jetzt will ich darüber nichts mehr hören. Es nervt langsam!" Greta verzog das Gesicht. Im selben Augenblick war eine Art Greinen zu hören. Es schien von draußen zu kommen. Alle drei hörten auf zu kauen und lauschten. „Was ist das?", fragte Rosemarie entsetzt. „Es hört sich an, als würde ein Kind weinen! Wir müssen sofort nachschauen!" Sie wollte hinauslaufen, aber Greta hielt sie fest. „Bleib hier!", rief sie. „Das ist kein Kind. Glaube mir!"

Anneliese und Rosemarie konnten sich Gretas Ruhe nicht erklären. Es musste etwas Schreckliches passiert sein! Jedenfalls hörten sich die Laute grauenhaft an.

„Vielleicht ist es ein Tier, das in Not ist?", überlegte Rosemarie. „Soll ich den Wachdienst rufen?"

„Nein!" Greta rollte mit den Augen. „Es ist doch bloß diese blöde Puppe! Hört jetzt endlich auf zu nerven!"

Anneliese bemerkte es als Erstes. Ihr wurde plötzlich übel. Als sie zur Toilette laufen wollte, begann sie, bedenklich zu schwanken. Sie konnte sich kaum noch auf den Beinen halten. Rosemarie und Greta eilten zu ihr, um ihr zu helfen.

„Was hast du?", rief Rosemarie erschrocken. Aber im nächsten Moment brach auch sie zusammen und presste sich beide Hände auf den Bauch. Greta umfasste Anneliese und führte sie zur Toilette, wo sie sich sofort übergab. Greta wollte bei ihr bleiben, aber sie musste nach Rosemarie sehen. Diese lag, sich in Krämpfen windend, auf dem Fußboden und stöhnte vor Schmerzen. Ohne zu zögern, wählte Greta den Notruf. Als sich der Pförtner meldete, sagte sie knapp, dass es ihren beiden Mitbewohnerinnen plötzlich sehr schlecht ginge und sie sofort einen Notarzt brauchten.

Es dauerte nur wenige Minuten, bis der Rettungswagen samt Notarzt vor Ort war. Aber in dieser kurzen Zeitspanne war auch Greta zusammengebrochen. Sie war nicht mehr in der Lage, die Tür zu öffnen.

Der Pförtner hatte die Rettungsfahrzeuge passieren lassen und informierte einen Kollegen, da er seinen Posten nicht verlassen durfte. Der Kollege war von der Wachmannschaft. Im Notfall waren die Leute der Wachmannschaft in der Lage, die Wohnungstüren zu öffnen. Dafür war für jede Wohnung und jedes Haus – mit Einverständnis der Mieter – ein Schlüssel hinterlegt. Somit konnte man es sich sparen, die Feuerwehr oder einen Schlüsseldienst zu bemühen.

Nachdem der Wachmann die Haustür der Villa aufgeschlossen hatte, eilten die Sanitäter und der Notarzt hinein. Der Wachmann blieb vor der Tür stehen, um nicht neugierig zu wirken. Nach kurzer Zeit traf ein weiterer Rettungswagen ein, den der Arzt angefordert hatte. Es sah für die Frauen nicht sehr gut aus. Sie mussten alle drei sofort ins nächste Krankenhaus. Mit Blaulicht und heulenden Sirenen rasten die Fahrzeuge davon.

Dabei blieb es aber leider nicht. Im Sekundentakt gingen nun die Notrufe im Pförtnerhäuschen ein. Was immer auch geschehen war – das halbe Dorf schien davon betroffen zu sein. Nacheinander trafen die Rettungswagen und Notärzte aus der ganzen Umgebung ein und brachten die Dorfbewohner in die umliegenden Krankenhäuser. Niemand wusste bisher, was die Ursache dafür war, dass die Leute reihenweise zusammenbrachen. Verschiedene Hilfsorganisationen stauten sich mit ihren Fahrzeugen vor dem Einfahrtstor, aber man ließ niemanden herein. Nur eine Spezialeinheit, die alarmiert worden war, um Luft, Wasser und Boden zu untersuchen, wurde auf das Gelände gelassen. Es war wie in einem Horrorfilm. Die beauftragten Leute trugen Schutzanzüge und Gasmasken. Mit diversen Gerätschaften machten sie sich an die Arbeit.

Eine Sonderabteilung des Bundeskriminalamtes war inzwischen eingeschaltet worden. Die Beamten waren bereits im Dorf unterwegs, um die Menschen, die noch keine Symptome hatten, zu befragen und zu warnen. Die Bewohner, die man in die Krankenhäuser gebracht hatte, waren noch immer zu keiner Auskunft fähig. Die meisten waren bewusstlos.

Christine Herberg saß in ihrem Häuschen und machte sich große Sorgen. Sie spürte, dass es gerade einen Angriff auf das gesamte Dorf gab, aber sie konnte die Geschehnisse noch nicht zuordnen. „Amadeus?", rief sie laut ins Leere, aber er gab ihr wieder mal keine Antwort.

„Verdammt noch mal! Rede mit mir! Was treibt Raphaela da im Dorf?" Sie wartete. Endlich hörte sie seine Stimme in ihrem Kopf.

„Ich weiß es nicht." Es klang sehr deprimiert. Sie wusste nicht weiter. „Amadeus, was soll ich tun? Kann ich irgendwie helfen?"

„Raphaela hat sich vorgenommen, das Dorf auszulöschen. Und genau das wird sie tun, wenn du sie nicht aufhältst!"

„Wie kann ich sie denn aufhalten?"

„Du bist auf dem richtigen Weg."

Damit war die Unterhaltung beendet. So sehr Christine flehte, bettelte und drohte, Amadeus hatte sich von ihr entfernt und schwieg.

Obwohl man weder in der Luft noch im Boden oder im Trinkwasser irgendwelche schädlichen Substanzen entdecken konnte, war man sich aufgrund der Befragungen sehr schnell einig, dass es ein Problem mit dem Trinkwasser geben musste. Alle Dorfbewohner, die noch gesund waren, hatten eines gemeinsam: Keiner von ihnen hatte Trinkwasser zu sich genommen. Sofort wurde die Hauptwasserleitung abgestellt. Die verbleibenden Bewohner wurden darüber informiert und mit Frischwasser aus einer anderen Region versorgt. Ein großer Tanklastzug, der das Wasser brachte, wurde auf das Gelände gelassen. Die Leute stellten sich mit Eimern und Kanistern an, um Trinkwasser zu zapfen. Es wurde nicht rationiert, und jeder konnte bekommen, so viel er wollte. Trotzdem waren die Dorfbewohner natürlich sehr aufgeregt. Sie diskutierten erregt darüber, was denn eigentlich passiert war und wie es denn nun weitergehen würde.

Merkwürdig blieb jedoch, dass man in den untersuchten Wasserproben absolut keine Ungereimtheiten feststellen konnte.

Den Menschen, die in den Krankenhäusern lagen, ging es langsam besser. Nach und nach erlangten sie alle wieder das Bewusstsein. Zum Glück verstarb niemand. Die Patienten wurden auf alle möglichen Giftstoffe getestet, aber man stand vor einem Rätsel. Es waren keinerlei Spuren einer schädlichen Substanz nachweisbar.

Christine Herberg versuchte noch immer, mit Amadeus zu sprechen.

„Bitte, hilf mir doch!", flehte sie. „Raphaela hat offenbar das halbe Dorf vergiftet! Wir müssen etwas tun!"

„Es wird den Menschen nichts geschehen", hörte sie endlich seine Stimme.

„Woher willst du das wissen?"

„Sie wurden nicht vergiftet. Raphaela hat nur geblufft!"

„Geblufft nennst du das also, wenn die Leute reihenweise umfallen und ins Krankenhaus gebracht werden müssen? Sag' mal, habt ihr sie eigentlich noch alle?" Christine wurde jetzt richtig wütend. „Ich verlange, dass Raphaela sofort mit diesem gefährlichen Unsinn aufhört!"

„Du kannst gar nichts verlangen!"

„Doch! Wenn ich euch helfen soll, und das tue ich, soweit es in meiner Macht steht, erwarte ich, dass hier so lange Ruhe herrscht! Es bringt euch gar nichts, hier irgendjemanden unter Druck zu setzen! Und die Dorfbewohner, die von nichts eine Ahnung haben, dafür als Werkzeug einzusetzen, ist das Allerletzte! Sag deiner Raphaela das bitte, oder ihr könnt mir alle beide gestohlen bleiben!"

„Ich habe keinen Einfluss darauf, was sie tut."

„Das glaube ich dir nicht! Jetzt nicht mehr, nach allem, was ich gesehen habe. Entscheidet euch, was ihr wollt, und zwar sofort! Ich mache das nicht länger mit."

„Du hast keine Wahl!"

„Doch, die habe ich! Ich werde das Dorf verlassen, wenn ihr beide jetzt nicht mit mir kooperiert. Dann könnt ihr sehen, wie weit ihr kommt!" Christine war jetzt mächtig sauer und konnte sich durchaus vorstellen, einfach zu gehen und alles hinter sich zu lassen.

„Raphaela wird alle töten!"

„Wir drehen uns im Kreis! Sie tut es auch jetzt schon, obwohl es noch Hoffnung gibt."

„Es ist bis jetzt noch niemand gestorben!"

„Doch! Herr Holler! Und was heißt ‚bis jetzt'? Willst du mir damit sagen, dass es noch nicht sicher ist, ob es noch mehr Tote gibt?" Ihre Stimme wurde schrill und zynisch. „Ich habe jetzt wirklich genug von eurem Theater!"

Amadeus schwieg wieder.

Matthias Steinbach war außer sich, als er von den Vorkommnissen in seinem Dorf hörte. Er dachte an die Worte von Christine Herberg. Sie hatte ihn gewarnt und von Unruhen im Dorf gesprochen. Er ließ sich ihre Telefonnummer geben und rief sie an. „Frau Herberg? Guten Tag. Wir müssen uns unterhalten. Können Sie zu mir kommen?", sagte er ins Telefon, nachdem sie abgenommen hatte.

Christine Herberg war nicht überrascht. Sie hatte damit gerechnet, dass er sich mit ihr in Verbindung setzen würde, sobald im Dorf etwas geschah. „Ich komme!", sagte sie knapp und legte auf. Mehr wollte sie am Telefon nicht sagen, da ihr klar war, dass die Gespräche abgehört wurden. Außerdem vermutete sie, dass Amadeus und Raphaela alles mitbekamen, auch wenn sie sich nicht gerade in ihrer Nähe befanden.

Als sie die Tiefgarage betrat, rechnete sie fest damit, dass Raphaela auf irgendeine Weise erscheinen würde. Ohne sich umzublicken, lief sie zu ihrem Auto. Sie spürte, dass Raphaela dort lauerte, aber sie wollte sie nicht sehen. Es hatte sich so viel Wut in ihr angestaut, dass es nicht gut gewesen wäre, jetzt mit ihr zu sprechen. Sie erreichte ihren Wagen, sprang hinein und erreichte wenig später unbehelligt die Ausfahrt. Der Pförtner nickte ihr grüßend zu und registrierte, wann sie das Dorf verließ.

Als Christine die Landstraße entlangfuhr, atmete sie tief durch. Sie hoffte inständig, dass der Geschäftsführer der Immobiliengesellschaft einen akzeptablen Vorschlag für sie hatte. Wenn er wieder versuchte, sie mit plumpem Gerede abzuspeisen, würde es kaum noch eine Rettung für das Dorf geben. Raphaela hatte bereits gezeigt, wozu sie imstande war. Christine wusste mit absoluter Bestimmtheit, dass der nächste Anschlag tödlich sein würde!

Matthias Steinbach empfing sie sofort in seinem Büro. Die Sekretärin hatte bereits Kaffeetassen zurechtgestellt und verschwand sogleich, nachdem sie Christine hereingebeten hatte.

„Ja, so sehen wir uns nun wieder", begann Steinbach umständlich das Gespräch. Christine ahnte nichts Gutes. „Haben Sie sich Gedanken darüber gemacht, wie wir das Problem lösen können?", fragte sie direkt und nippte an ihrem Kaffee, der nicht sehr gut schmeckte. Sie sagte absichtlich „wir", um ihm eine Brücke zu bauen. Steinbach kratzte sich nervös am Kopf. „Was wissen Sie über den Anschlag im Dorf?" Seine Stimme war plötzlich bedrohlich leise und scharf geworden, und er starrte sie aus kleinen, zusammengekniffenen Augen böse an.

„Ich? Gar nichts!" Christine glaubte, ihren Ohren nicht trauen zu können. Er dachte tatsächlich, sie hätte etwas mit der Geschichte zu tun!

„Sie haben gesagt, es würde Unruhen geben", versuchte er sie festzunageln. „Und genau das ist jetzt geschehen! Wobei es ja wohl stark untertrieben ist, das, was gerade vor sich geht, als Unruhen zu bezeichnen!" Vorwurfsvoll starrte er sie an.

„Ich habe ganz sicher nichts damit zu tun!", beteuerte Christine. „Ich bekomme nur so Manches mit. Und ich sage Ihnen wieder, dass das alles etwas mit dem alten Friedhof zu tun hat. Das können Sie mir nun glauben oder auch nicht. Aber es ist meine feste Meinung. Wenn Sie sich zu einer Versöhnungsgeste durchringen könnten, würde der Spuk vermutlich ganz schnell ein Ende haben!"

Bei dem Wort „Spuk" zuckte Matthias Steinbach sichtlich zusammen. „Was meinen Sie mit Spuk?", fragte er sofort und fixierte sie wieder drohend.

„Genau das, was ich gesagt habe!"

„Sie wollen mir nicht ernsthaft weismachen, dass es in meinem Dorf spukt?" Er bog sich zurück und lachte laut, aber es hörte sich sehr gekünstelt an. Christine ließ ihn lachen und verzog keine Miene. „Es gibt Dinge zwischen Himmel und Erde, die nicht jeder begreift", sagte sie schließlich gelassen. Das war offenbar falsch. Wie von der Tarantel gestochen, schoss er aus seinem Sessel empor. „Sie unterstellen mir, ich wäre nicht in der Lage, Zusammenhänge zu begreifen?", brüllte er sie von oben herab an. „Was unterstehen Sie sich?" Seine Gesichtsfarbe nahm eine beängstigend dunkelrote Farbe an. Choleriker halt, dachte Christine schulterzuckend. Eigentlich hatte es keinen Sinn, noch weiter mit ihm zu diskutieren, aber sie wollte auch nicht einfach gehen. „Das habe ich nicht gesagt", meinte sie schließlich in begütigendem Ton. „Sehen Sie, so kommen wir doch nicht weiter. Ich unterstelle Ihnen gar nichts, und ich beschuldige Sie auch nicht." Christine lehnte sich ein wenig vor und sah ihm ruhig in das wütende Gesicht. Er hatte ein schlechtes Gewissen, das war völlig klar.

Plötzlich spürte sie, wie diese unheimliche Kraft sie durchströmte, die sie seit Langem kannte. Einen Moment lang überlegte sie, ob sie sie nutzen sollte. Ja! Es wurde jetzt notwendig! Matthias Steinbach bemerkte nicht, wie sie ihn in ihren Bann zog. Er wurde völlig willenlos.

Als Christine Herberg in ihr Hexenhäuschen zurückkehrte, wusste sie nicht, ob sie es gut finden konnte, was sie getan hatte. Einerseits fand sie es nicht richtig, ihre Fähigkeiten gegen einen Menschen einzusetzen, andererseits hatte sie keinen anderen Ausweg mehr gesehen. Sie hatte eine geheimnisvolle Verbindung zu ihm aufgebaut, die so lange bestehen bleiben würde, wie sie es wünschte. Er würde von nun an alles tun, was sie verlangte. Es hatte Ähnlichkeit mit einer Hypnose, und doch war es etwas ganz anderes.

Als sie ihr Wohnzimmer betrat, saßen Raphaela und Amadeus einträchtig auf der Couch. Raphaela war wieder das kleine, hübsche Mädchen und tat sehr schüchtern. Als Christine den

Raum betrat, kroch sie scheinbar ängstlich in sich zusammen. Amadeus, der für Christine gerade wieder sichtbar war, legte schützend seinen Arm um Raphaelas Schultern.

Christine war zunächst sprachlos, als sie das Bild sah, das sich ihr bot. Stumm betrachtete sie die beiden. Dabei spürte sie, wie wieder die Wut in ihr hochkroch. Das, was Raphaela da angerichtet hatte, war unverzeihlich! Und jetzt mimte sie wieder das arme, kleine Mädchen! Sie würde sich nicht länger von den beiden täuschen lassen!

„So, es reicht jetzt", sagte sie in eisigem Ton. „Wolltet ihr beide mir irgendetwas sagen?"

Raphaela zuckte die Schultern. „Es ist doch gar nichts passiert", meinte sie gleichgültig.

„Aha!" Christine konnte sich nur mühsam beherrschen. „Es ist also nichts passiert. So einfach ist das. Und was sagst du dazu, Amadeus?"

Der junge Mann schlug elegant die Beine übereinander, die in einer altmodischen Hose steckten. Sie wirkte wie eine Strumpfhose. Dazu trug er spitze, glänzende Schnabelschuhe, die mit silbernen Schnallen verziert waren.

„Raphaela hat recht", sagte er gelassen. „Die Leute werden schon wieder zurückkommen. Es ist ja keiner gestorben." Er lächelte mokant. Es klang so arrogant und uninteressiert, dass Christine am liebsten geschrien hätte. Aber sie wusste, es würde ihr nicht helfen.

Zum zweiten Mal an diesem Tag spürte sie, wie diese geheimnisvolle Energie in ihr wuchs. Sie war verblüfft. Normalerweise war sie ausgelaugt und müde, wenn so etwas vorgefallen war. Sie brauchte eigentlich immer sehr lange, um sich davon zu erholen und in die reale Welt zurückzufinden. Heute war es jedoch ganz anders. Sie vermutete, dass ihre Wut ausschlaggebend dafür war. Ihr wurde bewusst, dass sie es nun mit drei Personen gleichzeitig aufnehmen musste, falls man Raphaela und Amadeus als solche bezeichnen konnte.

Tatsächlich kehrten alle Dorfbewohner nach und nach unversehrt in den kleinen Ort zurück. Die meisten konnten sich an nichts mehr erinnern.

Auch die drei Witwen waren aus dem Krankenhaus entlassen worden. Allen dreien ging es gut, und sie wussten nicht mehr, wie schlecht es ihnen vorher ergangen war. Bereits am selben Tag werkelte Greta wieder in ihrem Steingarten und hing ihren Gedanken an den verblichenen Gärtner nach. Rosemarie war im Dorf einkaufen, und Anneliese fabrizierte eine besonders schöne Sahnetorte, die sie reichlich verzierte.

Am Abend hatten es sich die drei Damen gerade in der schicken Wohnküche gemütlich gemacht, um die Torte zu verspeisen, als sie ein schabendes Geräusch vernahmen. Lauschend sahen sie einander an.

„Was ist das?", fragte Rosemarie. „Wir haben hoffentlich keine Mäuse im Haus!"

„Wenn es nur Mäuse wären …" Greta runzelte die Stirn.

„Seht doch!", rief Anneliese und sprang von ihrem Stuhl auf. Sie deutete auf das Küchenfenster. Draußen war es bereits dunkel, aber durch den Schein der Innenbeleuchtung konnte man die gruselige Puppe erkennen, die offenbar versuchte, durch das Fenster hereinzukommen. Irgendwie musste es ihr gelungen sein, an der Innenseite der Mülltonne emporzukriechen.

Es war ein schauerliches Bild. Noch immer lag die Schnur, an der man sie am Gartenzaun aufgehängt hatte, um ihren Hals und pendelte bei jeder Bewegung hin und her. Die Gruselpuppe kratzte mit den Fingernägeln über die Fensterscheibe, was sich ganz fürchterlich anhörte. Dabei öffnete sie den Mund, als wäre sie am Ersticken.

„Ich kann das nicht ertragen!", schrie Rosemarie und hielt sich die Ohren zu.

„Jetzt hab' dich doch nicht so", sagte Greta unbeeindruckt. „Wir werden das blöde Ding schon los!" Sie erhob sich und marschierte energisch auf das Küchenfenster zu.

„Nein!", kreischte Rosemarie wie von Sinnen. „Nicht aufmachen! Bloß nicht aufmachen!"

„Das würde ich jetzt auch nicht tun", pflichtete Anneliese ihr bei und verzog das Gesicht.

„Warum nicht? Habt ihr Angst, das doofe Teil würde euch anspringen?" Greta lachte rau.

„Mir ist das nicht geheuer", jammerte Rosemarie.

„Mir, ehrlich gesagt, auch nicht", sagte Anneliese.

„Na gut, wenn ihr solche Angsthasen seid, dann machen wir es eben anders", antwortete Greta missbilligend und stapfte zur Haustür hinaus.

Rosemarie und Anneliese schmeckte die Torte nicht mehr. Stumm saßen sie beieinander und warteten, was als Nächstes geschehen würde. Es dauerte nicht lange. Plötzlich war ein schauerliches Geschrei zu hören. Durch das Fenster sahen sie, wie Greta die Puppe im Genick gepackt hatte und diese sich fürchterlich wehrte. Da Greta diesmal keine Handschuhe trug, war die Sache nicht ganz ungefährlich für sie. Die Puppe wand sich in ihrem Griff und schaffte es irgendwie, sich in ihrem Arm festzubeißen. Sofort strömte das Blut aus der Wunde und lief über das Gesicht der Puppe. Greta war hart im Nehmen, aber nun war selbst sie entsetzt. Mit der Faust schlug sie wütend auf das blutüberströmte Puppengesicht ein, um es endlich von ihrem Arm loszubekommen. Die Puppe schrie wie am Spieß, während Greta auf sie einprügelte.

Anneliese und Rosemarie stürzten aus dem Haus und rannten herbei. Anneliese griff nach der Puppe, aber das war ein Fehler. Die Puppe ließ von Greta ab, wandte sich blitzschnell um und stürzte sich auf sie. Die kleinen Hände krallten sich in ihrem Haar fest, und im nächsten Moment verspürte sie einen furchtbaren Schmerz, als sich die Zähne der Gruselpuppe in ihren Hals bohrten. Greta und Rosemarie waren nun um Anneliese bemüht, aber sie konnten die Puppe nicht von ihr lösen.

„Ruf' sofort die Herberg an!", brüllte Greta Rosemarie zu. „Sie kann uns hoffentlich helfen!"

Rosemarie rannte hinein und wählte mit zitternden Fingern die Nummer von Christine Herberg.

Als das Telefon schrillte, begann Raphaelas Blick zu flackern. Christine beobachtete sie genau. Sie schien sehr gut zu wissen, wer da gerade anrief und weshalb. Christine hob das Telefon ab, ohne dabei das kleine Mädchen aus den Augen zu lassen. Raphaela machte Anstalten, aus dem Haus zu flüchten, doch Amadeus hielt sie fest, was Christine sehr wunderte.

„Ich komme sofort!", sagte sie knapp ins Telefon und legte auf. „Am besten, du unternimmst sofort etwas, oder das wird bitter für euch enden!", drohte sie Raphaela, während sie schon am Hinausgehen war.

Recht schnell erreichte sie die Villa der drei Witwen und hörte schon von Weitem fürchterliche, gurgelnde Geräusche. Als sie die Pforte des Gartens öffnete, sah sie auch, woher sie kamen. Raphaelas Puppe lag mit dem Gesicht auf der Erde. Den Strick, der um ihren Hals gebunden war, hatte man um einen Strauch geknotet, wohl in der Hoffnung, dass sie so nicht wegkommen würde. Trotz allem musste Christine lächeln. Es war einfach zu absurd! Die gruselige Puppe wandte ihr das blutüberströmte Gesicht mit den hervorquellenden Augen zu. Die Lautstärke der gruseligen Töne nahm dabei noch zu. Christine blieb unbeeindruckt. Sie fixierte die Puppe und konzentrierte sich. Nach wenigen Augenblicken gelang es ihr, stumm mit Raphaela Kontakt aufzunehmen. „Sieh zu, dass deine Puppe von hier verschwindet, und zwar sofort, sonst bekommst du die größten Probleme mit mir", übermittelte sie ihr. Zunächst wusste sie nicht so recht, ob ihre Botschaft angekommen war, denn Raphaela antwortete nicht. Christine wartete. Raphaela sollte es besser nicht wagen, sie zu ignorieren!

Die ganze Zeit hatte sie gedacht, sie könne den beiden Geistern nicht wirklich etwas entgegensetzen, aber mittlerweile war sie zu dem Schluss gekommen, dass das Schlimmste, was ihnen passieren konnte, war, dass sie das Dorf verließ und sie niemanden mehr hatten, der für sie kommunizieren konnte.

Plötzlich tat sich etwas. Fasziniert sah sie, wie ein feiner Nebel entstand und die Puppe umhüllte. Im nächsten Moment wirkte sie durchscheinend. Christine konnte durch sie hindurchsehen und den Boden unter ihr erkennen. Die Konturen verschwammen immer mehr. Ganz langsam verschwand die Gruselpuppe in dem merkwürdigen Dunst. Kurz darauf war sie nicht mehr zu sehen.

Christine verhielt noch eine Weile und wartete, aber es schien tatsächlich vorbei zu sein. Ihr waren die großen Blutflecken aufgefallen, die überall auf dem Boden verteilt waren. Als sie zum Haus ging und sich noch einmal umblickte, bemerkte sie, dass auch diese auf einmal nicht mehr da waren.

Noch ehe sie klingeln konnte, wurde die Haustür aufgerissen, und eine aufgeregte Rosemarie bat sie herein. Dabei plapperte sie unaufhörlich und führte Christine in die große Wohnküche. Erstaunt sah Christine, dass die Damen bei Kaffee und Kuchen beieinander saßen, obschon es mitten in der Nacht war. Ohne auf Rosemaries Gerede zu achten, musterte sie die Frauen. Alle drei waren zwar bereits im Nachtgewand, worüber sie schicke, seidene Morgenmäntel trugen, aber alle waren trotzdem tadellos frisiert und sogar geschminkt. Sie sahen aus, als wollten sie für ein Modemagazin posieren. Dagegen kam Christine sich fast schäbig vor. Sie hatte sich schnell eine alte Jeans und ein T-Shirt übergestreift, als der Anruf kam. Sie hatte sich nicht die Zeit genommen, sich zu kämmen oder gar zu schminken. Wozu auch?

Rosemarie rückte ihr einen Stuhl zurecht und bat sie, Platz zu nehmen. Ohne zu fragen, setzte sie ihr einen Teller mit Torte und eine Tasse Kaffee vor.

Erst jetzt nahm sie das Pflaster wahr, das an Annelieses Hals prangte. Gretas Verletzung war nicht sichtbar, da sie durch den Morgenmantel verdeckt wurde. Zunächst sagte sie aber nichts. Sie wollte sich erst einmal anhören, was die Frauen ihr zu berichten hatten.

„Also, Frau Herberg, so geht es hier nicht weiter!", begann Anneliese entrüstet, als sei Christine für die merkwürdigen Vorkommnisse im Dorf verantwortlich. „Wir sind ja wirklich friedliche Leute, aber das, was uns hier zugemutet wird, ist absolut nicht zu akzeptieren!"

„Ich habe damit nichts zu tun", nahm Christine ihr sogleich den Wind aus den Segeln. „Ich habe gewisse Vermutungen, aber ich kann niemanden beschuldigen, weil ich nichts beweisen kann", sagte sie einfach. Gewissermaßen stimmte das ja auch. „Würden Sie uns eventuell verraten, welche Vermutungen Sie hegen?", fragte Greta grimmig. „Ich meine, es muss doch jemand aus dem Dorf sein, der uns hier das Leben zur Hölle macht!" „Ich kann Ihnen dazu wirklich nichts sagen. Es sieht aber tatsächlich so aus, als wolle jemand die Anwohner vergraulen." Christine Herberg sah Greta direkt in die Augen. Sie wusste genau, dass Greta etwas zu verbergen hatte. Greta hatte ein feines Gespür dafür und machte einen Rückzieher. „Wir glauben ja auch gar nicht, dass Sie persönlich etwas damit zu tun haben", beschwichtigte sie. „Aber diese komische Horrorpuppe ist nun schon zum zweiten Mal bei uns aufgekreuzt. Da stimmt doch etwas nicht! Jemand scheint es auf uns abgesehen zu haben! Wo ist das Ding jetzt überhaupt? Haben Sie die Puppe gesehen?"

„Nein. Draußen sah alles normal aus", log Christine Herberg. Sie wollte die Frauen nicht noch mehr aufstacheln. Sie sollten sich erst einmal wieder beruhigen. Inständig hoffte sie, dass Raphaela jetzt Ruhe gab.

„Sind Sie verletzt worden?", fragte Christine scheinheilig, obwohl sie es wusste. Sie wollte aber erfahren, ob die Bissspuren, die Raphaelas Puppe hinterlassen hatte, immer noch da waren oder ob sie sich genauso aufgelöst hatten wie die Blutspuren und die Puppe selbst.

„Ja, natürlich! Das Ding hat Greta und mich angegriffen! Es ist mir regelrecht an den Hals gesprungen! Die Wunde hat stark geblutet. Ich kann sie Ihnen zeigen!", ereiferte sich Anneliese und riss das Pflaster von ihrem Hals. Christine beugte sich ein wenig vor, um besser sehen zu können. Tatsächlich war nur noch ein kleiner Kratzer erkennbar.

„Die Verletzung sieht nicht sehr spektakulär aus", sagte Christine vorsichtig in beruhigendem Ton. Ihr war völlig klar, dass die Wunde noch vor Kurzem viel schlimmer ausgesehen haben musste.

„Was? Das ist doch wohl nicht Ihr Ernst!", rief Anneliese empört. Sie stürzte hinaus in den Flur, wo ein großer Garderobenspiegel hing. Ungläubig betrachtete sie den kaum noch sichtbaren Kratzer, der immer kleiner zu werden schien. „Das gibt es doch gar nicht!", rief sie verwundert, als sie zurückkam. „Man sieht ja kaum noch etwas! Greta, zeig doch mal deinen Arm, wo dich die Puppe gebissen hat!"

Greta zögerte. Sie spürte, dass es hier nicht mit rechten Dingen zuging und dass Christine Herberg etwas damit zu tun hatte, mochte sie auch noch so unschuldig tun. Diese hielt sich zurück und schwieg. Anneliese und Rosemarie gaben jedoch keine Ruhe, bis Greta schließlich ihren Arm entblößte und das Pflaster von der Wunde abzog.

Erstaunlicherweise war auch bei ihr kaum noch etwas zu sehen. Greta konnte es nicht glauben. Die Verletzung sah aus, als wäre sie ihr schon vor mehreren Wochen zugefügt worden. Dabei war inzwischen kaum eine Stunde vergangen!

„Gut", sagte Greta knapp, nachdem sie sich wieder gefasst hatte. „Dann haben wir uns das wohl alles nur eingebildet!" Sie sah Christine Herberg dabei herausfordernd an. „Sie sind sich aber sicher, dass diese doofe Puppe jetzt weg ist?"

„Nein", antwortete Christine ruhig. „Aber ich habe sie draußen nicht gesehen." Sie erhob sich. „Ich danke Ihnen für Ihre Gastfreundschaft", sagte sie. „Es scheint ja im Moment keine Probleme mehr zu geben. Wenn ich Ihnen helfen kann, tue ich das aber gern!" Sie nickte den Damen zu und begab sich zu Haustür. Rosemarie rannte sogleich hinter ihr her, um sie zur Tür zu begleiten. „Vielen Dank, dass Sie gekommen sind", sagte sie freundlich. Wenigstens eine, die sich bedankt, dachte Christine bitter bei sich. Schließlich war sie mitten in der Nacht durch das ganze Dorf gerannt. Aber anscheinend hielten manche Leute das für selbstverständlich. Besonders Greta hatte sie gefressen. Die hatte selber Dreck am Stecken und versuchte nun, ihr etwas anzuhängen. Unterwegs machte sie sich so ihre Gedanken und wurde immer wütender. Weshalb tat sie sich das eigentlich an?

Sie hätte längst aus dem Dorf verschwinden sollen. Alles hatte schließlich irgendwo seine Grenzen! Als sie zu Hause ankam, wartete die nächste böse Überraschung auf sie. Ihr kleines Häuschen war völlig verwüstet worden! Entsetzt blickte sie auf das Chaos, das sie umgab. Schränke, Tische und Stühle lagen umgeworfen auf dem Boden, Schubladen waren herausgerissen und deren Inhalt überall auf dem Fußboden verteilt worden. Langsam ging sie nach oben, wo sich ihr Schlafzimmer und das Bad befanden. Die Zerstörung war unfassbar! Aus ihrem Bett war die Matratze herausgerissen und zerfetzt worden, ihr Federbett war zerrissen, und die Federn hatten sich im gesamten Obergeschoss verteilt. Selbst ihr kleines Badezimmer war nicht verschont geblieben. Die Armaturen waren aus der Wand gebrochen und das Waschbecken, die Badewanne und die Duschwanne völlig zertrümmert worden.

Das war der Augenblick, in dem in ihr etwas zerbrach. Sie entschied sich in diesem Moment, das Dorf zu verlassen. Sie hatte sich so für alle eingesetzt und versucht, den Menschen und auch den Geistern zu helfen, und zum Dank wurde sie in dieser Weise attackiert. Es verletzte sie zutiefst, dass es jemandem gelungen war, ihren privaten Bereich, der ihr gehörte und in dem sie sich sicher gefühlt hatte, so bösartig zu zerstören. Das war einfach zu viel! Sie wusste noch nicht, wer es gewesen war, selbst ihre Ahnung ließ sie im Moment im Stich. Vermutlich war der Schock zu groß. Sie dachte kurz an Amadeus und Raphaela, aber sie konnte sich nicht vorstellen, dass die beiden ihr das angetan hatten.

Noch während sie fassungslos das Ausmaß der Zerstörung begutachtete, spürte sie, wie auf geheimnisvolle Weise eine Verbindung zu Matthias Steinbach entstand. Irritiert hielt sie inne. Diesmal hatte nicht sie den Kontakt gesucht. Etwas musste von Außerhalb Einfluss auf das Geschehen genommen haben! Eigentlich wollte sie ihn kontrollieren, aber offenbar versuchte er, Macht über sie zu bekommen. Hatte er gar etwas mit der Verwüstung ihres Häuschens zu tun?

Im nächsten Augenblick schoben sich die Bilder vor ihr geistiges Auge. Es war unglaublich. Sie sah mehrere Männer, die in ihrem Haus alles kurz und klein schlugen. Matthias Steinbach war nicht dabei, aber sie vermutete, dass er jemanden damit beauftragt hatte.

Plötzlich tauchten Amadeus und Raphaela wieder auf. Beide waren für sie sichtbar.

„Wir haben damit nichts zu tun", beteuerte Amadeus und legte schützend seinen Arm um Raphaela.

„Ich weiß", sagte Christine knapp. „Habt ihr etwas beobachtet?"

„Ja. Es waren Männer hier. Sie gehören zum Wachdienst des Dorfes." Amadeus blickte sie schuldbewusst an. „Wir wussten nicht, was wir tun sollten."

„Sonst wisst ihr das aber schon immer recht gut." Christine war sauer und wurde ungerecht.

„Es tut uns leid", sagte nun Raphaela kleinlaut.

„Vielleicht steht es in eurer Macht, hier für Ordnung zu sorgen", sagte Christine streng. Sie wusste, dass die beiden sehr gut darin waren, etwas zu zerstören, auch wenn sie es diesmal nicht gewesen waren. Dann müssten sie doch eigentlich genauso gut in der Lage sein, Dinge wieder in Ordnung zu bringen, dachte sie bei sich.

Sie wandte sich ab, weil sie wieder die Verbindung zu Matthias Steinbach spürte. Jetzt musste sie aktiv werden! Sie setzte sich mangels intakter Sitzmöbel auf den Fußboden und begann, stumm mit ihm zu kommunizieren.

„Sie rufen sofort Ihre Leute zurück!", befahl sie ihm. „Sie sollen ihren normalen Dienst wieder aufnehmen." Sie spürte, dass ihre Botschaft ihn erreichte. Sie musste weitermachen, bevor die Verbindung abbrach. „Ich möchte, dass Sie einen Gedenkstein für die Toten in Auftrag geben!", übermittelte sie ihm eindringlich. „Auf dem Stein soll Ihr Bedauern und Ihre Bitte um Vergebung vermerkt sein. Sie allein haben es zu verantworten, dass der alte Friedhof zerstört worden ist, und Sie allein müs-

sen sich dazu bekennen! Es wird sonst keinen Frieden im Dorf geben. Ihr Projekt wäre damit endgültig gescheitert!"
Er antwortete ihr nicht, und sie spürte seinen Widerstand. Nun kam es darauf an, wer der Stärkere war.

Sofia Moretti und Silvia Turan waren inzwischen richtige Freundinnen geworden. Sie trafen sich nun fast täglich. Oft besuchten sie mit ihren Kindern das Erlebnisbad oder den Spielplatz. Manchmal fuhren sie auch gemeinsam in die Stadt, um Besorgungen zu machen, oder sie gingen einfach nur mit den Kindern spazieren. Sie hatten sich im Laufe der Zeit einander anvertraut. Jede wusste, was der anderen widerfahren war. Erstaunt stellten sie fest, dass sie im Prinzip beide aus demselben Grund in diesem Dorf gelandet waren. Sie hatten Sicherheit gesucht, weil sie sich verfolgt und bedroht gefühlt hatten. Die Familie Moretti war bedroht worden, und Silvia Turan war sich sicher, verfolgt zu werden. Das Dorf verließen sie nur selten und immer mit einem unguten Gefühl. Obwohl lange nichts mehr vorgefallen war, trauten sie dem Frieden nicht.

Merkwürdigerweise glaubten beide, sie seien schuld an den Vorkommnissen im Dorf. Sie und die Kinder waren glücklicherweise verschont geblieben, als so viele Menschen ins Krankenhaus gebracht werden mussten. Sie vertrauten einander an, dass sie jeweils vermuteten, dass diejenigen, die sie verfolgt und bedroht hatten, dahintersteckten. Das eine hatte aber mit dem anderen so gar nichts gemeinsam. So kamen sie zu keinem Ergebnis. Aber sie unterhielten sich darüber. Sie sprachen auch über das kleine Mädchen, das sie beide gesehen hatten. Sie fanden es sehr merkwürdig, wären jedoch niemals auf die Idee gekommen, dass es etwas mit den Dingen zu tun hatte, die im Dorf geschahen.

Als sie in den Liegestühlen des Erlebnisbades lagen und ihre Kinder beaufsichtigten, die wenige Meter entfernt im Kinderbecken planschten, erzählte Silvia Turan der Freundin von Amir. Sie sagte, er wäre ein netter Nachbar, aber sie hätte kein Verhältnis mit ihm. „Weißt du", sagte sie, „ich kann einfach keinem Menschen mehr vertrauen, der aus demselben Kulturkreis kommt wie der Mann, der mir das angetan hat." Dabei zeigte sie auf ihre zerklüftete Gesichtshälfte. „Ich glaube, dass er noch immer nach mir suchen lässt."

„Warum sollte er?", fragte Sofia. „Er hat dir doch bereits genug Schaden zugefügt."

„Weil er mich töten will. Er ist zutiefst in seiner Ehre gekränkt, weil ich ihn verlassen habe." Sie blickte kurz auf, um sich zu versichern, dass Fatma außer Hörweite war. „Außerdem will er mir Fatma wegnehmen."

„Das glaube ich nicht", meinte Sofia und schüttelte den Kopf.

„Doch! Er hat schon einmal versucht, sie entführen zu lassen. Zum Glück war die Polizei schneller!" Sie vergrub ihr Gesicht in den Händen, als sie sich daran erinnerte.

„Das wusste ich nicht! Es tut mir so leid, was du da mitgemacht haben musst!" Sofia setzte sich auf und sah die Freundin bekümmert an. „Und du glaubst, dieser Amir hat etwas damit zu tun?"

„Ich weiß es nicht. Einerseits kann ich es mir nicht vorstellen, weil er immer unglaublich nett zu uns ist. Andererseits könnte das auch ein Trick sein. Ich traue ihm nicht."

Wie aufs Stichwort erschien Amir und gesellte sich zu ihnen. „Darf ich?", fragte er höflich und lächelte gewinnend. Die beiden Frauen fühlten sich in ihrem Gespräch gestört und wären ihn am liebsten losgeworden. Aber das Schwimmbad war schließlich für alle da. Ohne eine Antwort abzuwarten, schleppte Amir einen Liegestuhl herbei und platzierte ihn direkt neben Silvia Turan.

Christine Herberg wartete. Während sie versuchte, die Verbindung zu Matthias Steinbach aufrechtzuerhalten, bekam sie nichts davon mit, was um sie herum geschah. Mit geschlossenen Augen saß sie noch immer auf dem Fußboden und konzentrierte sich mit aller Kraft auf Steinbach. Nach einer ganzen Weile spürte sie, dass sein Widerstand langsam schwächer wurde. Schließlich empfing sie eine Botschaft von ihm. „Das Dorf ist wichtiger als alles andere." Das war es. Mehr kam nicht. Sie war ein wenig enttäuscht, da sie gehofft hatte, er würde ihr etwas zusichern. Sie hatte ein Versprechen von ihm erwartet. Seufzend öffnete sie die Augen und mühte sich von dem harten Fußboden hoch. Alles tat ihr weh, und sie war total erschöpft. Sie blickte um sich, um zu sehen, ob Amadeus und Raphaela noch da waren. Sie konnte sie im Moment nicht entdecken, aber ein Blick zur Uhr zeigte ihr, dass mehrere Stunden vergangen waren. Wie war das möglich? Ihr war es so vorgekommen, als seien erst wenige Minuten verstrichen. Im nächsten Moment nahm sie ungläubig wahr, dass ihr Häuschen in den Originalzustand zurückversetzt worden war. Das konnte doch nicht sein, oder? Langsam bewegte sie sich durch die Räume. Tatsächlich war alles aufgeräumt worden. Es waren keinerlei Schäden mehr erkennbar. Sie hatte also doch recht gehabt! Die Geister konnten nicht nur zerstören, sie waren offenbar imstande, Dinge umzukehren. Sie konnte es kaum glauben.

Ihr Entschluss, das Dorf zu verlassen, hatte bereits festgestanden, aber jetzt überlegte sie, ob es doch noch eine Möglichkeit für sie gab, zu bleiben.

„Raphaela? Amadeus? Wo seid ihr?", rief sie ins Leere. Sie bekam keine Antwort, und sie war im Moment nicht in der Lage, zu erspüren, ob die beiden anwesend waren.

Die alten Herrschaften hatten gerade sehr viel zu tun. Selbstverständlich bekamen sie mit, dass mehrere Männer, die sie richtigerweise der Wachmannschaft zuordneten, das kleine Hexenhäuschen stürmten.

„Jetzt geht es rund!", rief Joachims Vater, als er vom Fernseher aufblickte und die Männer entdeckte.

„Die Herberg ist nicht zu Hause. Ich habe sie vorhin weggehen sehen", merkte Monikas Vater an.

Gespannt standen schließlich alle vier am Fenster, in der Hoffnung, etwas mitzubekommen. Die Haustür schloss sich jedoch hinter den Wachleuten. Zu sehen war nichts mehr. Das Poltern der Zerstörung war zwar recht laut, aber dennoch konnten sie es gegenüber nicht hören. Nach etwa einer halben Stunde kamen die Männer wieder heraus, wobei sie sich nach allen Seiten umblickten, als befürchteten sie, von jemandem gesehen zu werden.

„Ich will gar nicht wissen, was die da drinnen gemacht haben", meinte Joachims Vater noch. Anschließend begaben sich die alten Leute wieder in ihre Betten, um den Krimi weiterzuverfolgen, der gerade im Fernsehen lief.

Als schließlich Christine Herberg ihr Häuschen betrat, wurde es wieder spannend. Diesmal beobachteten die Herrschaften von ihren Betten aus, was drüben vor sich ging. Da die Nachbarin jedoch nicht wieder herauskam, warteten sie vergebens.

„Sicher kommt sie gleich rüber und fragt, wer in ihrem Haus war", hoffte Joachims Vater. Der Krimi war nicht mehr interessant. Leider tat sie ihm den Gefallen nicht. Trotzdem konnte man immerhin Bewegung hinter den erleuchteten Fenstern erkennen. Und das an mehreren Stellen!

„Sie kann unmöglich allein sein!", ereiferte sich Monikas Vater. „Seht doch! Man sieht doch eindeutig, dass sich gerade in mehreren Räumen gleichzeitig etwas bewegt!"

Das waren die Minuten, in denen Raphaela und Amadeus für Ordnung sorgten. Das konnten die alten Menschen selbstverständlich nicht wissen. Dennoch ahnte Monikas Mutter etwas. „Vielleicht sind die jungen Leute im Haus, die wir neulich einmal gesehen haben?", überlegte sie laut.

„Sieht so aus", pflichtete Joachims Mutter ihr bei.

„Ach, das ist doch Unsinn", widersprach ihr Mann. „Dann wären sie ja schon drin gewesen, als die Wachmänner in das Haus eingebrochen sind!"

„Die sind nicht eingebrochen. Sie hatten einen Schlüssel", erinnerte ihn Monikas Vater.

„Trotzdem! Was immer die da drin gemacht haben, sie hätten die beiden jungen Leute sehen müssen", beharrte Joachims Vater.

Plötzlich öffnete sich die Haustür des Hexenhäuschens ganz langsam. Zwei dunkle Gestalten huschten hinaus und verbargen sich hinter den am Straßenrand wachsenden Büschen.

„Da sind sie!", rief Monikas Mutter aufgeregt. „Ich habe es doch gleich gesagt!"

Raphaela und Amadeus fühlten sich unbeobachtet und traten auf die Straße hinaus. Sie lachten und hielten sich an den Händen. Sie amüsierten sich darüber, wie Christine wohl staunen würde, wenn sie bemerkte, dass ihr Häuschen plötzlich wieder in Ordnung war.

„Schaut euch das an!", rief Joachims Mutter. „Sie laufen auf der Straße herum und halten Händchen, als sei es das Normalste auf der Welt!"

„Also, ich finde die Kleidung, die sie tragen, ja sehr bemerkenswert", äußerte sich Monikas Mutter. „Wenn das die neueste Mode sein soll ... na ja, ich weiß nicht!"

„Es kommt Nebel auf", stellte ihr Mann fest.

„Das kann ich mir nicht vorstellen! Eben war alles noch völlig klar!" Joachims Vater hievte sich ein weiteres Mal aus seinem Bett und trat an das große Panoramafenster. Die anderen drei Herrschaften taten es ihm nach.

Alle sahen es. Innerhalb von Sekunden verdichtete sich der Nebel um die beiden jungen Leute. Rundherum herrschte jedoch eine völlig klare Sicht. Staunend und mit offenem Mund sahen die Alten, wie die beiden jungen Leute buchstäblich von dem Nebel, der sie umgab, verschluckt wurden. Sie waren von einem Moment auf den anderen einfach verschwunden.

„Das gibt es nicht!" Joachims Vater fand zuerst seine Sprache wieder. „So etwas habe ich noch nie gesehen!"

„Wo sind sie denn hin?", fragte seine Frau ratlos.

Sie warteten noch eine Weile, aber die beiden tauchten nicht mehr auf. Alle vier begaben sich enttäuscht wieder in ihre Betten. Aber sie diskutierten noch lange darüber, was sie gesehen hatten und konnten es einfach nicht glauben.

Matthias Steinbach bekam unangemeldeten Besuch.

Er war etwas verwirrt, da er glaubte, gerade eine Botschaft empfangen zu haben. Nein – es war eher so etwas wie ein Befehl. Er hatte keine Ahnung, wer da versuchte, ihn zu manipulieren, und eigentlich glaubte er auch gar nicht, dass so etwas möglich war. Er murmelte etwas vor sich hin und schüttelte den Kopf. Plötzlich hatte er das Gefühl, nicht mehr allein zu sein. Erschrocken sah er auf. Tatsächlich! Ohne dass er jemanden hereinkommen gehört hatte, standen plötzlich ein junger Mann und ein kleines Mädchen vor seinem Schreibtisch.

Er sprang auf. „Wie seid ihr hier hereingekommen?", brüllte er sofort aufgebracht, wobei sich sein Gesicht besorgniserregend rötete.

„Durch die Tür." Der junge Mann grinste unverschämt und verschränkte gelassen die Arme vor der Brust.

Steinbachs Blick fiel auf das kleine Mädchen. Es hatte ein schmutziges Hemdchen an und hielt eine alte, schmuddelige Puppe im Arm. Aber das war es nicht, was ihn irritierte. Das Kind wirkte völlig seelenlos. Seine Augen schienen so leer zu sein, als würden sie nichts aus dieser Welt wahrnehmen. Lange, fahle Haare fielen ihm zottelig ins Gesicht, ohne dass es Anstalten machte, sie beiseite zu streichen.

Matthias Steinbach wurde es ganz kalt, als er das kleine Mädchen und die Puppe betrachtete. Er spürte, dass hier irgendetwas völlig abnormal war. Auch der junge Mann kam ihm merkwürdig vor. Er trug Kleidung, die nicht in dieses Jahrhundert passte, und er wirkte eigenartig durchsichtig.

Steinbach brauchte einen Moment, um sich zu fassen. Aber dann schalt er sich selbst einen Idioten. Es lag nicht in seiner Natur, an paranormale Dinge zu glauben. Garantiert hatte ihm die Herberg diese beiden geschickt, um Druck auf ihn auszuüben! Plötzlich lachte er laut.

„So, ihr beiden, da habt ihr mich mal ordentlich erschreckt, aber jetzt könnt ihr auch wieder gehen!", sagte er leutselig. Er erhob sich, breitete die Arme aus und versuchte, die jungen Leute zur Tür hinauszubugsieren. Leider funktionierte das nicht. Die beiden rührten sich nicht von der Stelle.

„Sie haben sich noch gar nicht angehört, was wir Ihnen zu sagen haben", sagte der junge Mann und lächelte.

„Das werde ich auch nicht, weil es mich nicht die Bohne interessiert!" In Steinbach kroch langsam wieder die Wut empor.

Mit schnellen Schritten erreichte er die Tür und riss sie auf. „Raus!", brüllte er, „und zwar sofort!" Sein Gesicht hatte die Farbe einer reifen Tomate angenommen.

Amadeus dachte gar nicht daran, seiner Aufforderung Folge zu leisten. In aller Gemütlichkeit ließ er sich auf dem Sofa nieder, das in Steinbachs Büro stand, schlug die Beine übereinander und wippte herausfordernd mit der Schuhspitze.

Raphaela reagierte überhaupt nicht. Sie schien fern von dieser Welt zu sein. Stumm stand sie mitten im Raum und stierte stumpf vor sich hin. Nur die hässliche Puppe in ihrem Arm bewegte sich leicht. Amadeus nahm das wahr, und er begann sich Sorgen zu machen. Er spürte, wie Raphaela ihm entglitt. Er konnte es aber im Augenblick nicht ändern, da er zu Ende bringen musste, was er angefangen hatte.

Steinbach blickte hinaus und wollte nach seiner Sekretärin rufen, aber sie saß nicht mehr an ihrem Schreibtisch. Er fuhr herum und kam drohend auf Amadeus zu. „Was habt ihr mit meiner Mitarbeiterin gemacht?" Seine Stimme wurde leise und zischend, was jeden, der ihn besser kannte, zur Vorsicht gemahnt hätte.

Amadeus blieb jedoch völlig unbeeindruckt. Der Kerl konnte ihm gar nichts! Er wusste es bloß noch nicht.

Christine Herberg ahnte Ungutes. Nachdem Raphaela und Amadeus aus ihrem Häuschen so plötzlich verschwunden waren, hatte sie immer wieder erfolglos versucht, die beiden zu orten.

Als es ihr Stunden später endlich gelang, erschrak sie zutiefst. Das konnte doch hoffentlich nicht wahr sein! Sie sah Amadeus im Büro von Matthias Steinbach flegelhaft auf der Couch sitzen, während Steinbach aufgeregt herumlief und ihm zu drohen schien. Als sie versuchte, zu Raphaela Kontakt aufzunehmen, wurde es noch schlimmer. Es schien sich eine Katastrophe anzubahnen! Raphaela war gerade auf dem besten Weg, wieder etwas anzurichten! Christine konnte es ganz deutlich spüren.

In Steinbach brannte eine Sicherung durch, als er sah, wie der junge Kerl sich auf seiner Couch aalte, wobei er ihn arrogant angrinste. Wutentbrannt stürzte er auf ihn zu, um ihn hinauszubefördern. Normalerweise war er nicht gewalttätig, aber in diesem Moment war er zu allem bereit. Er hatte das Bedürfnis, in dieses hübsche, höhnische Gesicht hineinzuschlagen. Als er den jungen Mann packen wollte, geschah jedoch Merkwürdiges. Es war ihm, als würde er in einen Nebel fassen. Er griff durch den Körper, der völlig massiv aussah, hindurch. Entsetzt taumelte er zurück. Fassungslos starrte er auf das, was da in seinem Büro auf dem Sofa saß. Ein normaler Mensch schien es offenbar nicht zu sein. Als er sich sichernd umsah, blickte er direkt in die toten Augen von Raphaela. Ihr Gesicht hatte sich auf erschreckende Weise verändert. Obwohl sie schon vorher unheimlich auf ihn gewirkt hatte, sah sie jetzt so grauenhaft aus, dass er fürchtete, den Verstand zu verlieren. Sie sah aus wie eine Leiche. Als sich auch noch die Puppe in ihrem Arm aufbäumte und Anstalten machte, ihn anzuspringen, war es mit seiner Selbstbeherrschung endgültig vorbei. Ohne sich noch einmal umzublicken, rannte er aus seinem Büro. Aber er konnte noch von Weitem das laute, höhnische Gelächter des jungen Mannes hören.

Christine hatte sich auf den Weg gemacht. Sie betrat gerade das Gebäude der Immobiliengesellschaft, als sie fast mit Matthias Steinbach zusammenprallte, der ihr entgegenstürzte.

„Sie haben mir die geschickt!", schrie Steinbach. Sein Zeigefinger schoss vor und zeigte anklagend auf Christine Herberg. Er schien kaum noch bei Sinnen zu sein, wie Christine besorgt feststellen musste. Selbstverständlich wusste sie, wovon er sprach. „Wen oder was soll ich Ihnen geschickt haben?", fragte sie dennoch scheinbar erstaunt.

„Gehen Sie nur hinauf in mein Büro! Sie werden schon sehen! Den Weg kennen Sie ja!" Steinbach baute sich drohend vor ihr auf.

„Ja, gut. Kommen Sie mit?" Christine blieb äußerlich völlig ruhig.

Verzweifelt bemühte sich Amadeus, Raphaela zurückzuholen, aber es war zu spät. Ihre Verwandlung ließ sich nicht mehr aufhalten. Langsam löste sie sich vor seinen Augen auf. Als er mitbekam, dass Christine sich näherte, blieb ihm nichts anderes übrig, als Raphaela zu folgen und ebenfalls zu verschwinden. Für ihn war es jetzt wichtiger, sich um Raphaela zu kümmern. Christine sollte selber sehen, wie sie mit Steinbach fertig wurde.

Matthias Steinbach wollte zunächst brüsk ablehnen, hatte aber dann doch Bedenken, vor der jungen, mutigen Frau als Feigling dazustehen. Außerdem hätte er dann eine Zeugin, die bestätigen konnte, was sich in seinem Büro abspielte, dachte er bei sich. „Also gut!", sagte er schließlich, „gehen wir zusammen hinauf, damit Sie auch sehen, was dort los ist!"

Christine Herberg hatte nicht damit gerechnet, dass er einwilligte. Sie wusste noch nicht, was sie dort oben vorfinden würden. Sie ahnte zwar, dass die beiden längst verschwunden waren, aber sie war sich nicht sicher.

Durch Christines Anwesenheit mutig geworden, stieg Steinbach tapfer die Treppe empor, wobei er Christine jedoch vorausgehen ließ. Seine Sekretärin war noch immer nicht da. Die Bürotür stand offen. Ohne zu zögern trat Christine ein. Steinbach versteckte sich fast hinter ihr, was sie amüsiert zur Kenntnis nahm.

Das Büro war leer. Absolut nichts deutete darauf hin, dass bis vor Kurzem die beiden Geister hier gewesen waren.

„So, da sind wir!" Christine drehte sich zu Steinbach um, der sich dicht hinter ihr hielt. „Was wollten Sie mir nun zeigen?" Sie gab sich völlig ahnungslos. „Hier ist doch niemand!"

„Das sehe ich auch!", blaffte Steinbach sie an. Fassungslos blickte er in den leeren Raum. „Eben waren sie noch da!"

„Wer war da? Und was wollten sie von Ihnen?", fragte Christine geduldig, in der Hoffnung, sie könne von ihm erfahren, was genau sich hier abgespielt hatte.

Matthias Steinbach kratzte sich nervös am Kinn. Ihm war die Sache unangenehm. „Ein Mann und ein Kind", sagte er schließlich knapp. „Ich weiß nicht, was sie wollten. Aber die waren so merkwürdig … wie aus einer anderen Welt!" Plötzlich merkte er, wie komisch sich das anhörte, was er der jungen Frau gerade zu erzählen versuchte. Er sah, wie sie die Augenbrauen hochzog und ihn musterte.

Christine überlegte jedoch gerade, ob sie einen weiteren Angriff auf seine Psyche wagen sollte. Sie tat es. Matthias Steinbach bemerkte es gar nicht.

Die drei Witwen saßen am Abend wieder einmal bei Kaffee und Kuchen in ihrer Wohnküche. Anneliese hatte diesmal eine herrliche Zitronencremetorte gebacken. Während sie die Tortenstücke auf die Teller verteilte, klingelte es an der Tür. Erstaunt blickten die Damen auf.

„Wer kommt denn jetzt noch um diese Zeit?" Rosemarie schüttelte den Kopf. „So etwas tut man doch nicht!"

„Vielleicht ist es ein Notfall?", meinte Anneliese.

„Das werden wir gleich sehen! Ich glaube eher, dass es die Herberg ist!", mutmaßte Greta sauer. „Die kommt ja immer zu den unmöglichsten Zeiten!" Dabei schien sie ganz zu vergessen, dass Christine Herberg nur dann bei ihnen aufgekreuzt war, nachdem sie sie vorher angerufen hatten.

Greta stapfte entschlossen zur Tür. Sie öffnete und blickte böse hinaus. Draußen stand ein junger Mann – in unmöglicher Kleidung, wie Greta fand, und grinste sie frech an. Als er zunächst nicht den Mund aufbekam, wollte sie ihm die Tür gerade vor der Nase zuschlagen.

„Entschuldigen Sie", säuselte er schließlich doch noch rechtzeitig und verbeugte sich etwas linkisch vor ihr, „ich wollte nur fragen, ob ein kleines Mädchen mit einer Puppe bei Ihnen war."

Greta verzog das Gesicht. Schon wieder diese blöde Puppe! Sie wollte nichts mehr davon hören! Also steckte doch die Herberg dahinter! Wer sonst sollte davon wissen?

„Nein!" Ohne ein weiteres Wort knallte sie die Tür zu. Scheinbar völlig gelassen kam sie zurück und setzte sich wieder an den Tisch.

„Wer war es denn?", fragte Rosemarie mit großen, runden Augen neugierig.

„Niemand, den wir hier gebrauchen können!" Für Greta war das Thema damit offenbar erledigt. Sie griff zur Kuchengabel und schaufelte sich ein großes Stück Torte in den Mund. Die anderen beiden sahen sie noch immer fragend an, als es ein weiteres Mal klingelte. Sofort sprang Rosemarie auf und rannte zur Tür. Sie platzte fast vor Neugier und wollte unbedingt wissen, wer dort draußen stand. Greta ließ sie gewähren, warf jedoch Anneliese einen genervten Blick zu.

Amadeus ließ sich so leicht nicht abwimmeln. Er musste Raphaela unbedingt finden, bevor sie etwas Schreckliches tat. Er wusste nicht, wo sie sich gerade befand, da er keine Verbindung mehr zu ihr hatte. Aber er vermutete, dass sie hier war.

Erstaunt betrachtete Rosemarie den jungen Mann in der merkwürdigen Kleidung, als sie die Tür öffnete. „Oh, findet im Ort ein Kostümball statt?", fragte sie verwundert. „Davon weiß ich ja gar nichts!"

„Ich suche ein kleines Mädchen", sagte er ernst, ohne auf ihre Frage einzugehen.

„Ist das Mädchen auch verkleidet?", fragte Rosemarie ratlos.

„Na ja, es trägt ein Nachthemd", antwortete er zögernd.

„So ein Kind dürfte aber doch um diese Zeit gar nicht mehr unterwegs sein!", rief Rosemarie empört. „Es müsste längst zu Hause sein, in seinem Bett liegen und schlafen!"

„Ja. Dann entschuldigen Sie bitte die Störung!"

Amadeus wusste jetzt zumindest, dass die Frauen Raphaela tatsächlich nicht gesehen hatten. Wie sehr er sich täuschen sollte, konnte er zu diesem Zeitpunkt noch nicht ahnen. Schnell entfernte er sich, während Rosemarie noch immer in der Tür stand und ihm nachblickte. Als er hinter der Hecke, wo Rosemarie ihn nicht mehr sehen konnte, auf die Straße trat, verschwand er sofort in einem feinen Nebel, um im nächsten Moment wieder im Hexenhäuschen zu erscheinen.

Christine hatte schon auf ihn gewartet. „Wo ist Raphaela?", fragte sie besorgt, als Amadeus allein bei ihr auftauchte.

„Das weiß ich nicht. Ich habe geglaubt, sie sei bei den alten Frauen. Da ist sie aber nicht!" Amadeus setzte sich auf das Sofa und schlug maliziös die Beine übereinander.

„So alt sind die Damen nun auch wieder nicht", bemerkte Christine nervös, obwohl das eigentlich gerade nichts zur Sache tat.

„Für mich schon", trumpfte er auf.

„Das sagt der Richtige! Du bist doch noch viel älter als sie!"

„Ich bin aber jung geblieben!", behauptete Amadeus selbstgefällig.

„Das ist doch jetzt völlig egal!" Christine starrte ihn ungläubig an. Wozu ließ sie sich eigentlich auf eine solch blödsinnige Diskussion mit ihm ein?

„Wo ist Raphaela? Wir müssen sie finden!"

„Ich weiß wirklich nicht, wo sie gerade ist. Streng dich halt mal ein bisschen an! Du findest doch sonst auch immer alles heraus!", sagte er arrogant.

Christine wusste, dass sie so nicht weiterkam. Tatsächlich versuchte sie nun, sich zu konzentrieren, um Raphaela ausfindig zu machen. Sie legte die Hände um ihren Kopf und schloss die Augen. Zunächst sah sie nichts. Sie fiel in eine Art Trance. Plötzlich bekam sie ein Bild. Deutlich sah sie Greta vor sich. Sie wirkte sehr böse und rachsüchtig.

„Sie ist bei den Witwen", flüsterte Christine leise und öffnete die Augen. Es dauerte noch einen Moment, bis sie langsam wieder zu sich kam. Sie erkannte Amadeus, der noch immer in provokanter Haltung auf ihrem Sofa saß. „Du sagtest doch, sie wäre nicht bei den drei Damen?", fragte Christine mühsam. Sie war völlig fertig. Der Blick in die andere Welt hatte sie wieder total ausgelaugt. Sie hatte keine Kraft mehr. Am liebsten hätte sie jetzt geschlafen. Sie brauchte dringend Ruhe. Aber sie musste sich unbedingt um die Witwen und Raphaela kümmern. Sie konnte regelrecht spüren, wie sich die Situation zuspitzte. Es würde ein Drama geben, wenn sie jetzt nicht tätig wurde.

Matthias Steinbach wusste nicht, wie ihm geschah. Er fühlte sich auf einmal so leicht und euphorisch, wie er es in seinem ganzen

Leben nicht gekannt hatte. Er konnte sich nicht erklären, weshalb das so war, aber er hätte am liebsten die ganze Welt umarmt! Dass Christine Herberg bei ihm gewesen war, wusste er nicht mehr. Auch an die beiden jungen Leute, die so plötzlich verschwunden waren, konnte er sich nicht erinnern.

Er dachte im Überschwang der Gefühle an sein schönes Dorf und die netten Menschen, die darin lebten. In seiner Fantasie waren alle glücklich und zufrieden. Er glaubte auch, dass alle ihm unendlich verbunden waren, weil sie es nur ihm zu verdanken hatten, dass es ihnen hier so gut ging. Er freute sich sehr darüber, sein Ziel erreicht zu haben. Zufrieden lächelte er vor sich hin.

Doch schlagartig wandelte sich seine Stimmung. Aus einem ihm unerklärlichen Anlass tauchten auf einmal Bilder in seinem Kopf auf, die er längst verdrängt hatte.

Er war seinerzeit dabei gewesen, als man die Ausgrabungen zum Bau der Tiefgarage vorgenommen hatte. Er hatte die Knochen und die Totenschädel gesehen, die man zutage gefördert hatte. Er hatte jedoch nichts davon wissen wollen. Doch jetzt sah er plötzlich alles in einem anderen Licht. Er sah vor seinem geistigen Auge sonderbarerweise plötzlich Menschen, von denen er wusste, dass es deren Gebeine und Totenschädel waren. Er konnte sehen, wie sie hier, in seinem Dorf, gelebt und gearbeitet hatten. Er sah Kinder, die fröhlich auf einer Wiese miteinander spielten, junge Paare, die sich lachend an den Händen hielten und auch alte Leute, die zufrieden vor ihren Häusern saßen und den lauen Abend genossen.

Als diese Eindrücke so unvermittelt auf ihn einstürzten, fing er vor Grauen an zu weinen. Wenn er doch die Möglichkeit hätte, alles wiedergutzumachen! Er hatte diese Menschen zwar nicht getötet, aber er hatte ihren Frieden gestört. Mit einem Mal fühlte er sich so schuldig, dass er am liebsten sein Leben sofort beendet hätte. Langsam ging er zum Fenster und öffnete es. Er lehnte sich weit hinaus und blickte in die Tiefe.

Greta hatte nicht die Wahrheit gesagt. Sie hatte das Mädchen mit der schauerlichen Puppe sehr wohl auf dem Grundstück gesehen. Böse war sie auf es zugerannt und hatte es verjagt. Raphaela hatte zwar so getan, als würde sie gehen, aber sie war noch immer da. Sie versteckte sich in dem dicht bewachsenen Garten hinter einem Baum und wartete. Als Greta scheinbar zufällig aus dem Fenster blickte, konnte sie im Mondschein das blasse Gesicht des Kindes erkennen. Raphaela hatte sich dem Fenster zum richtigen Zeitpunkt genähert. Sie hatte genau gewusst, dass Greta nachsehen würde, ob sie noch da war. Unter einem Vorwand verließ Greta zu dieser späten Stunde das Haus.

„Wo willst du denn jetzt noch hin?", fragte Rosemarie erstaunt, als Greta die Haustür öffnete.

„Ich habe draußen etwas gehört", behauptete Greta. „Ihr bleibt hier!", befahl sie den beiden streng, um zu verhindern, dass sie ihr folgten. Mit offenem Mund sahen die Frauen ihr empört nach.

„Die hat aber auch manchmal einen Ton am Leib!", entrüstete sich Anneliese.

„Wer weiß, was sie dort draußen sucht", meinte Rosemarie neugierig. „Vielleicht sollten wir doch einmal nachsehen gehen."

„Nein. Ich lege mich nicht mit ihr an", sagte Anneliese resolut und begann, das Geschirr zusammenzuräumen.

Raphaela stand vor Gretas Steingarten. Stumm starrte sie auf das gepflegte Gartenstück, als Greta sich ihr näherte.

„Was willst du hier?", zischte Greta drohend, als sie schließlich ein paar Meter hinter ihr stehenblieb.

Das kleine Mädchen beachtete sie zunächst gar nicht. Es tat so, als hätte es Greta gar nicht bemerkt. Nur die Puppe schien plötzlich lebendig zu werden. Die gläsernen Augen fixierten Greta. Ihr Mund verzog sich zu einem höhnischen, zahnlosen Grinsen. Dazu ertönte das schauerliche Röcheln, das Greta nun schon kannte. Sie reagierte nicht darauf.

„Hör mal zu", sagte sie leise, damit niemand im Haus sie hörte, „ich will dich und deine komische Puppe hier nicht haben. Mach, dass du wegkommst!"

Noch immer sah sie das Mädchen nur von hinten. Die Puppe hing spuckend über der Schulter des Kindes und schien sich auf Greta stürzen zu wollen. Diese ließ sich davon jedoch nicht beeindrucken.

„Unter den Steinen liegt eine Leiche", sagte das Kind plötzlich in belanglosem Ton. Greta war zunächst sprachlos. „Es ist der Gärtner, nicht wahr?" Langsam drehte sich Raphaela um. Greta fuhr entsetzt zurück. Sie presste ihre Hände fest auf den Mund, um sich nicht zu übergeben. Was sie sah, war unbeschreiblich grauenhaft und ekelerregend. Das Kind hatte keine Augen mehr. Die leeren Augenhöhlen waren mit einer wabernden, gallertartigen Masse gefüllt. Insektenlarven krochen darin herum und verteilten sich über das ganze Gesicht. Lange, weiße Würmer ringelten sich aus Raphaelas Nasenlöchern und verschwanden in ihrem Haar. Greta taumelte noch ein paar Schritte zurück. Trotzdem nahm sie den süßlichen Verwesungsgestank wahr, als das Mädchen den Mund öffnete und schwarze, verfaulte Zähne zum Vorschein kamen. Voller Abscheu musste Greta mit ansehen, wie eine große Kakerlake aus dem Mund des Kindes krabbelte, kurz auf seinem Kinn verharrte, anschließend über den Hals rannte und schließlich im Ausschnitt des schmutzigen Nachthemdes verschwand.

Raphaela begann zu sprechen. „Ungefähr so sieht dein Gärtner jetzt aus! Wollen wir einmal nachsehen?" Ihre Stimme hörte sich an, als käme sie aus einer Gruft. Greta wurde es eiskalt. Ehe sie es verhindern konnte, bückte sich Raphaela flink und begann, den Steingarten mit ihren Fingern aufzureißen. Mit unglaublicher Kraft krallte sie ihre Fingernägel in den Boden und schleuderte Erde und Steine beiseite. Die gruselige Puppe hatte sie fallen lassen. Sie rollte sich im Gras hin und her und gab schauerlich krächzende Töne von sich. Greta wollte ihr einen Tritt geben, aber die Puppe war schneller. Mit einem schrillen Schrei umklammerte sie ihren Schuh und biss sich darin fest. Greta versuchte, sie abzuschütteln, was ihr jedoch nicht gelang. Mit der Puppe am Fuß stapfte sie auf Raphaela zu. Sie wollte sie zurückreißen, aber sie ekelte sich zu sehr davor, sie anzufassen.

Christine Herberg wollte sich eigentlich auf den Weg zu den drei Witwen machen, um dort Schlimmeres zu verhindern. Als sie gerade aus dem Haus trat, sah sie jedoch plötzlich ein Bild vor ihrem geistigen Auge. Abrupt blieb sie stehen und konzentrierte sich. Es fiel ihr sehr schwer, da sie völlig erschöpft war. Trotzdem konnte sie in einem kurzen Moment sehen, wie Matthias Steinbach Anstalten machte, sich aus dem Fenster zu stürzen.

Um Himmels willen! Wohin sollte sie zuerst? Sie konnte kaum noch einen klaren Gedanken fassen. Schnell beschloss sie, dass es gerade wichtiger war, das Leben von Steinbach zu retten. Sie hoffte inständig, dass Raphaela in der Zwischenzeit niemandem allzu großen Schaden zufügte.

So schnell es ihr Zustand erlaubte, holte sie ihr Auto aus der Tiefgarage und fuhr in die Stadt zum Büro von Matthias Steinbach. Unterwegs dachte sie, sie würde es nicht schaffen, da sie kaum noch die Straße erkennen konnte. Sie war in so schlechter Verfassung, dass sie gar nicht genau wusste, was sie dort eigentlich ausrichten sollte.

Sie schaffte es, das Bürogebäude zu erreichen. Mühsam schleppte sie sich die Treppe empor. Die Sekretärin war nicht da. Ohne Zeit zu verlieren, riss sie die Tür zu Steinbachs Büro auf.

Er stand auf dem Fensterbrett und breitete die Arme aus, als könne er fliegen. Vorsichtig näherte sich Christine ihm, sprach ihn jedoch nicht an. Es wäre nicht gut gegangen. „Komm zurück ins Zimmer", sandte sie ihm lautlos eine Botschaft. Steinbach hielt sich am Fensterrahmen fest und erstarrte. Er hatte ihre Nachricht offenbar empfangen. Langsam blickte er sich um und sah Christine in seinem Büro stehen. Er weinte wie ein kleines Kind. Ohne ein Wort zu sagen, öffnete Christine die Arme und bedeutete ihm, zu ihr zu kommen. Er zögerte. Christine spürte, dass er sie infrage stellte. Sie bot ihre letzten Kräfte auf, um ihn von seinem Entschluss abzubringen.

Steinbach war hin- und hergerissen. Einerseits war die Verlockung zu springen fast unwiderstehlich, andererseits zog ihn Christines Kraft in ihren Bann.

Endlich kletterte er von der Fensterbank herunter und kam zu Christine. Sie umarmte ihn fest. „Es wird alles gut werden", flüsterte sie.

„Wie denn?", jammerte er. „Es ist alles so schrecklich!" Christine hatte ihm die Bilder geschickt. Er sollte sich ansehen, wie es einmal früher hier war, damit er die Toten würdigte. Sie hatte nicht damit gerechnet, dass er so übertrieben emotional darauf reagierte.

Raphaela war dabei, die verweste Leiche des Gärtners freizulegen. Greta stand hilflos dabei und konnte sich ausrechnen, wie lange es noch dauern würde, bis der Leichnam zum Vorschein kam. Noch immer wusste sie nicht, was sie tun sollte.

Plötzlich stand der junge Mann, den sie an der Haustür abgewimmelt hatte, neben ihr. Sie hatte ihn nicht kommen sehen. Er sprach kein Wort. Sein Blick heftete sich auf Raphaela. Greta schien er gar nicht wahrzunehmen.

Will der ihr jetzt graben helfen, oder was?, dachte Greta grimmig und musterte den Kerl aggressiv von der Seite. „Was hast du hier zu suchen?", giftete sie ihn an. „Das ist ein Privatgrundstück! Verschwinde sofort und nimm dieses Kind mit!" Sie stemmte die Hände in die Hüften und deutete auf Raphaela.

Amadeus lächelte sie verträumt an. „Selbstverständlich. Das werde ich gleich tun", erwiderte er leise und verbeugte sich höflich vor ihr. Greta kam sich veralbert vor. Sie wollte gerade etwas erwidern, als sie sah, wie Raphaela sich langsam umdrehte. Verblüfft sah Greta, dass sich das Kind verändert hatte. Auf einmal wirkte es wie ein richtiger, lebendiger Mensch aus Fleisch und Blut! Es war sogar sehr hübsch, hatte rosige Wangen und strahlend blaue Augen. Das konnte doch wohl nicht wahr sein! Hatte sie denn plötzlich den Verstand verloren?

Anneliese und Rosemarie kam es komisch vor, dass Greta so lange draußen blieb. Sie beschlossen, nachzusehen, was im Garten vor sich ging. Als sie Greta und die jungen Leute am Grab des Gärtners stehen sahen, rief Rosemarie erfreut: „Ach, da ist ja wieder der junge Mann, der sich so schick für den Kostümball verkleidet hat! Und das kleine Mädchen ist auch da! Das ist aber schön!" Sie klatschte in die Hände. „Das sind wirklich ganz herrliche Gewänder, die Sie beide da anhaben!", lobte sie im Bemühen, etwas Nettes zu sagen und lachte dabei unpassend laut. Anneliese sah die aufgewühlte Erde. Ihr wurde schlecht. Greta hatte zwar nie zugegeben, den Gärtner dort vergraben zu haben, aber sie war sich ziemlich sicher, dass es so war. Offenbar wusste das kleine Mädchen auch darüber Bescheid.

„Es wird mich viel Mühe kosten, den Steingarten wieder in Ordnung zu bringen!" Greta hatte wieder Oberwasser. „Was hast du dir eigentlich dabei gedacht?", herrschte sie das Mädchen böse an.

Anneliese warf ihr einen warnenden Blick zu. Halt bloß die Klappe, sollte das heißen, du bekommst gewaltige Probleme, wenn das hier rauskommt! Greta beachtete sie jedoch nicht.

„Wir werden alles wieder in den Originalzustand versetzen", sagte Amadeus zweideutig. Dabei sah er Greta provozierend an. Auch er wusste selbstverständlich, was sich unter dem Steingarten befand.

Christine Herberg war noch immer mit Matthias Steinbach beschäftigt. Sie wollte längst gehen, aber er ließ sie nicht. Sie hatte bereits die Bilder des Gartens der drei Witwen empfangen. Sie musste unbedingt dort für Ordnung sorgen! Aber jedes Mal, wenn sie sich verabschieden wollte, begann Steinbach wieder zu jammern und zu weinen. Er war in einem völlig desolaten Zustand. Eigentlich hätte er in eine Nervenklinik gebracht werden müssen. Dies wollte Christine aber auf jeden Fall verhindern. Dabei konnten Dinge herauskommen, die besser niemand wissen sollte. Außerdem befürchtete sie, ihren Einfluss auf ihn zu verlieren.

Sie konzentrierte sich. Irgendwie musste es ihr gelingen, ihn zu beruhigen. Zunächst bekam sie jedoch eine Verbindung zu Amadeus, die sie nicht geplant hatte. Er signalisierte ihr, dass er Raphaela unter Kontrolle hatte. Sie atmete auf. Jetzt konnte sie sich Zeit lassen.

„Wir werden gemeinsam eine Lösung finden", beruhigte sie Steinbach. Sie führte ihn zu seinem Schreibtischsessel und wartete, bis er sich gesetzt hatte. Sie selbst nahm gegenüber Platz. „So. Und jetzt reden wir ganz vernünftig darüber, wie wir als Nächstes vorgehen", sagte sie sachlich. Steinbach stierte mutlos vor sich hin. „Hören Sie mir zu?", fragte Christine. Plötzlich blickte er sie an, als sähe er sie zum ersten Mal. Er kommt offenbar endlich zu sich, dachte Christine zufrieden.

„Ich freue mich, dass Sie sich um diese leidige Angelegenheit kümmern wollen", sagte Steinbach in völlig verändertem Ton. Auf einmal wirkte er geschäftsmäßig, befehlsgewohnt und überlegen. Er erhob sich und sah geringschätzig auf sie herab. Christine blieb ruhig sitzen und schlug die Beine übereinander. „Ich glaube, da haben Sie etwas falsch verstanden", sagte sie gelassen. „Ich möchte Ihnen zwar gerne helfen, aber Sie müssen selbst aktiv werden."

Missbilligend beäugte er sie. „Was soll das? Was meinen Sie damit?", fragte er barsch. Christine staunte. Es war nichts mehr übrig geblieben von diesem weinenden, jammernden Bündel, das er gerade eben noch dargestellt hatte.

Unterdessen spitzte sich im Garten der drei Witwen die Situation zu. Greta fühlte sich von Amadeus provoziert. Sie war nicht gewillt, ihn und Raphaela jetzt einfach gehen zu lassen. Ihr liebevoll gepflegter Steingarten war total verwüstet.

„Ihr haut jetzt nicht einfach ab!", sagte sie wütend, als die beiden Anstalten machten, zu verschwinden. „Ich möchte den Schaden ersetzt bekommen!" Angewidert sah sie, wie Raphaela die hässliche Puppe vom Boden aufklaubte. Die Puppe drehte sich in ihrem Arm und blickte Greta boshaft an. Dabei gab sie merkwürdige Knurrlaute von sich.

Amadeus lächelte. „Morgen wird alles wieder so sein, wie es war. Nur der Gärtner wird fort sein."

„Ich weiß nicht, wovon du sprichst", behauptete Greta böse.

„Doch. Ich glaube, das wissen Sie sehr gut", antwortete Amadeus und legte sanft seinen Arm um Raphaela. Er musste sie sofort von hier wegbringen, ehe sie wieder umschlug. Vorsichtig dirigierte er sie zur Gartenpforte. Greta schimpfte hinter ihm her, doch er beachtete sie nicht mehr.

Anneliese und Rosemarie gaben sich alle Mühe, um Greta zu besänftigen. Beide blickten mit Grauen auf das aufgerissene Grab. Vermutlich lag die Leiche nur wenige Zentimeter tiefer in der Erde vergraben.

„Greta, bitte!" Rosemarie trat auf sie zu und nahm sie bei der Hand. „Komm, wir gehen wieder rein. Hier draußen gibt es im Moment nichts mehr zu tun."

Greta sträubte sich. Anneliese sprach ihr beruhigend zu. „Es ist doch jetzt gut. Die verschwinden von hier, und um den Garten kümmern wir uns morgen." So ging es noch eine ganze Weile weiter, bis Greta sich schließlich dazu überreden ließ, mit ins Haus zu kommen. Als ob nichts gewesen wäre, setzten sich die drei Damen wieder zusammen in die Wohnküche und bedienten sich an der herrlichen Torte.

Christine gelang es, Steinbach wieder in ihren Bann zu ziehen. Sichtbar begann er, sich wieder zu verändern. „Was soll ich nur tun?", winselte er. Flehend hob er beide Hände und streckte sie Christine entgegen.

„Würdigen Sie die Toten! Entschuldigen Sie sich in aller Form dafür, dass Sie ihre Ruhe gestört haben." Christine hatte sich vorgebeugt und sprach beschwörend auf Steinbach ein.

„Aber es lebt doch von denen keiner mehr! Bei wem soll ich mich denn entschuldigen?", fragte Steinbach verständnislos.

„Bei den lebenden Menschen." Christine wollte ihn nicht damit überfordern, dass es in seinem Dorf auch untote Menschen gab. Er hätte es sowieso nicht geglaubt.

„Wie soll ich das denn machen?" Hilflos sah er sie an.

„Berufen Sie eine Bürgerversammlung ein und laden Sie die örtliche Presse dazu ein", schlug Christine vor. „Erzählen Sie den Leuten, was geschehen ist und entschuldigen Sie sich dafür! Errichten Sie eine Gedenkstätte, an der die Menschen Blumen ablegen und Kerzen anzünden können."

„Man wird mich zur Verantwortung ziehen!" Steinbach schob die Unterlippe vor und zog die Stirn kraus.

„Sie haben es noch immer nicht verstanden!" Christine seufzte. „Natürlich müssen Sie die Verantwortung für das Geschehen übernehmen. Lippenbekenntnisse nützen hier nichts mehr!"

„Und was passiert, wenn ich das nicht tue?" Steinbach wog seine Chancen ab.

„Dann wird es keinen Frieden in Ihrem Dorf geben!" Christine merkte, wie er schon wieder versuchte, ein Hintertürchen zu finden, durch das er entkommen konnte.

„Ich werde es mir überlegen", meinte Steinbach gleichgültig.

„Nein! Sie müssen jetzt etwas unternehmen! Es gibt keinen Aufschub mehr!" Christine wusste, dass jetzt endgültig Schluss war. Heute war Raphaela bei den Witwen gewesen, und morgen würde sie wieder woanders ihr Unwesen treiben, wenn jetzt nicht etwas geschah. Sie hatte mitbekommen, dass Raphaela sich immer dann veränderte, wenn etwas sich zum Guten oder zum Bösen hin wendete.

Wie recht sie damit hatte, bemerkte sie sofort, als sie nach Hause kam. Raphaela und Amadeus saßen auf der Couch in ihrem Wohnzimmer und wirkten so harmlos wie völlig normale junge Leute. Raphaela sah sehr hübsch und frisch aus, und selbst die gruselige Puppe war einfach nur eine unauffällige Puppe, wie sie Tausende andere Kinder auch besaßen. Nichts deutete auf ein Eigenleben des Spielzeugs hin.

Obwohl sich ihr ein solch friedliches Bild bot, entging Christine Raphaelas lauernder Blick nicht. Offenbar versuchte sie herauszufinden, was Christine bei Steinbach erreicht hatte.

Dies war jedoch schwierig zu beantworten. Steinbach konnte man nicht trauen. Im einen Augenblick war er bereit, alles zu tun, um sein Dorf zu retten, und im nächsten Moment versuchte er, sich aus der Affäre zu ziehen. Christine musste unbedingt die Verbindung zu ihm halten und ihn zwingen, endlich tätig zu werden.

Als die drei Witwen am nächsten Morgen den Garten betraten, konnten sie kaum glauben, was sie sahen. Tatsächlich wies nichts mehr auf die Vorkommnisse der vergangenen Nacht hin. Der Steingarten sah unberührt aus. Ungläubig standen die Frauen vor dem Grab.

„Und wo ist jetzt der Gärtner?", fragte Rosemarie mit großen Augen.

„Der junge Mann sagte, er würde alles in Ordnung bringen, aber der tote Gärtner würde nicht mehr hier sein", erinnerte Anneliese.

„Was wollt ihr denn dauernd mit dem Gärtner? Es gibt hier keinen Gärtner!", sagte Greta gereizt.

„Aber ja doch! Kannst du dich denn nicht mehr an ihn erinnern?", fragte Rosemarie verständnislos. „Er war plötzlich auf mysteriöse Weise verschwunden!"

„Dann hol dir eine Schaufel und sieh nach!" Greta wurde langsam wütend. Irritiert verzog Rosemarie das Gesicht. Es sah so aus, als würde sie gleich anfangen zu weinen.

„Ach! Vergessen wir doch den Gärtner! Mich würde eher interessieren, wie es dieser junge Mann fertiggebracht hat, den Steingarten wieder so herzurichten, dass man nichts mehr sieht!" Anneliese trat näher an das Grab heran und sah es sich genau an. Aber nichts deutete darauf hin, dass vor Kurzem noch die Erde aufgewühlt war. „Sagt einmal. Das gibt es doch nicht! Haben wir uns das alles nur eingebildet?" Anneliese konnte es nicht fassen.

„Nein. Haben wir nicht. Hauptsache, die beiden kommen nicht wieder zurück, und wir haben jetzt unsere Ruhe", meinte Greta gelassen. „Lasst uns wieder ins Haus gehen!"

Rosemarie wollte noch etwas erwidern, aber Gretas strenger Blick ließ sie verstummen. Und doch war sie sich sicher, dass der Gärtner hier vergraben lag!

Tatsächlich wurde an diesem Tag ein Rundschreiben verteilt, das alle Bewohner des Dorfes zu einer Versammlung einlud. Als Christine die Botschaft las, atmete sie erleichtert auf. Vielleicht gab es doch noch Hoffnung für das Dorf!

„Liebe Dorfbewohner!

Aus aktuellem Anlass bitte ich Sie, sich am kommenden Samstag um 16:00 Uhr vor dem italienischen Restaurant der Familie Moretti zu versammeln. Ich habe Ihnen eine wichtige Mitteilung zu machen, die ein friedliches Zusammenleben in unserem schönen Dorf zum Ziel hat.

Hochachtungsvoll
Matthias Steinbach"

Den Text hatte Steinbach seiner Sekretärin diktiert und vervielfältigen lassen. Die Wachleute waren damit beauftragt worden, die Zettel an alle zu verteilen.

Im Haus der Naumanns gab es lautstarke Diskussionen, als die alten Herrschaften eines der Schreiben in die Finger bekamen. Monika hatte den Abendbrottisch gedeckt und den alten Leuten aus ihren Betten geholfen. Als endlich alle saßen und kritisch begutachtet hatten, was es zu essen gab – es gab frisches Brot, Wurst und Schinken, Käse, hart gekochte Eier, in Streifen geschnittenes Gemüse und eingelegte Gurken –, sagte Joachims Vater plötzlich, dass er auf jeden Fall an der Kundgebung am Samstag teilnehmen wolle. Die anderen Herrschaften nickten. Auch sie wollten dabei sein.

„Wie stellt ihr euch das vor?", fragte Monika verblüfft. „Ihr schafft es ja kaum bis zum Esstisch. Die Strapazen wären für euch viel zu groß!"

„Wir könnten doch mit dem Auto fahren", meinte ihr Vater kauend.

„Es dürfen aber keine Autos im Dorf fahren! Das müsste ich mir erst genehmigen lassen!", gab Monika zu bedenken.

„Ja. Dann tu' das bitte! Wir wollen auch wissen, was es gibt. Du erzählst uns sowieso nur die Hälfte", beschuldigte Joachims Vater sie.

Monika seufzte. „Gut, ich werde sehen, was ich machen kann!"
Es war ihr gar nicht recht. Die alten Leute waren schon so gebrechlich. Hoffentlich passierte ihnen nichts. Sie erkundigte sich bei der Immobiliengesellschaft, was man tun könne, damit die alten Herrschaften an der Versammlung teilnehmen konnten. Man machte ihr den Vorschlag, Rollstühle zur Verfügung zu stellen, um die alten Leute auf den Vorplatz des italienischen Restaurants zu fahren. Man sagte ihr, dass es durchaus legitim sei, da alle Dorfbewohner die Möglichkeit bekommen sollten, an der Versammlung teilzunehmen. Man würde ihr sogar Leute zur Verfügung stellen, die die Rollstühle mit den alten Leuten hinbringen würden, wenn sie es selbst nicht organisieren konnte.

Zunächst fragte sie ihren Mann und die Kinder. Joachim wollte mitgehen und einen der Stühle schieben. Sie selbst natürlich auch. Marcel und Claudia waren nicht begeistert. Sie meinten, sie wüssten noch nicht, ob sie hingingen. Wahrscheinlich wäre es sowieso langweilig. Monika fragte Christine Herberg und Silvia Turan, ob sie ihr helfen würden. Beide willigten sofort ein. Als sie die alten Herrschaften schließlich darüber unterrichtete, zu welcher Lösung sie gekommen war, war das aber auch wieder nicht recht.

„Was? Die Hexe? Und die Hässliche? Auf gar keinen Fall!", widersprach Joachims Vater sofort.

„Christine Herberg ist keine Hexe! Und Silvia Turan hat eine Verletzung! Sie wollen uns helfen. Das ist nicht schön, solche Dinge über die Frauen zu sagen!", erwiderte Monika genervt.

„Wir wollen lieber mit dem Auto fahren", sagte ihr Vater stur.

„Nein. Wir fahren nicht mit dem Auto! Entweder ihr setzt euch in die Rollstühle und lasst euch schieben, oder ihr bleibt hier!", beendete Monika die Diskussion.

Die Morettis waren selbstverständlich gefragt worden und hatten bereitwillig sämtliche Räumlichkeiten zur Verfügung gestellt. Die Pizzeria und der Eissalon blieben somit an diesem Tag geschlossen. Bereits am Morgen wurden auf der Terrasse des Eissalons Mikrofone und Lautsprecher installiert. Die Techniker waren den ganzen Vormittag mit der Elektronik beschäftigt. Auch auf dem Vorplatz wurden Lautsprecherboxen aufgestellt, und überall wurden Kabel gezogen und mit Kanälen gesichert, damit niemand darüber stolpern konnte. Ein anderes Team brachte Stühle und platzierte sie vor dem Restaurant. Gegen Mittag war man damit fertig. Bis zum Beginn der Veranstaltung wurde die Technik getestet. Immer wieder hörte man im weiten Umkreis, wie die Techniker in die Mikrofone sprachen. Zwischendurch ertönte ab und zu Musik. Die gesamte Anlage wurde umfangreich ausprobiert, um einen reibungslosen Ablauf der Veranstaltung gewährleisten zu können.

Bereits ab 15:00 Uhr begann sich der Platz zu füllen. Die meisten Anwohner kamen lieber ein bisschen früher, da sie befürchteten, eventuell keinen Sitzplatz mehr zu bekommen. Viele waren aber einfach nur neugierig und hofften, noch die eine oder andere Information aufzuschnappen. Auf jeden Fall wollte niemand zu spät kommen.

Im Hause der Naumanns ging es turbulent zu. Die alten Leute hatten bereits seit dem frühen Morgen überlegt, was sie anziehen sollten. Das sah dann so aus, dass sie nach dem Frühstück Unmengen an Kleidungsstücken aus den Schränken räumten und auf ihren Betten verteilten. Monika verschlug es die Sprache, als sie das Chaos sah. Sie musste schließlich am Ende wieder alles aufräumen. Sie rollte mit den Augen, ließ die alten Herrschaften aber gewähren. Nach dem Mittagessen wusste endlich jeder, was er anziehen wollte. Sie konnten es kaum erwarten. Auch sie hörten seit einer Weile die Lautsprecherproben und hatten Angst, etwas zu verpassen. Zwei Stunden zu früh saßen sie bereits geschniegelt und gebügelt auf ihren Betten und fragten im Minutentakt, wann man denn nun endlich aufbrechen würde.

Die Rollstühle waren am Morgen gebracht worden und standen vor dem Haus bereit. Christine Herberg und Silvia Turan wollten gegen 15:15 Uhr kommen. Das war zeitig genug. Den alten Leuten war das aber nicht früh genug. Sie wurden unruhig und gingen Monika an, sie hätte sich nicht gekümmert und sie würden wegen ihr zu spät kommen.

Um 15:45 Uhr war tatsächlich das ganze Dorf versammelt. Auch die örtliche Presse hatte sich eingefunden und Posten bezogen. Man hatte zunächst überlegt, ob es sich lohnen würde, aber vielleicht gab es eine interessante Story. Fragen der Journalisten waren ausdrücklich erlaubt worden. Matthias Steinbach ließ sich nicht blicken. Alle warteten gespannt darauf, dass er in einem großen Auto publikumswirksam vorfahren würde. Niemand wusste, dass er bereits seit Stunden anwesend war und sich schwitzend und händeringend im Gastraum der Morettis verbarg. Er wartete auf Christine Herberg. Sie musste ihm helfen. Wie sie das tun sollte, wusste er aber selbst nicht.

Als Christine Herberg den Platz betrat, empfing sie seine Hilferufe. Sie blieb ruhig. Die alten Herrschaften saßen in den Rollstühlen und blickten interessiert um sich. Silvia Turan schob den Stuhl, in dem Monikas Mutter saß, sie selbst schob Joachims Mutter und Monika und Joachim Naumann ihre Väter, da sie nicht riskieren wollten, dass sich die alten Männer gegenüber den jungen Frauen unpassend äußerten. Als sie am Rand eine Stelle gefunden hatten, an dem man die Rollstühle bequem abstellen konnte und von wo aus den alten Herrschaften nichts entging, entschuldigte sich Christine unter einem Vorwand.

Sie wusste zwar, wo sich Steinbach befand, wollte aber nicht einfach durch das Lokal marschieren. Als ihr Sofia Moretti begegnete, fragte sie sie leise, ob sie kurz mit Matthias Steinbach sprechen könne.

Sofia nickte. „Gut, dass Sie kommen", sagte sie besorgt. „Ich glaube, er hat Probleme. Er hat schon mehrmals nach Ihnen gefragt, aber ich weiß nicht, worum es geht."

„Wir wollten nur noch einmal kurz über seine Rede sprechen", log Christine. „Er braucht noch ein paar Informationen. Machen Sie sich darüber keine Gedanken", beschwichtigte sie Sofia. Als sie Steinbach in einem der Räume vorfand, erschrak sie. Wie ein Häufchen Elend saß er dort.

„Was ist mit Ihnen? Sie haben nicht etwa Lampenfieber?", fragte sie irritiert.

„Ich kann nicht vor diese Menschen treten! Ich kann es nicht!",
heulte er. Dicke Tränen traten ihm aus den Augen und rollten
über seine Wangen. Flehend hob er die Hände. „Bitte helfen Sie
mir!", schluchzte er.

Christine war entsetzt. Was war denn jetzt wieder los? Sie
musste ihn nun schnellstmöglich in einen Zustand versetzen,
in dem er seinen Auftritt bewältigen konnte.

„Verdammt noch mal! Reißen Sie sich gefälligst zusammen!",
herrschte sie ihn an, einer Eingebung folgend. „Sind Sie ein Mann
oder eine Memme?"

Tränenüberströmt sah er sie an. Sie reichte ihm die Hand.
„Los, stehen Sie endlich auf und waschen Sie sich das Gesicht!
Es geht gleich los! Wissen Sie noch, was Sie den Menschen sa-
gen wollen?"

Er nickte betrübt. Endlich schien er sich zu fassen. Er nahm
ihre Hand und erhob sich. Geräuschvoll putzte er sich die Nase.

Christine konzentrierte sich. Noch immer hatte sie eine gewisse Macht über ihn. Plötzlich straffte er sich und sah irritiert
um sich. „Sind wir schon am Ort des Geschehens?", fragte er
Christine in befehlsgewohntem Ton.

„Ja. Alles ist bereit!" Christine ging voran, und er folgte ihr.
Erst als sie an der Ausgangstür der großen Terrasse des Eissalons angekommen waren, hielt sie sich zurück. Da musste er
jetzt allein durch! In ihm war innerhalb weniger Minuten eine
erstaunliche Wandlung vorgegangen. Selbstbewusst trat er hinaus und stellte sich vor das Mikrofon. Christine entfernte sich
unauffällig und erschien kurz darauf wieder bei Naumanns.

Matthias Steinbach begann seinen Vortrag. Laut und selbst-
sicher sprach er zu den versammelten Leuten seines Dorfes.
Nichts deutete darauf hin, dass er eben noch ein erbärmliches
Häuflein Elend dargestellt hatte.

Interessiert folgten die Menschen seinen Ausführungen.
Manche nickten und gaben beifällige Kommentare von sich.
Verwundert bemerkte Christine, wie Steinbach die Menschen
in seinen Bann zog. Es war unglaublich! Es schien völlig egal
zu sein, was er sagte. Alle starrten zu ihm empor und hörten

ihm zu. Er macht das wirklich sehr gut, dachte sie. Hoffentlich meinte er es auch ehrlich! Jetzt gerade, in diesem Augenblick, fühlte sie, dass es so war. Aber sie wusste auch, wie schnell er sich wandeln konnte.

Christine blickte sich langsam um. Sie spürte, dass Amadeus und Raphaela anwesend waren. Sie wusste noch nicht, wo sie sich gerade befanden und in welcher Gestalt. Plötzlich sah sie es. Direkt neben Steinbach hatte sich ein kaum wahrnehmbarer Nebel gebildet. Niemandem fiel es auf, da alle sich auf Steinbachs Rede konzentrierten. Die beiden befanden sich an seiner Seite und schienen Einfluss auf ihn zu nehmen. Immer wieder räusperte er sich und blickte sich kurz um, als würde er sich von irgendetwas gestört fühlen.

Christine bemerkte, dass Steinbach viel mehr preisgab, als er ursprünglich vorgesehen hatte. Er redete und redete. Er sprach von dem uralten Friedhof, der bei den Ausgrabungen zum Vorschein gekommen war und bedauerte es zutiefst, dass er die Bauarbeiten nicht gestoppt hatte. Er sagte, er wüsste, dass er damit Menschen verletzt hätte. Dass es in Wirklichkeit keine lebendigen Menschen waren, konnte er nicht wissen. Er sagte, er hätte von den Unruhen in seinem Dorf erfahren und wäre zutiefst betroffen. In aller Form entschuldigte er sich für das Vorgehen und bat die Bewohner, ihm zu verzeihen.

Die Leute waren irritiert, da bisher kaum jemand etwas von dem alten Friedhof gehört hatte. Wen sollte ein Friedhof interessieren, auf dem vor Hunderten von Jahren jemand begraben worden war und von dessen Existenz niemand etwas wusste? Und von wem gingen diese Unruhen aus? Plötzlich blickten alle ihre Nachbarn misstrauisch an. Jeder verdächtigte den anderen, etwas mit den Vorkommnissen im Dorf zu tun zu haben.

Christine bemerkte besorgt, wie die Stimmung der Leute umschlug. Sie konnte das Misstrauen fast greifbar spüren. Offenbar kamen jetzt neue Probleme auf sie zu! Sie versuchte, eine Verbindung zu Amadeus und Raphaela herzustellen. Erstaunt stellte sie fest, dass die beiden nicht mehr da waren. Was sollte das jetzt wieder? Wo waren sie? Ehe sie sich weiter

Gedanken darüber machen konnte, beendete Steinbach seine Rede. Die anwesenden Journalisten stellten ihm ein paar unverbindliche Fragen, auf die er sehr professionell reagierte. Er tat das so, wie man es von vielen Politikern gewohnt war. Er redete viel, ohne die Fragen wirklich zu beantworten. Das interessierte aber schon niemanden mehr. Die Leute waren bereits von ihren Stühlen aufgestanden. Einige machten sich auf den Heimweg, aber die meisten fanden sich in kleinen Gruppen zusammen und unterhielten sich. Dabei ging es kaum um die Rede von Steinbach. Die Gesprächsthemen drehten sich um alles Mögliche.

Den alten Herrschaften hatte es sehr gut gefallen, einmal wieder unter Menschen zu kommen. Auch sie fanden Steinbachs Rede eher nichtssagend. Für sie war viel interessanter, wer alles da war, welche Kleidung die Leute trugen und worüber sie sprachen.

Als Silvia Turan und Christine Herberg sich näherten, um zusammen mit den Naumanns die Rollstühle zurück nach Hause zu schieben, waren sie nicht gerade begeistert. Am liebsten wären sie noch geblieben, um ja nichts zu verpassen.

„Ein Dummschwätzer", urteilte Joachims Vater, nachdem sie wieder zu Hause angekommen waren. „Das hat doch keinen interessiert, was der da erzählt hat! Ich dachte, es ginge um etwas Wichtiges!"

„Na ja, manche hat es schon interessiert. Vielleicht waren dort tatsächlich die Vorfahren von einigen begraben. Vielleicht sogar auch unsere Vorfahren?", überlegte seine Frau.

„Ach was! Das wüssten wir doch." Joachims Vater schüttelte grimmig den Kopf.

„Nicht unbedingt. Immerhin ist es sehr lange her", gab Monikas Mutter zu bedenken.

„Für mich sah es aber auch nicht danach aus, als ob die Leute sonderlich interessiert daran waren, diese alten Geschichten zu erfahren", meinte Monikas Vater. „Man konnte es direkt an ihren Gesichtern ablesen."

„Aber die Herberg kam mir komisch vor", begann wieder Joachims Vater. „Die hat so eigenartig geguckt. Man konnte fast glauben, dass sie ganz genau weiß, wovon der Steinbach da sprach." „Mir ist das auch aufgefallen. Sie war sehr angespannt", pflichtete seine Frau ihm bei. „Sie ist eine Hexe. Garantiert ist sie für diese merkwürdigen Sachen verantwortlich, die hier passiert sind!", sagte Joachims Vater überzeugt. Die anderen glaubten das zwar nicht, aber sie erwiderten nichts, da sie wussten, dass er seine Meinung über Christine Herberg sowieso nicht ändern würde.

Christine Herberg versuchte herauszufinden, wo sich Raphaela und Amadeus aufhielten. Nachdem sie den Rollstuhl mit Monikas Mutter bis zu Naumanns gefahren hatte und nicht mehr gebraucht wurde, ging sie zu ihrem Häuschen hinüber. Merkwürdig. Weder empfing sie Signale von Amadeus und Raphaela noch konnte sie eine Verbindung zu Matthias Steinbach herstellen. Alles schien plötzlich still und tot zu sein. Mit einem unangenehmen Gefühl betrat sie das kleine Haus. Vorsichtig blickte sie in jeden Raum, in der Erwartung, Amadeus und Raphaela irgendwo entspannt vorzufinden. Nichts. Sie waren nicht da. Es deutete auch nichts darauf hin, dass sie hier gewesen waren. Erst als sie unter der Dusche stand, empfing sie plötzlich ein Bild. Sie hätte es wissen müssen! Die beiden waren mit Matthias Steinbach zusammen! Um Himmels willen! Was würde sich dort jetzt ereignen? Sie konnte nicht schnell genug aus der Dusche herauskommen. In Windeseile zog sie sich an und rannte zur Tiefgarage, um ihr Auto zu holen. Hoffentlich kam sie nicht zu spät!

Den drei Witwen hatte es auch gut gefallen. Endlich hatten sie einmal Gelegenheit gehabt, sämtliche Bewohner des Dorfes zu sehen. Viele waren darunter, denen sie noch nie zuvor begegnet waren. Wie immer hatten sich alle drei schick zurechtgemacht und die Blicke der anderen Dorfbewohner auf sich gezogen. Steinbachs Rede kam unterschiedlich bei ihnen an. Rosemarie konnte nichts damit anfangen. Immer wieder blickte sie sich dümmlich lächelnd um, um zu sehen, wie die anderen darauf reagierten. Wenn sie merkte, dass jemand ihren Blick erwiderte, zuckte sie fragend mit den Schultern. Doch niemand ging auf ihre Gestik ein.

Anders war es bei Anneliese und Greta. Sie konnten einiges in den Vortrag hineininterpretieren. Vielsagend hatten sie sich immer wieder angesehen und dasselbe gedacht.

Als sie am Abend bei einer herrlichen Schwarzwälder Kirschtorte in der Wohnküche ihrer Villa saßen, kamen sie darauf zu sprechen.

„Ich bin mir sicher, dass alles zusammenhängt!", begann Anneliese, während sie den Kaffee in die Tassen goss.

„Was hängt zusammen?" Rosemarie war irritiert. „Meinst du die Torte?" Sie blickte auf ihren Teller. „Ich wundere mich auch manchmal, wie die Kirschen auf dem Teig haften. Vielleicht ist es der Zucker?"

Greta rollte mit den Augen. Anneliese lächelte. „Nein. Ich meine nicht die Torte. Es geht um die Vorkommnisse im Dorf. Das kleine Mädchen. Die gruselige Puppe. Der junge Mann in der merkwürdigen Kleidung. Das seltsame Gebaren von Christine Herberg."

Greta nickte zustimmend. „Hier geschehen viele Dinge, die genau zu der Geschichte mit dem alten Friedhof passen würden!"

„Aber warum denn?" Rosemarie bekam kugelrunde Augen. Sie konnte den anderen beiden nicht folgen.

„Ich bin mir sicher, dass das kleine Mädchen nicht lebendig ist. Und der junge Mann ebenso wenig", sagte Anneliese. „Ich glaube sogar, dass man sie vor langer Zeit auf dem alten Friedhof begraben hat." Annelieses Stimme war immer leiser geworden. Schließlich flüsterte sie: „Es sind Untote."

„Und die Puppe?", fragte Rosemarie und lachte schrill.

„Die war vermutlich vorher schon tot!", erwiderte Greta grimmig. „Seit wann sind Puppen lebendig?"

„Ihr meint also, die jungen Leute sind genauso tot wie der Gärtner, der unter dem Steingarten begraben ist?", fragte Rosemarie, während sie sich ein weiteres Stück Torte auf den Teller häufte.

„Was willst du denn schon wieder mit dem Gärtner? Lass ihn in Frieden ruhen! Hier gibt es keinen Gärtner!" Greta wurde ungeduldig.

„Sie sind nicht wirklich tot", meinte Anneliese. „Immerhin laufen sie draußen herum. Das kann der Gärtner ja nun nicht mehr."

Gretas warnender Blick ließ sie verstummen. Sie hörte es nicht gern, wenn über den Gärtner gesprochen wurde.

Matthias Steinbach war sehr zufrieden mit sich, als er in sein Büro zurückkehrte. Er setzte sich entspannt in seinen Schreibtischsessel und beglückwünschte sich selbst zu seinem vermeintlichen Erfolg. Als er aufsah, erblickte er die jungen Leute, die bereits schon einmal bei ihm aufgekreuzt waren. Er sprang auf. „Was wollt ihr hier?", fragte er ärgerlich. „Ihr habt hier nichts zu suchen!"

„Wir wollten Ihnen nur sagen, dass es nicht die Lebenden sind, für die Sie heute gesprochen haben!" Amadeus verneigte sich leicht vor ihm. „Sie haben damit den Toten einen Gefallen getan!"

„Du hast sie wohl nicht alle! Macht sofort, dass ihr von hier verschwindet!" Steinbach wurde zornig.

„Sie glauben mir wohl nicht. Sollen wir es Ihnen beweisen?" Amadeus lächelte.

„Haut ab, ihr Spinner!" Drohend bewegte sich Steinbach auf Amadeus zu. Im selben Augenblick begann dieser sich zu verwandeln. Wie im Zeitraffer schien er zu verwesen. Dasselbe passierte mit Raphaela. Selbst die Puppe des kleinen Mädchens schien zu altern. Nach wenigen Augenblicken waren die beiden nicht wiederzuerkennen. Schleimig, umschwirrt von Schmeißfliegen, die ihre Eier ablegten. Entsetzt blickte Steinbach auf das Szenario. Es wurde noch schlimmer. Das Fleisch begann sich von den Knochen zu lösen, und überall krochen Würmer und Käfer auf den toten Körpern herum und verteilten sich im ganzen Raum. Alles ging sehr schnell. Die Leichen sanken zu Boden und verbreiteten einen entsetzlichen Gestank. Auch das war schnell vorbei. Schließlich blieben nur noch zwei Häufchen aus Staub und Knochen zurück.

Als Christine Herberg in das Büro stürzte, lag Steinbach ohnmächtig auf dem Fußboden. „Habt ihr sie noch alle?", schrie sie in den leeren Raum. Sie wusste ganz genau, was die beiden Schmutzhaufen auf dem Boden zu bedeuten hatten. Sie holte eine Kanne mit Wasser und schüttete es über Steinbach aus, um ihn wieder zu Bewusstsein zu bringen. Als sie aufsah, standen Amadeus und Raphaela völlig intakt vor ihr. „Was sollte das?", fragte sie böse.

„Er hat uns nicht geglaubt!", meinte Amadeus unbeeindruckt. „Wir mussten es ihm beweisen. Er ist selbst schuld!"

Matthias Steinbach kam langsam zu sich. Als er Raphaela und Amadeus sah, geriet er sofort in Panik und wollte flüchten. Christine Herberg hielt ihn fest.

„So. Nun wissen Sie ja, worum es geht", sagte sie nüchtern.

„Das ist ein Horrorfilm! Sagen Sie mir bitte, dass es nicht wahr ist!", flehte er, als er Christine Herberg erkannte.

„Es ist wahr! Gut, dass Sie es jetzt wissen!" Christine Herberg hatte wenig Mitleid mit ihm. Sie nickte ihm noch einmal zu und verließ das Büro, ohne sich weiter darum zu kümmern, was als Nächstes geschehen würde. Sie hatte alles getan, was in ihrer Macht stand.

Als Christine Herberg ihr Auto in der Tiefgarage abgestellt hatte und auf dem Heimweg langsam durch das dunkle Dorf schlenderte, sah sie plötzlich ein herrliches, goldenes Licht, das den Bürgersteig erhellte. Erstaunt blieb sie stehen. Im nächsten Moment traten Raphaela und Amadeus in den Lichtschein. Sie hielten sich bei den Händen und schienen sehr glücklich zu sein.

„Wir wollen dir danken und uns verabschieden", sagte Amadeus leise und legte seinen Arm um Raphaela. „Du hast so viel für uns getan. Vielleicht können wir dir auch einmal helfen. Wir werden jetzt endlich unseren Frieden finden."

Lächelnd betrachtete Christine die beiden. Sie sahen frisch und jugendlich aus. Dankbar sahen sie Christine an. Aus ihren Blicken sprach tiefe Zuneigung. Christine freute sich für sie, doch gleichzeitig trauerte sie um die jungen Leute, weil sie so früh sterben mussten. Lautlos strömten Tränen über ihre Wangen. Das goldene Licht strahlte vom Himmel bis zur Erde und wies ihnen den Weg.

„Ich glaube, ihr müsst jetzt gehen", sagte Christine sanft. „Sie warten auf euch!"

Raphaela und Amadeus wurden vom Schein des wunderschönen Lichtes eingehüllt. Sie nickten und lächelten ihr noch einmal zu. Hand in Hand sahen sie empor und wurden langsam in den funkelnden Strahl gezogen. Goldene Lichtpunkte umgaben sie wie kleine Sterne. Fasziniert beobachtete Christine, wie Amadeus und Raphaela verschwanden.

Sie selbst wurde plötzlich von tiefem Frieden erfüllt. Der Lichtschein erlosch. Sie erhielt noch eine letzte Botschaft: „Wir werden dich nie vergessen!"

Am nächsten Tag war Steinbach verschwunden. Er war tatsächlich geflüchtet. Es war ihm nicht möglich, sich damit auseinanderzusetzen, dass es offenbar paranormale Vorkommnisse in seinem Dorf gab. Obwohl er selbst auf übelste Weise erlebt hatte, dass es Dinge gab, an die er bisher nicht geglaubt hatte, war er nicht in der Lage, sie zu akzeptieren.

Das Leben im Dorf ging weiter. Man nahm zur Kenntnis, dass in der Mitte des kleinen Ortes ein großer Gedenkstein zu Ehren der Toten des alten Friedhofes errichtet wurde, aber eigentlich interessierte es niemanden besonders.

Das kleine Dorf wurde eingemeindet und entwickelte sich scheinbar zu einem normalen Vorort, von denen es Tausende andere gibt. Amadeus und Raphaela sowie ihre Gruselpuppe wurden nicht mehr gesehen. Trotzdem blieben einige Dinge offen. Doch darüber schweigen die Bewohner des Dorfes wohlweislich bis heute.

Christine Herberg wohnt noch immer in ihrem „Hexenhäuschen". Ab und zu kann man dort ein Poltern oder Pochen hören, das zu allerlei Spekulationen Anlass gibt. Hin und wieder erlöschen aus unbekanntem Grund die Straßenlaternen, und hier und da kann man einen merkwürdigen, feinen Nebel auf den Straßen des geheimnisvollen Dorfes sehen ...

# E N D E

HERZ FÜR AUTOREN A HEART FOR AUTHORS À L'ÉCOUTE DES AUTEURS MIA KAPΔIA ΓIA ΣΥΓΓΡ
FÖR FÖRFATTARE UN CORAZÓN POR LOS AUTORES YAZARLARIMIZA GÖNÜL VERELIM SZÍ
PER AUTORI ET HJERTE FOR FORFATTERE EEN HART VOOR SCHRIJVERS TEMOS OS AUTC
ZÖINKÉRT SERCE DLA AUTORÓW EIN HERZ FÜR AUTOREN A HEART FOR AUTHORS À L'ÉCOU
BCEЙ ДУШОЙ К АВТОРАМ ETT HJÄRTA FÖR FÖRFATTARE Á LA ESCUCHA DE LOS AUTOI
EURS MIA KAPΔIA ΓIA ΣΥΓΓΡΑΦΕΙΣ UN CUORE PER AUTORI ET HJERTE FOR FORFATTERE EEN
ARIMIZ... VER... ÖINKÉRT SERCE DLA AUTORÓW EIN HERZ FÜI
SCHRI... S A... ÃO BCEЙ ДУШОЙ К АВТОРАМ ETT HJÄRTA FÖ

# Die Autorin

Marina Umlauf wurde 1967 in einer idyllischen
Kleinstadt am Main geboren. Nach einer Ausbil-
dung als Bürogehilfin arbeitet sie heute als Sach-
bearbeiterin. „Das geheimnisvolle Dorf" ist nach
„Das Geheimnis im See" (im Februar 2021 in der
Edition Fischer erschienen) ihr zweiter Roman.
Das Engagement der Autorin gilt weiteren
schriftstellerischen Aufgaben.

# Bewerten
## Sie dieses Buch
### auf unserer
# Homepage!

www.novumverlag.com